LE CHEMIN DE SABLE

Pascal Garnier (1949-2010) a quitté à quinze ans le foyer familial, après une scolarité aussi brève que mouvementée. Il a passé toute sa jeunesse à voyager, puis il s'est mis à écrire à l'âge de trente-cinq ans. Il a publié plus d'une cinquantaine de livres : des romans noirs (très noirs) pour les adultes ; des histoires courtes, pleines de drôlerie et de tendresse, pour les plus jeunes. Il vivait en Ardèche, où, quand il n'écrivait pas, il peignait.
L'idée du *Chemin de sable* lui est venu à l'esprit après la lecture d'un fait divers, qui relatait qu'un ouvrier portugais illettré avait fait la route de Dunkerque au Portugal par la côte atlantique pour rentrer dans son pays à l'âge de la retraite...

Du même auteur, chez Bayard Éditions :

M'sieur Victor (2009)
Case départ (2008)
Derrière l'écran (2007)
Les enfants de la nuit (2006)

Le chemin de sable est initialement paru chez Pocket Jeunesse (2000-2004) en cinq volumes

18, rue Barbès 92128 Montrouge Cedex
ISBN : 978-2-7470-2575-1
Dépôt légal : août 2011
Première édition

Loi n° 49-956 du 16 juillet 1949 sur les publications destinées à la jeunesse

Pascal Garnier

LE CHEMIN DE SABLE

MILLÉZIME

bayard jeunesse

Pascal Garnier a pu écrire ce roman grâce à une bourse du CNL

L'éditeur tient à remercier Laurence Kieffé
pour sa relecture bienveillante

J'irai te voir...

La baffe balancée à toute volée ne lui a même pas fait mal. C'est comme si on avait frappé à la porte d'une maison vide. Il n'en reste que l'écho qui se répercute dans sa tête d'une oreille à l'autre.

– Tu sors pas ! Qui c'est qui va s'occuper des autres pendant que je suis à Melun ? T'es l'aîné, non ? Et puis ils l'ont dit à la télé, à ton âge on traîne pas le soir dans les rues, sinon, ils me sucrent les allocs.

Les autres (trois, cinq et six ans) n'ont pas bronché, scotchés devant le petit écran, les tympans martelés par les explosions d'une guerre intergalactique japoniaisante.

Vincent regarde sa mère transformer un sac de sport en minimarket : paquets de biscuits, conserves, chaussettes, tee-shirts, cartouches de cigarettes. De temps en temps, elle s'essuie le nez et les yeux de la même main qui lui a claqué la joue et qui lui caressait la tête quand il était petit. Il ne lui en veut pas. Elle est tellement fatiguée, la peau grise, le cheveu triste. On dirait une serpillière essorée. Elle n'a presque plus de larmes et des creux à la place des seins à force de se faire téter par les autres.

– Je t'ai laissé trente euros en billets sous le sucrier. Faudra faire avec jusqu'à jeudi... Vincent, je te cause !

– Oui, j'ai entendu.

Dans la chambre de ses parents, il y a une photo d'eux sur la commode. Ils sont jeunes, ils rient, ils ont toutes leurs dents. Il y a plein de monde autour, des masques. Elle a dû être prise pendant le carnaval, des années plus tôt. Avec le temps, on perd ses dents et le sourire.

– Vincent, faut pas m'en vouloir. Depuis que ton père est en centrale, c'est toi, l'homme de la maison.

– Je ne t'en veux pas. Mais si je suis un homme, tu ne me mets plus de baffes, d'accord ?

– Oui, bon, c'est les nerfs. À chaque fois que je vais là-bas, le voir derrière ces barreaux, comme une bête en cage, j'ai l'impression d'aller voir un mort...

Elle hésite, tripote nerveusement la fermeture Éclair du sac. Vincent se tourne vers la fenêtre, il sait ce dont elle a besoin. Dans son dos, il l'entend dévisser le bouchon d'une bouteille et s'en envoyer une bonne rasade. Ce splendide coucher de soleil va aussi bien au ciel de la cité que le rouge à lèvres sur la bouche de sa mère quand elle veut se faire belle. Ça les rend encore plus moches, l'un comme l'autre. Faut pas éclairer la misère.

– Maman, tu vas rater ton train.

– Oui, j'y vais. Dunkerque-Melun, c'est pas la porte à côté. Faut bien se remonter le moral, non ?

Vincent se retourne. Sa mère se lève, l'œil trouble, le front perlé de sueur. En coup de vent, elle effleure du bout de ses lèvres sèches la tête des autres, hypnotisés par l'émeute de couleurs criardes qui éclaboussent l'écran.

– Bon, ben, je compte sur toi. À jeudi !

– C'est ça, à jeudi.

Sur le palier, ça sent le poisson frit et l'eau de Javel.

Il leur a préparé des nouilles avec du ketchup et du gruyère râpé tout en distribuant des taloches pour les faire tenir tranquilles. Ensuite, bien calés, ils sont retournés s'anesthésier devant le gros œil carré et regarder des gens presque comme eux gagner des voitures rutilantes, des chèques avec tellement de zéros qu'on ne sait même plus ce que ça vaut, ou des voyages dans des pays si beaux qu'on n'y croit pas plus qu'au Paradis du curé qui vit dans un taudis pire qu'ici et qu'est encore plus mal sapé que l'abbé Pierre.

D'un doigt distrait, Vincent feuillette un vieux *Picsou Magazine* graisseux qui traînait sur la toile cirée de la table de cuisine. Il jette juste un œil aux images parce que rassembler les lettres pour en faire des mots lui prend trop la tête. Bien sûr, il a été à l'école, il a appris à lire et à écrire, comme tout le monde, mais il a oublié. À seize ans, le temps de l'A, B, C, D lui semble déjà très loin. Et puis des mots, pour quoi faire ?... Ici, une poignée d'insultes suffisent à se faire respecter. Il sait compter, c'est plus utile.

Quand il a besoin de savoir quelque chose d'important, comme le transfert d'un footballeur par exemple, il va à la bibliothèque avec Sélim. Sélim lit tout, les affiches, le journal et même des bouquins épais comme des mille-feuilles. La plupart de ses copains en sont au même point, alors ils s'assoient autour d'une table et Sélim lit à haute voix. Les autres font semblant de parcourir des revues pour se donner une contenance. Ils écoutent et ça va très bien comme ça. Ici, on se débrouille, on s'arrange, on vit sur une île déserte. Le monde ne s'occupe pas d'eux, ils ne s'occupent pas de lui.

Au fond, tous ces mômes canards et souris de *Picsou Magazine* sont un peu comme lui ; ils n'ont pas de parents, juste des oncles et des tantes. Pourtant, Vincent n'a pas l'impression de vivre dans le pays merveilleux de Walt Disney. Des oncles et des tantes, il en a un paquet, mais ils sont tous plus taches les uns que les autres. Sauf Raymond, peut-être. Il vit dans un blockhaus, au creux d'une dune, entre Calais et Boulogne. Tout le monde le prend pour un taré parce qu'il vit seul, sans bagnole, mais il se démerde, il ne demande rien à personne, il ne reçoit même pas le RMI. Il dépanne par-ci par-là, pose des lignes de fond, ramasse des coquillages, qui bien souvent donnent la courante à cause des pétroliers qui vidangent au large. Mais il vit au grand air, pas celui qui entre par la fenêtre de la cuisine de cette HLM pourrie de Petite-Synthe…

Des années qu'il ne l'a pas revu, Raymond. Ça serait bien d'aller faire un tour pour le voir, de poser ses fesses dans le sable et de regarder le dernier soleil d'août fondre dans la mer avant que le ciel vire au gris tunnel pour de si longs mois…

Un cri d'horreur jaillit du salon.

– Vincent, ça marche plus !

L'œil glauque de la télé est plus noir qu'un dimanche après-midi de novembre. Une épaisse fumée monte du téléviseur.

– Vous avez touché à quoi ?

– À rien, c'est arrivé tout seul. Ça a fait paf ! et puis plus rien…

Les trois gosses le fixent effarés, des spirales au fond des yeux.

Elle est morte. Normal, elle marche vingt-quatre heures sur vingt-quatre. Y a plus qu'à aller vous coucher.

– Nan ! La télé !…

Ça fait peine à voir, une portée de chiots terrorisés. Si Vincent ne trouve pas une solution rapidement, il va les avoir sur le dos, hystériques et larmoyants, jusqu'au retour de sa mère. C'est au-dessus de ses forces. Il y a bien M. Perez, le voisin du troisième... Il est dans les affaires. C'est Darty, en plus petit, chez lui. On y trouve tout : des magnétoscopes, des appareils photo, des micro-ondes, des frigos, des télés et même l'autoradio qu'on vous a piqué la semaine dernière.

– Bougez pas, je reviens tout de suite.

Au troisième coup de sonnette, M. Perez vient ouvrir. Même en caleçon, il a l'air tout habillé tellement il est couvert de poils. Il sent l'ail et le journal de vingt heures.

– Qu'est-ce que tu veux, Vincent ?

– Notre télé vient de claquer, vous n'en auriez pas une à nous prêter ?

– À prêter, non, mais à vendre, oui. T'as des sous ?

– Non, ma mère vient de partir à Melun voir papa. S'il vous plaît, monsieur Perez, les autres sont comme fous, là-haut. Je ne sais pas ce que je vais en faire d'ici qu'elle revienne.

– Balance-les par la fenêtre. Tout ce qui encombre, ici, on le balance par la fenêtre.

Ça le fait rigoler, M. Perez, cette bonne vanne. Puis il se frotte la joue, couverte d'une sorte de paille de fer, pour bien montrer qu'il réfléchit.

– Je peux rien te donner sans garantie, le commerce, c'est le commerce. T'as rien à m'offrir en échange ?… Cherche bien…

Pendant une petite seconde, Vincent passe en revue ce qui est resté après le passage des huissiers, le mois dernier. Pas grand-chose, le strict minimum. À moins…

– Une minute, monsieur Perez, je redescends tout de suite.

Tandis que, d'une même voix, les autres lui crient : « ALORS ? » Vincent farfouille sous le bac à douche. Du bout des doigts, il touche le chiffon graisseux enrobé d'un sac plastique et le tire à lui. Quatre à quatre, il redescend l'escalier et tend le sac à Perez.

– C'est quoi, ça ?

– Ouvrez-le.

– Merde, un Manurhin ! C'est une arme de flic, ça. Reste pas dans le couloir, entre et attends-moi là.

Dans l'entrée, il y a une photo de M. Perez en boxeur avec vingt ans et vingt kilos de moins. Celui-ci réapparaît, une télé à bout de bras.

– Tiens, mais c'est bien parce que c'est toi.

– Elle est toute petite !

– Peut-être, mais elle marche au poil. De toute façon, le truc que tu m'as refilé, c'est plus un machin à problèmes qu'un cadeau. Maintenant, si ça ne te va pas…

– Non, ça ira.

– Tu pourrais dire merci !

Vincent ne répond pas.

Dès que l'image réapparaît dans l'obscurité du salon, les autres se détendent, poussent une sorte de « OUF ! ». Comme un gros coussin quand on s'assoit dessus.

Accoudé à la fenêtre de la cuisine, Vincent fume une cigarette dont il n'a pas vraiment envie. Sélim, qui l'a lu dans un *Que sais-je ?,* lui a dit que certains de ces astres qui scintillent là-haut sont déjà morts, mais qu'on les voit quand même. Ça lui fait penser à son père, à sa mère, aux autres, à lui. Au bout de trois taffes, Vincent balance sa clope d'une pichenette comme pour ajouter une étoile à ce ciel méprisant qui semble l'ignorer. Après une courbe gracieuse, le mégot retombe et va s'écraser sur le toit d'une voiture en stationnement.

– Eh ben moi, je préfère vivre et qu'on ne me voie pas.

– Alors, tu lui as filé le flingue de ton père ?

– Qu'est-ce que tu voulais que je fasse ? D'abord, c'était pas le sien, et puis, où il est, il n'en aura plus besoin avant une bonne dizaine d'années. En sortant, il aura oublié, enfin, j'espère.

– T'as raison, c'est mieux comme ça. Un flingue chez soi, c'est comme un chat crevé, ça attire les bêtes.

Un croissant de lune parfait tangue au-dessus de la station-service supérette. On dirait celui qui orne le tee-shirt de la caissière, sauf que le sien a un Pierrot joueur de mandoline à cheval dessus qui se dilate à chaque respiration de son opulente poitrine. C'est là que Vincent et Sélim se retrouvent le soir pour discuter de tout et de rien. Il n'y a rien d'autre d'ouvert dans le quartier. Ça fait un peu de lumière dans tout ce noir, et les seins de la caissière leur servent de balises au milieu du vide.

De temps en temps, des scooters passent dans un vrombissement de moustique. C'est un bon endroit pour s'emmerder. Sélim trace un grand huit dans la poussière du bout de sa basket en tirant nerveusement sur ce qui reste du pétard.

– Des fois, ça me gave, tout ce vide, pas toi ?

– Bof… On est chez nous.

– Chez nous ?… J'ai jamais demandé à vivre ici, moi ! T'as pas envie de te casser ?

– Pour aller où ?

– N'importe où, ailleurs !…

– Ça sert à quoi ? Pour des gens comme nous, c'est partout pareil.

– Pas pour moi ! Dès que j'ai mon bac, je me casse. Je fais ingénieur automobile, j'aurai une femme, des enfants, une vraie maison avec un chien devant et une bagnole… non, deux, une BM et une Porsche ! Je voyagerai, j'irai aux States, en Chine…

– Qu'est-ce que tu foutras en Chine ?

– Eh ben, je verrai des Chinois ! J'en ai marre de voir tous les jours les mêmes tronches.

– Paraît que tous les Chinois se ressemblent.

– Et vous, vous ne vous ressemblez pas tous, peut-être ?… Je vais te dire, si vous ne bougez pas vos fesses d'ici, c'est que vous avez la trouille !

– Passe-moi le pétard au lieu de dire des conneries.

– Parfaitement, vous avez les jetons ! Ici, dans la cité, tout le monde connaît tout le monde, c'est facile de jouer les caïds, mais dehors, c'est pas la même chose ! Tiens, l'autre jour j'ai lu un truc dans *Science et vie*. Un môme qui a une maladie de naissance, c'est-à-dire qu'il se chope tous les microbes s'il est à l'air libre. On le maintient en vie dans une sorte de bulle de plastique. Les toubibs, ses parents lui donnent à bouffer et lui font des guili-guili avec des gants de caoutchouc. Le môme va très bien. Et puis un jour, à six ans, il est guéri. Quand on le fait sortir de sa bulle, il est fou de terreur, il panique, il marche les mains tendues devant lui, il n'y a plus de murs en plastique autour de lui. La liberté le fait flipper.

– Ben, fallait le laisser dedans.

– Mais il est guéri !

– Bon, et après, je ne suis pas malade !

– Si, t'es malade, sauf que tu ne le sais pas. T'es comme lui, t'as peur d'être libre. Tu préfères le confort de tes petites habitudes minables... T'es qu'un petit-bourgeois !

– Dis donc, Sélim, tu commences à me bassiner ! Tu lis trop.

– Et toi, pas assez !

– Et pourquoi je lirais ? Pour savoir qu'Albert de Monaco s'est marié en grandes pompes ? Qu'il y a une guerre je ne sais où dont tout le monde se fout ? Qu'un ministre a mis les voiles peinard avec la caisse alors qu'un connard comme toi et moi s'est pris un an pour avoir tiré un scooter ?... Il ne m'intéresse pas, ton grand monde, il est encore plus crasse que le mien.

Vincent saute de la barrière sur laquelle il était assis. Ces abruties d'étoiles ont l'air de le narguer. Pour elles, il n'est qu'un clou planté dans le goudron, rien de plus. Et elles, elles ressemblent à quoi ?... Pareilles que lui mais plantées dans le vide. Elles ne valent pas mieux. C'est trop grand, tout ça, ça te prend le chou pour rien de penser à des trucs pareils. Il est bien sympa, Sélim, mais dès qu'il a fumé trois taffes, il se met à tisser une toile faite de tous les mots qu'il a lus dans ses saloperies de bouquins et on n'y comprend plus rien. On se sent comme une mouche engluée qui voit l'araignée débouler sur elle.

– Vincent ?

– Quoi ?

– Regarde...

Une Volvo immatriculée en Belgique vient de se garer devant la station. Un gros type en sort, titubant, en laissant tourner son moteur. Sélim et Vincent échangent un regard pétillant d'étincelles. Là, on ne pense pas, on agit. Il ne leur faut que quelques secondes pour se glisser dans la voiture, Sélim au volant, Vincent à ses côtés. Bientôt, surgit derrière eux un gros Belge rubicond, bouche ouverte, courant comme à reculons dans le cadre du rétroviseur.

– Je le crois pas ! Un mec dans la cité qui laisse sa bagnole comme ça…

– C'est une histoire belge !

Vincent et Sélim sont morts de rire. Un manège pareil, c'est inespéré. La bagnole sent le cuir, le cigare, le fric.

– Regarde ce qu'il y a dans la boîte à gants.

– Y a des gants.

– Passe-les-moi, ça fait classe de conduire avec des gants. Y a rien d'autre ?

– Des paperasses, des bonbons à la menthe…

– J'aime pas ça. Ça me fait penser à l'hôpital. Et puis ?

– Des cigares. T'en veux un ?

– Non, ça me file la gerbe.

– Moi aussi… Oh merde ! de la tune dans une enveloppe…

– Combien ?

– Attends, je compte… Quatre-vingts euros !

– On est les rois du pétrole ! Où est-ce qu'on va, Malo-les-Bains ?

– Non, prends l'autoroute vers Calais.

– Pourquoi ?

– J'ai de la famille à voir.

– De la famille ?

– Oui, un vieil oncle. C'est marrant, j'y pensais tout à l'heure. Après Calais, on prendra la route de la côte, c'est un peu avant Boulogne, dans les dunes.

– T'es sûr ?

– Certain. C'est un vieux dingue qui vit dans un blockhaus, mais il est cool, t'en fais pas.

– Bon, on y va. Sur l'autoroute, on va voir ce qu'elle a dans le ventre, cette bagnole. C'est une comme ça que je voudrais.

L'A16 est vernie comme une peau de phoque. Un léger crachin s'est mis à tomber. Les essuie-glaces balaient les gouttes en silence. On se croirait au cinéma. Cette grande langue de bitume qui s'enfonce dans la nuit, les feux arrière des voitures doublées qui se volatilisent dans un présent aussitôt passé, les réverbères qui semblent se courber au-dessus d'eux comme des larbins de grand hôtel et tout ça sans un bruit, sans un cahot, comme sur un tapis volant…

– Ça, c'est de la bagnole. Cent soixante-dix au compteur et pas une vibration, tu parles d'un moulin !

– J'ai trouvé une cassette.

– C'est quoi ?

– Comment tu veux que je le sache ? C'est écrit en tout petit.

– Fais voir : *Requiem* de Fauré… connais pas. Mets-la toujours, on verra bien.

– Merde, c'est de la grande musique !

– Laisse ! C'est pas mal, on se croirait dans une église.

– Qu'est-ce que t'en sais, des églises, t'es musulman.

– Qu'est-ce que ça peut faire ? Les églises, les mosquées, tout ça, c'est pareil. Écoute, on dirait des anges...

Jusqu'à présent, pour Vincent, les anges n'étaient que des espèces de petits poulets rôtis qu'on accroche dans les branches des sapins de Noël. Mais là, ce soir, confortablement installé sur les coussins de cuir de la Volvo, il les voit, en vrai, scintillant dans chacune des gouttelettes d'eau qui constellent le pare-brise. Des anges minuscules, gentils comme des Schtroumpfs qui, tout doucement, lui portent le cœur au bord des lèvres. Ça donne envie de pleurer tellement c'est beau, tellement propre, tellement... Il voudrait le dire à Sélim, mais il n'a pas les mots et, cette fois-ci, ça lui manque. Alors il se tourne vers la vitre et essuie un truc salé qui dégouline du coin de ses yeux au coin de sa bouche.

– Ça va pas ?

– Si, et toi ?

– Je sais pas. C'est trop top, cette musique. On pourrait aller jusqu'au bout du monde avec ça. T'imagines, un jour, un mec a ça dans la tête et il arrive à nous le faire écouter... balaise, ce Gabriel Machin... Tiens, si j'aimais pas tant les bagnoles, j'aurais fait artiste.

Puis plus rien, plus un mot échangé, rien que la musique jusqu'à ce qu'un panneau phosphorescent indique : « PROCHAINE SORTIE CALAIS ».

– Vincent, on est à Calais. Où je vais maintenant ?

– Faut prendre la route de la côte en direction de Boulogne.

– OK. Je m'arrêterais bien boire un coup, pas toi ?

– Je crois qu'il y a un bled à la sortie de la ville, Blériot-Plage. On y a mangé des frites avec mon père ; il y a...

C'était un jour d'été. Son père était plein de fric, il avait décidé ça le matin, alors qu'ils étaient partis tous les deux chercher des cigarettes et du pain. Après avoir bu trois pastis 51 et fait son tiercé, il lui avait mis la main sur l'épaule.

– Dis donc, Vincent, t'as vu le temps qu'il fait ? Si on se payait une petite virée entre hommes ?

– Et le pain ?

– Quoi, le pain ?... Y a des biscottes à la maison. Allez, en route, on va voir Raymond.

Ce jour-là, personne n'aurait pu lui résister. Il avait l'air d'un gagnant avec son visage bronzé et ses cheveux bien peignés. La patronne du tabac lui avait fait un clin d'œil. Il conduisait une voiture bleue qu'il devait vendre la semaine suivante. Les vitres étaient grandes ouvertes, le vent s'engouffrait à l'intérieur, mélangeant les rires et la musique qui hurlait à la radio, une chanson de Johnny Hallyday dont son père reprenait le refrain : *Les Portes du pénitencier...*

Raymond n'était pas chez lui, ce jour-là. Au retour, ils s'étaient arrêtés à Blériot-Plage et avaient mangé des frites et des moules dans une gargote qui ressemblait au plus beau restaurant du monde. Son père avait payé une tournée générale. Chacun lui avait serré la main. On aurait dit une vedette de cinéma. Vincent était fier comme trente-six poux. Ils étaient rentrés tard. Son père et sa mère s'étaient engueulés, mais Vincent avait passé la journée la plus formidable de sa vie.

– C'est ça, Blériot-Plage ? Ben dis donc, c'est pas l'Amérique !...

Des lotissements sinistres longent la route de chaque côté. Tout est éteint, mais même en plein jour, ça doit faire le même effet.

– Chien méchant... chien méchant... villa « Mon rêve »... mon cauchemar, oui ! T'es sûr que c'est là ?

– Je reconnais plus bien... J'étais petit. Attends ! Là où il y a des lumières !

Vincent n'est pas sûr que ce soit la même gargote, mais qu'est-ce que ça peut faire que ce soit devenu un pub irlandais ? Lui aussi a changé, tout change tout le temps. Sélim se gare sur le parking dans un crissement de pneus, coupe le contact et étire ses bras sur le volant.

– Tout le monde devrait avoir droit à ça. Tu vois ce que je te disais, la vraie vie, elle est pas à Petite-Synthe, elle est ailleurs.

Sélim a gardé les gants et joue négligemment avec les clés de la voiture en attendant qu'on leur apporte les bières qu'ils ont commandées. Ce n'est certainement pas là que Vincent avait mangé des frites et des moules avec son père, mais ce n'est pas grave. Ce soir aussi, il a l'impression de tenir le monde dans le creux de sa main. Il a une sorte de sourire indélébile plaqué sur le visage, une envie de rire de tout.

– Qu'est-ce qui te fait marrer ?

– Je ne sais pas... tout. C'est comme si j'avais toujours été attaché par un élastique à ma porte et, tout d'un coup, il vient de claquer. Je me sens léger, léger...

– Ben, à la nôtre et vive la Belgique !

La serveuse a un petit air de Penelope Cruz, enfin, juste le grain de beauté, et la bière, un goût de champagne.

– Dans un an, je passe mon bac et l'année suivante le permis. Ensuite, je fais ingénieur chez Rolls Royce, c'est le mieux. Tu viendras me rejoindre en Angleterre. Mais pour ça, faut en vouloir, faut pas rester écroulé dans son coin. Ça vaut le coup, non ?

– Ça vaut le coup.

– Alors, tu vas te bouger les fesses ? Faut que tu te remettes à lire. Sinon, t'es comme un aveugle dans la vie, t'avanceras toujours à tâtons. J'ai pas raison ?

– Si, t'as raison.

Là où il en est, Vincent dirait oui à tout, aux chaises, aux tables, aux clients accrochés au bar tels des perroquets, au lustre en faux cristal qui pend du plafond et au temps immobile qui s'y suspend et qui les met, lui et Sélim, comme entre parenthèses de jours monotones.

– Ça sera plus jamais pareil.

– Quoi ?

– Rien. On y va ?

Dehors, les étoiles ne sont plus si hautes, si inaccessibles. Vincent les regarde droit dans les yeux. Le crachin a cessé. Il fait doux et bleu.

– Sélim, tu me laisses le volant ?

– T'es sûr que tu vas savoir ? C'est pas une Clio de base...

– T'inquiète. Ça me ferait plaisir d'arriver chez Raymond au volant d'une caisse comme ça. On n'est plus loin.

– OK, mais fais gaffe !

Ça ne ressemble pas aux bagnoles avec lesquelles il a fait des rodéos dans la cité. C'est à la fois plus puissant et plus calme. On pourrait la conduire d'un doigt, cette voiture. Pourtant, Sélim semble crispé sur son siège.

– Cool, Sélim, je roule doucement, non ?
– Oui, mais regarde devant toi quand même.
– T'entends pas ?
– Quoi ?
– La mer, à droite… ouvre ton carreau, je veux sentir.

Une bouffée d'air iodé envahit l'habitacle et le roulement des vagues sur les galets donne envie de prendre le large, invite au voyage.

– Ça sent bon, non ?

– Ça sent le poisson et l'algue pourrie. Regarde devant toi !

– Mais oui, je regarde. Tu sais, je voudrais pas que ça s'arrête, je voudrais qu'on continue, en Angleterre si tu veux.

– On ira, mais pas tout de suite. On part pas comme ça avec quatre-vingts euros en poche.

– Alors, on partira jamais.
– Regarde, merde ! T'as pas vu le panneau ?
– Quel panneau ?
– Voie sans issue ! T'es con ! Freine… Freine !

La route s'arrête net, plus de goudron, juste des cahots, des trous et des bosses qui font tanguer la voiture en tous sens. Sélim s'accroche au tableau de bord. Vincent ne sait plus trop quoi faire de ses pieds, frein, accélérateur, il ne sait plus. La nuit semble pâlir.

– Arrête, merde !

Ensuite c'est le tourbillon, ni haut ni bas, sens dessus dessous, les cadrans verts de la voiture qui s'affolent, des coups, à l'épaule, à la tête… Et puis plus rien que la cassette qui s'est remise en marche, faisant jaillir les voix d'anges du *Requiem* de Fauré dans le silence épais de la nuit.

C'est Sélim et pourtant ce n'est plus Sélim. Il est si pâle, les yeux écarquillés, la bouche ouverte. Il a l'air étonné, juste étonné de ce qui lui arrive, comme sur les Photomaton quand le flash vous surprend. Vincent essaie de remuer, mais une douleur fulgurante lui broie l'épaule gauche. La voiture s'est immobilisée sur ce même côté. Seule la ceinture de sécurité empêche son copain de s'écrouler sur lui.

– Sélim, ouvre ta porte, je suis coincé… Sélim !

Celui-ci le fixe sans un battement de cils. Ses pupilles sont recouvertes d'une taie opaque, comme les yeux des nouveau-nés.

– Sélim, déconne pas, ouvre la portière !

De son bras valide il le secoue, mais cela n'a d'autre effet que de faire ballotter la tête de son copain de droite à gauche.

– C'est pas vrai...

La panique anesthésie sa douleur. Tant bien que mal, il parvient à détacher la ceinture qui barre la poitrine de Sélim. Son corps, aussi lourd qu'un sac de ciment, lui tombe dessus. Vincent pousse un cri qui se mêle à la voix des anges. Les dents serrées, les yeux brouillés de larmes, il parvient à ouvrir la portière. S'aidant des pieds, il pousse le corps de son copain qui disparaît dans un bruit mat, puis réussit à s'extraire de la voiture.

Le sol est mou. Du sable avec du noir autour, balafré par le faisceau des phares éclairant le néant. Vincent ferme les yeux, se bouche les oreilles. Cette saloperie de musique lui taraude les tympans. C'est insupportable. À tâtons, il coupe la cassette, le moteur et les phares. Le silence qui tombe est encore plus pénible. Il n'arrive même plus à pleurer, pourtant son épaule lui fait un mal de chien. Il se penche sur le corps de Sélim, affalé, face contre terre, et le retourne. Le sable collé sur sa figure lui fait un masque horrible. Il ne respire plus. Un filet de sang s'écoule de son oreille.

– Sélim, tu peux pas me faire ça !

C'est la fin du monde, mais tout est calme. La mer indifférente, en contrebas, continue à rouler ses galets. Aucune lumière à l'horizon. Comme un automate, Vincent se relève et avance droit devant lui, irrésistiblement attiré par la frange d'écume phosphorescente.

Ses pieds s'enfoncent dans le sable, glissent sur les galets. Il avance, hypnotisé, et tombe à genoux dans l'eau. Il reste là, sans bouger, comme s'il avait la tête enfouie dans un immense coquillage qui lui hurlerait : « TOI, TOI, TOI… » au rythme du ressac.

– Pourquoi moi ?… Pourquoi ça m'arrive à moi ?… J'ai pas fait exprès !

Le ciel détourne les yeux, la lune semble regarder ailleurs, les étoiles se liment les ongles en sifflotant.

– C'est pas juste, il voulait être ingénieur chez Rolls Royce !… On était bien, là. C'est pas juste, je vous déteste !

D'une main, il s'asperge le visage. L'eau glacée lui remet vaguement les idées en place.

– Faut pas que je reste là. Sélim est mort, complètement mort… Je dois plus être très loin du blockhaus de Raymond… Suffit de suivre la plage sur la gauche… Je finirai bien par trouver…

Marcher, oui, c'est ça, il fallait qu'il marche, pour ne pas se noyer dans sa tête, pour oublier… marcher…

– Aïe !…

La pointe de la botte de caoutchouc qui vient de le retourner a réveillé la douleur qui lui mord l'épaule, une sorte de décharge électrique le parcourt des pieds à la tête.

– Qu'est-ce que tu fous là, toi ?

Vincent a du mal à répondre, il a du sable plein la bouche, plein les yeux. Une silhouette sombre se profile au-dessus de lui comme découpée aux ciseaux sur fond de petit jour café-crème. D'instinct, il serre son bras meurtri contre lui.

– Qu'est-ce que tu fous là ?

– Je dormais, j'ai le droit, non ?

L'homme ne répond pas, se contentant de le fixer de ses petits yeux perçants qui semblent irradier sous la visière de sa casquette. Le reste de son visage est masqué par une barbe drue et le col relevé de son ciré jaune. Un gros sac est posé à côté de lui, il tient un bâton dans sa main droite. Vincent se sent mal à l'aise, transpercé de part en part par ce regard de porcelaine.

– Je dormais, je vous dis ! La plage est à tout le monde, non ? Et vous, qui vous êtes ?

Pour toute réponse, le bout de la botte vient buter sur son épaule gauche.

– Aïe ! Ça va pas ?

L'homme se penche au-dessus de Vincent. À cette distance, les traits de son visage apparaissent plus nettement. On dirait une de ces pipes en racine de bruyère représentant un vieux marin, des angles secs, sculptés dans le vif. Pourtant, il s'en dégage quelque chose de familier...

– Raymond ?

L'homme n'a émis qu'un frémissement de paupières.

– Comment tu connais mon nom, racaille ?

– Je suis Vincent, le fils à Robert, ton neveu.

– Menteur, Vincent a huit ans.

– J'en ai seize, maintenant. Ça fait huit ans qu'on ne s'est pas vus.

Raymond cligne plusieurs fois des yeux, son front se plisse comme s'il faisait de gros efforts pour se souvenir.

– Qu'est-ce que t'as à l'épaule ?

– Je suis tombé.

– T'es tombé… du ciel ?… On verra ça plus tard. Accroche-toi.

Ils marchent dans les dunes piquées d'herbes sèches, on se croirait dans le désert. Vincent a du sable plein ses baskets, ça lui serre les pieds. Parfois il trébuche, alors Raymond le tire sans douceur par le col, comme un âne. De la mer, il ne reste sur le sable que des flaques de nacre reflétant un ciel couleur d'huître.

– C'est encore loin ?

Du bout de son bâton, Raymond désigne une sorte de grosse pierre plate entre deux dunes d'où s'échappe un filet de fumée.

D'un coup de botte, Raymond ouvre la porte du blockhaus. Dedans, ça sent le pipi de chat et la laine mouillée. C'est sombre, surtout, très sombre.

– Allonge-toi là.

Vincent se laisse tomber sur le sommier rouillé, dont les ressorts gémissent sous son poids.

– T'as faim, tu veux un jus ?

– Je veux bien.

Ses yeux s'habituant peu à peu à la pénombre, Vincent découvre l'intérieur du blockhaus : un fatras invraisemblable de bouts de bois, de ferraille, de cailloux, de cordages et de tout un tas d'objets plus ou moins identifiables. Auprès du poêle sur lequel sifflote une cafetière cabossée, il observe son oncle qui mélange des herbes dans un bol d'eau chaude.

– Tiens, avale ça.

– Ça pue !

– Avale ça, je te dis, et montre-moi ton épaule.

Quand Raymond vous regarde avec cet air-là, c'est difficile de dire non. Vincent ferme les yeux et avale la potion d'un trait. Son estomac s'insurge, mais, les dents serrées, il parvient à ne pas vomir. Le breuvage lui procure une sensation de bien-être étrange. Raymond lui palpe l'épaule. Il a des doigts comme des racines et pourtant ils sont aussi légers que des plumes.

– Je vais te faire mal. Accroche-toi au lit de ton autre main.

Raymond pose un pied sous son bras gauche et lui saisit le poignet. La douleur lui zèbre le corps tel un éclair dans un ciel d'orage. C'est ce que doit sentir un arbre quand on lui arrache une branche, un grand CRAC ! Et puis plus rien qu'une chute sans fin dans un tourbillon de farine noire.

Vincent chevauche un nuage de suie, une fumée d'usine. Il se sent léger, léger... Au-dessous de lui, sur la plage, il aperçoit Sélim au volant d'une minuscule voiture à pédales rouge, poursuivi par sa mère et les autres. Sélim pédale de toutes ses forces. C'est une sorte de jeu, où Raymond règle la circulation avec son grand bâton. De son nuage, Vincent leur crie : « Cerveaux lents mais Mongols fiers !... Indirigeables !... » Il a envie de les rejoindre, mais le vent le pousse, plus loin, encore plus loin, toujours plus loin. Il a peur, il hurle : « À présent, je voudrais rentrer chez moi !... » Mais il s'envole plus haut, si haut que parfois il heurte une étoile de l'épaule. La nuit est blanche, incandescente.

On entend comme un bruit de moteur... Vincent a du mal à respirer, il se sent oppressé. En ouvrant les yeux, il croise le regard vert émeraude d'un énorme chat roux ronronnant sur sa poitrine. D'un bond, il se redresse. À regret, le chat se laisse tomber du lit, s'étire et saute sur un tabouret à côté du poêle. Le blockhaus est vide. D'instinct, Vincent porte la main à son épaule. Il ne ressent plus aucune douleur, si ce n'est une crampe à l'estomac qui lui rappelle qu'il n'a rien mangé depuis la veille. La veille… La route, la nuit, la musique des anges, l'accident, Sélim, le cou tordu, la marche dans le noir sur le sable, son épaule douloureuse, Raymond… Peu à peu, toutes les pièces du puzzle désordonné qui lui sert de mémoire se remettent en place. Le goût de la mixture qu'il a ingurgitée lui donne la nausée. La cafetière est toujours au coin du feu. Vincent se lève, un peu château branlant, mais ses jambes parviennent à le soutenir jusqu'au poêle. Le chat roux ne le quitte pas des yeux une seconde. La bobine de câble qui sert de table est encombrée d'un tas d'objets hétéroclites, parmi lesquels il déniche un bol, une miche de pain plantée d'un couteau et un paquet de beurre à moitié fondu. Le café est tiède, le pain rassis et le beurre rance, mais jamais Vincent n'a mangé de si bon appétit. Par l'étroite meurtrière horizontale qui sert de fenêtre filtre un rayon de soleil. On pourrait se croire au fond d'un cachot si la porte entrouverte ne battait au gré du vent. La bouche pleine, le bol à la main, Vincent sort de ce qu'on peut difficilement appeler une maison.

Il doit être aux environs de midi, le soleil est au zénith. C'est bon, cette chaleur qui coule en lui comme du miel, qui lui réchauffe les os. En grimpant sur la dune, il aperçoit la plage sur laquelle des gens jouent au ballon, sautent dans les vagues en s'aspergeant ou bien se prélassent sur des serviettes-éponges multicolores, des familles heureuses qui profitent de leurs derniers jours de vacances. Ils ne sont qu'à quelques centaines de mètres de lui, et pourtant on les croirait au bout de la terre, ou même carrément dans un autre monde. Chez eux, il n'y a pas de père en prison à Melun, ni de mère au visage dévasté, ni de panne de télé, ni de Volvo renversée, ni de copain Sélim balancé mort comme un mégot dans un caniveau. Ils sont en vacances.

– Ah, t'es là, toi !

Le gros chat roux est assis à ses côtés, l'air sérieux, la moustache en bataille, les oreilles dressées. Du bout du doigt, Vincent racle un peu de beurre de sa tartine et le lui tend. Le matou renifle, méfiant, puis lèche l'index de sa langue râpeuse.

– Fais voir un peu ?... T'as plus de queue ?

Vexé, le matou se retourne, fait mine de humer une plante. Son derrière ressemble à celui d'un lapin.

– Allez, viens là.

Le chat se laisse prendre en miaulant pour la forme. Une de ses oreilles est fendue en deux, et son épaisse toison clairsemée par endroits est pareille à un vieux tapis.

– T'es comme moi, tu t'es frotté un peu trop près à la vie. T'es beau quand même.

Le chat cligne des yeux, abandonné sur la poitrine de Vincent, puis dresse les oreilles et s'enfuit entre deux touffes d'oyats. Sur la plage, une jeune fille brune comme un pruneau, en maillot rouge, poursuit un ballon jaune. Le vent porte ses éclats de rire jusqu'aux oreilles de Vincent. C'est tout bête, mais on dirait le bonheur.

Après la lumière éclatante du dehors, l'obscurité du dedans semble faire du blockhaus un cube plein. Le garçon se heurte à l'ombre.

– Mais pourquoi, Raymond-san ?

– J'ai dit non, Mishima, et quand je dis non, c'est non. Revenez dans… quinze jours, j'aurai peut-être quelque chose pour vous.

– Comme vous voudrez, Raymond-san, comme vous voudrez. Mais songez à notre proposition, nous pouvons faire de vous un homme célèbre !

– Qu'est-ce que vous voulez que ça me fasse ? Aujourd'hui, le dernier des crétins peut devenir célèbre. Suffit de manger trois kilomètres de boudin ou d'avoir été pris en otage, et hop ! tout le monde parle de vous. C'est pas difficile.

– Bien, *sayonara*, Raymond-san, *aligato.*

– C'est ça, *sayonara aligato.*

Deux Japonais en costume trois-pièces se prosternent plusieurs fois devant Raymond qui leur tourne le dos. Il vient de plonger deux tourteaux gigotant de toutes leurs pattes dans une marmite d'eau bouillante. L'un des deux hommes s'empare d'un objet d'un mètre cinquante qui semble assez lourd, emballé dans du plastique bulle.

– Alors, dans quinze jours ?

– C'est ça, Mishima, salut.

Vincent s'efface devant les visiteurs qui se courbent respectueusement en passant devant lui et disparaissent, peinant sous leur fardeau, derrière la dune.

– Tiens, te v'là, toi !

– Bonjour, Raymond.

– Ton épaule ?

– Je ne sens plus rien.

– C'était juste démis. Fallait tirer dessus. Assois-toi et sers-nous un jus. M'ont donné soif, ces cons-là.

– Qui c'était ?

– T'occupe. Débarrasse-moi la table de tout ce foutoir et sers-nous deux bols. Je t'en pose, moi, des questions ?

– Non.

Vincent se met à l'œuvre, empile la vaisselle sale et va la déposer dans une bassine de plastique déjà pleine d'eau grasse. Il va pour continuer quand, sous un torchon, il découvre une liasse imposante de billets de deux cents euros.

– Raymond ?

– Quoi ?

– Ben… ça !

– Ah oui, donne.

Il attrape la liasse et la balance dans une caisse en fer-blanc au couvercle cabossé.

– Alors, tu nous le sers, ce café ?

Un joli tas de crabes s'amoncelle devant eux. Raymond écrase méthodiquement les pinces à l'aide d'un galet et tète la chair blanche à pleine bouche, entre deux rasades de café. On dirait un homme des cavernes éructant, bruits de succion, déglutition... Vincent est un peu écœuré. Il se bourre de pain et de beurre. C'est pas facile à manger, ces bestioles-là, aussi compliqué que de démonter un moteur.

– Tu manges pas ?

– Si, mais c'est long à décortiquer.

– Quand j'avais ton âge, je croquais tout avec les dents.

– C'est pour ça que t'en as plus.

– Mange l'intérieur de la carapace, c'est ce qu'il y a de meilleur. T'es gros comme une allumette. Qu'est-ce qu'ils te font bouffer, tes parents ?

– Des nouilles.

– Ça se voit.

– Raymond, combien il y avait dans la liasse ?

– Je sais pas, moi... quatre-vingt, cent mille... qu'est-ce que ça peut te faire ?

– Rien, j'en avais jamais vu autant. C'est quoi que tu vends ?

Raymond crache deux ou trois morceaux de carapace qui atteignent le chat roux de plein fouet. Le matou s'éloigne de la table.

– Non mais, il est pas possible, celui-là ! Et qui c'était ces Japonais ? Et combien il y avait dans la liasse ? Et c'est quoi, que tu vends ?... Et toi, qu'est-ce que tu fiches ici à dormir dans la dune ? Et comment que tu t'es démis l'épaule ? Et c'est quoi cette bagnole retournée qu'on a retrouvée à côté de Wissant avec un mort dedans ?...

Vincent devient tout pâle. Il ne quitte plus son assiette des yeux. Comment il est au courant de tout ça, ce vieux débris ?

– Mange ou mange pas. Après tout, ça m'est égal. Moi, je vais piquer un roupillon. Après, tu m'aideras. J'ai repéré un machin sur la plage, mais c'est trop lourd pour moi. Tu me réveilles dans deux heures, compris ?

– D'accord.

– Tiens, t'as qu'à faire la vaisselle pendant ce temps-là, ça t'occupera, au lieu de poser des questions à la gomme.

Raymond se lève de table, essuie son couteau sur une de ses bottes, pousse un rot sonore et va s'écrouler en bâillant sur un matelas qui vomit par un coin une poignée de laine grise. Une minute plus tard, il ronfle comme un sonneur.

« Cent mille balles, qu'il a balancés comme un vieux journal dans sa boîte en fer-blanc ! Qu'est-ce qu'il peut bien magouiller, ce vieux filou ? Des armes, sûrement des armes, et pas des lance-pierres ! Ça avait l'air de peser lourd, ce que les deux Japonais ont emporté... Un bazooka ? Une mitrailleuse ?... Cent mille balles !... »

Vincent s'est approché de la plage, mais pas trop. Ces familles heureuses qui rassemblent les reliefs du pique-nique, qui plantent des parasols dans le sable, l'attirent et l'effraient à la fois. Il les observe, niché au pied de la dune, masqué par une touffe d'oyats, pareils à des objets de luxe, inaccessibles derrière la vitrine d'un magasin. C'est sa place, voir sans être vu. Il a retiré son tee-shirt, ses chaussures et ses chaussettes. Ses orteils gigotent dans le sable chaud en surface, plus frais en profondeur. C'est bon. Les mains sous la tête, il voit des gosses hérissés de filets à crevettes parcourir les dalles de rocher pareilles à des écailles de tortue sur la plage. Le soleil se fracasse dessus, provoquant des éclairs éblouissants. Ça sent le varech humide et chaud, un parfum d'épinard salé. Çà et là, des mouettes sillonnent le ciel, mêlant leurs ricanements aux cris des enfants.

«Sélim, t'aurais tellement aimé ça...» Une sorte de boule de billard se coince dans sa gorge. C'est pas juste, une vie froissée comme un devoir bâclé : «Au panier ! Peut mieux faire !...» Lui qui s'appliquait tant, toujours premier, pour devenir ingénieur...

«C'est pas de ma faute, Sélim, ça allait trop vite, j'ai vu le panneau trop tard.»

Deux grosses larmes perlent au coin de ses yeux. Le monde se trouble, pareil à ces boules de verre qui s'emplissent de neige quand on les retourne. Vincent ne veut pas que le ciel voie ça. Il se met à plat ventre, la tête dans les bras. Il n'y a pas vingt-quatre heures qu'il a quitté Petite-Synthe, et pourtant, ça lui paraît une éternité. Le vol de la Volvo, l'accident et maintenant cet oncle trafiquant d'armes, ça fait beaucoup. L'aventure commence dès qu'on a mis le pied sur son paillasson et qu'on a claqué la porte derrière soi. Il ne pourra plus jamais rentrer chez lui, affronter le regard des parents de Sélim. C'est une malédiction, il est comme son père, condamné à une éternelle cavale. Il a beau avoir seize ans et rouler les mécaniques dans sa cité, devant tant de fatalité, il pleure, jusqu'à s'en faire germer les yeux dans un trou de sable.

Le ballon en rebondissant sur sa tête n'a pas fait plus de bruit qu'une bulle de champagne éclatant au-dessus d'une coupe. Vincent se redresse sur un coude, abruti de sommeil et de soleil. Le ballon à tranches multicolores rebondit, léger, léger, poussé par le vent.

– Oh, pardon ! On ne vous avait pas vu.

La fille au maillot de bain rouge est à moins d'un mètre de lui. Un visage de chat, triangulaire, des yeux verts pigmentés d'or et une mèche noire pareille à une virgule au-dessus des sourcils. Ses jambes et ses bras dorés sont pailletés de sable. Juste derrière elle surgit la bouille tartinée de chocolat d'un môme de quatre ou cinq ans, hâlé comme un biscuit sortant du four.

– Je... je ne dormais pas, c'est pas grave... Qu'est-ce qui vous fait rigoler ?

Le gamin barbouillé se tord de rire en le montrant du doigt.

– On dirait une glace vanille-fraise !

Vincent porte la main à sa joue droite en feu, comme si un fer à repasser était posé dessus. La longue fille brune étouffe un rire dans sa main.

– Le soleil vous a mis une sacrée claque !

Vincent hausse les épaules. Sa joue gauche devient presque aussi écarlate que l'autre. C'est d'autant plus humiliant que la fille est vraiment belle, rien à voir avec les petites crevettes qu'il a décortiquées jusqu'à présent dans l'ombre propice des caves de la cité. Celle-là est presque une femme, avec tout ce qu'il faut là où il faut, mais pas trop. Le gosse s'enfuit en hurlant à tue-tête :

– VÉRO ET VANILLE-FRAISE, VÉRO ET VANILLE-FRAISE !...

Vincent a envie de l'attraper par les cheveux et de le balancer par-delà l'horizon.

– Faut pas vous vexer. Moi, dès le premier jour des vacances, je suis rouge comme une tomate.

– Je suis pas en vacances.

– Ah, vous habitez ici ?

– Non, je bosse.

– Et c'est quoi votre travail ?

– Les affaires.

– Ah !

Le sale gosse revient, entonnant le même refrain, et leur balance des poignées de sable.

– Fiche-nous la paix, Fred, ou je te jette à l'eau !... (Le gosse détale en riant.) Faites pas attention, c'est mon frère. Il est gentil mais il est bête. Il est petit, quoi.

Tandis que Vincent enfile son tee-shirt et ses chaussures, la fille s'assoit, façon petite sirène, les jambes repliées sous elle.

– Je ne vous dérange pas ?

– Non pas du tout.

– Merci. C'est la fin des vacances. On revient de Belgique. On a été voir de la famille. C'est un peu chiant, les vacances, toujours avec mon petit frère...

Vincent la regarde par en dessous, qui fait couler du sable entre ses doigts. Ça le choque un peu qu'elle ait dit « chiant », ce n'est pas un mot qui va avec sa bouche. Et quelle bouche !... On s'attendrait à en voir sortir des oiseaux. Comme ça serait génial de trouver quelque chose d'intelligent à dire... Vincent se contente de tirer la dernière cigarette de son paquet froissé et de l'allumer.

– J'en veux bien une.

– C'est ma dernière. On partage ?

Elle fume comme les actrices de cinéma, en soufflant la fumée vers le ciel, les cheveux rejetés en arrière. Il pourrait passer sa vie à la regarder fumer.

– J'aime la fumée, ça va, ça vient, on ne peut pas l'attraper. Tu fumes beaucoup ?

« Tu », elle lui a dit « tu » !... Elle est trop, cette fille, à l'aise mais pas vulgos, juste à l'aise dans la vie comme chez elle.

– Un paquet par jour.

– C'est beaucoup ! Moi, mes parents ne veulent pas. À la sortie du lycée, deux, trois... Je suis en seconde.

– Moi, j'ai quitté l'école, ça ne me plaisait pas. Je voulais gagner du fric.

– T'as quel âge ?

– Euh... dix-sept et demi.

– C'est jeune, pour travailler. Moi, j'en ai seize. Je veux faire médecine.

– Oui, c'est bien, docteur.

– Et tes affaires, c'est quoi ?

– J'ai pas le droit d'en parler. Je bosse avec des Japonais.

– Des Japonais ?...

– Ouais.

– Et ça gagne bien ?

– Pas mal. Dans six mois, je passe mon permis et je m'achète une Volvo.

Tout en débitant ce joli mensonge, Vincent enfouit ses baskets trouées dans le sable. Elle a un drôle de petit accent, elle chante plus qu'elle ne parle, alors que lui, comme tous les gens du Nord, pèse sur les a, comme un pouce sur un insecte.

– T'es d'où ?

– J'habite à Saint-Jean-de-Luz. Et toi ?

– Dunkerque.

– C'est bien ?

– Pas mal. Mais je voyage beaucoup, le Japon...

– Tu connais le Japon ?

– Ben, évidemment, avec les Japonais…

La voix de Raymond éructant au sommet de la dune lui évite de s'emberlificoter dans une description très approximative de l'empire du Soleil-Levant.

– Vincent ! Bougre de feignant, j't'avais dit de me réveiller !

– J'arrive !… C'est mon patron, faut que j'y aille.

– Il a pas l'air commode.

– Les affaires, c'est les affaires. Ben, au revoir.

– Je m'appelle Véronique.

– Moi, c'est Vincent. Euh… Si tu veux, on peut se retrouver ici demain ?

– D'accord, vers cinq heures.

Ils restent là, embarrassés de leurs corps, sans oser se toucher la main.

– Nom de Dieu, Vincent, faut-y que j'aille te chercher à coups de botte dans le train ?

– J'arrive ! À demain, alors…

– Mais tire, bon sang de diable, tire ! On va bien le dégager, ce foutu câble !

– Je fais ce que je peux !

– Ben, tu peux pas beaucoup ! À ton âge, je tirais un flobart à moi tout seul.

Voilà près d'une heure que Vincent et Raymond essaient d'extraire un bout de câble rouillé du fin fond de la plage. On dirait une sorte de cordon ombilical accroché au nombril de la terre. Un quart d'heure plus tard, les quatre mètres de filin gisent sur le sable, pareils à un énorme serpent enroulé sur lui-même.

– Splendide ! Ça fait une semaine que je le guettais, mais tout seul, impossible de le tirer de là.

– Qu'est-ce que tu veux faire de cette ferraille ?

– De l'or ! Allez, on se le remonte et ensuite on ira fêter notre prise en ville !

Traîner le rouleau de câble à travers les dunes n'est pas une mince affaire, mais ils y parviennent, les reins brisés, la paume des mains écorchée. Raymond a l'air content comme un gosse à Noël.

– C'est le corps du dragon de mon saint Michel. T'es tombé à pic, Vincent !

Il n'a pourtant pas l'air saoul, le Raymond, mais à le voir sauter et battre des mains devant son bout de ferraille, on pourrait en douter. Paraît qu'il ne faut pas contrarier les fous. Alors, s'il est heureux avec ça, pourquoi pas ! Le vieux regarde Vincent de ses petits yeux pointus et éclate de rire.

– T'es comme les autres, hein ? Tu me prends pour un cinglé. T'as peut-être pas tort. Allez, amène-toi, je vais te raconter tout ça au bistrot.

Du soleil, il ne reste plus que des copeaux cuivrés qui scintillent sur la mer. La plage a disparu sous la nappe violette des eaux. Seuls affleurent quelques gros rochers pareils à des carapaces de tortue.

– Tu vois, celui-là, c'est la « langue de chien » et l'autre, plus petit, c'est la « langue de chat ». On les appelle comme ça ici, ça sert de repère. Dans une semaine, quand ces imbéciles de touristes seront repartis dans leurs cages à lapins, je te montrerai où l'on pêche les étrilles, où l'on pose les lignes de fond pour attraper des carrelets, des soles... Mais peut-être que tu ne seras plus là… On verra, on verra… C'est beau, chez moi, non ? Des années que j'y vis et je ne m'en lasse pas. Ça va, ça vient, la mer, ça recommence chaque jour… On dirait l'éternité. Amène-toi, on va se rincer la dalle !

Audresselles est un curieux petit bled, avec une poignée de maisons tassées les unes contre les autres, et des bateaux de pêche, les flobarts, garés devant comme des voitures. Le sable porté par le vent arrondit tous les angles. Partout, ça sent le poisson, sauf dans le bistrot où se mélangent des remugles de tabac et d'alcool.

– Qu'est-ce que tu prends, petit ?

– Un demi.

– Lucien ! Un demi et un Vichy fraise, un grand, c'est fête, aujourd'hui !

Vincent ouvre des yeux grands comme des soucoupes. Un Vichy fraise !

– Ça t'en bouche un coin, pas vrai ? Ben, c'est comme ça depuis trois ans et six mois. C'est vrai que je biberonnais sec avant, j'avais pas de rival. Le pinard, la gnôle, n'importe quoi. J'ai bu de quoi faire flotter un paquebot. Et puis un soir de java, beurré comme un p'tit Lu, je suis tombé à la mer. Elle était grosse et mauvaise comme elle sait l'être quand elle fait la gueule. Je me suis accroché à un bout de bois et j'ai réussi à me maintenir la tête hors de l'eau. Ça a duré un sacré bout de temps, j'ai bien cru que j'y passais. Je ne crois ni à Dieu ni à diable, mais j'ai juré que si je m'en sortais, je ne boirais plus une goutte d'alcool. La peur, parfois, ça vous tend la main comme un ami.

Le patron, un type malingre aux yeux de rat, passe sur la table un coup de lavette qui n'a d'autre effet que d'étaler la graisse qui la recouvre et dépose les deux verres.

– T'as encore trouvé une merveille, l'artiste ?

– De quoi je me mêle ? Retourne à tes bouteilles.

– Bof, c'que j'en dis, moi...

Le patron retourne à son bar en traînant les pieds.

– Ça fait trois ans et six mois qu'il me fait la gueule. Faut dire que j'étais son meilleur client, alors maintenant, avec mon Vichy fraise... Bon, mon gars, si tu me disais ce que tu fais là ?

– Je t'ai dit, je passais et...

– Me prends pas pour une bourrique ! Les autres, je m'en balance, mais pas toi. On joue cartes sur table, ou alors tu finis ton verre et tu fiches le camp.

– Je te jure, Raymond...

– La bagnole échouée à Wissant, c'est toi ?

Les yeux de Vincent s'embuent de larmes. Le fantôme de Sélim plane un moment au-dessus de la table.

– C'est un accident...

– Nom de Dieu, tu vas pas te mettre à faire des conneries comme ton père ! T'étais un brave môme... Qu'est-ce qui t'a pris ?

– On voulait juste rigoler, faire une virée.

– Petit crétin ! Et ta mère ?

– Elle est partie voir papa en centrale.

– T'as laissé tes frères tout seuls ?

– Je pensais rentrer demain, enfin aujourd'hui... Je sais plus, ça va trop vite.

– Pourquoi t'es venu ici ?

– C'est le seul endroit où j'ai été heureux. J'en ai marre de Dunkerque, c'est moche, ça pue, y a pas d'horizon, y a que des grues. Ça donne envie de se pendre.

Raymond hoche la tête en se frottant la barbe. Ça fait un bruit de paille de fer.

– Ta mère, elle revient quand ?

– Demain ou après-demain, je crois.

– Tu sais que les gendarmes cherchent l'autre qui était dans la voiture ?

– Non, je sais pas... C'était une bêtise, j'ai pas vu le panneau, c'est pas ma faute !...

– J'ai l'impression d'entendre ton père. Toujours la faute à pas de chance ! La mouise appelle la mouise, comme l'argent appelle l'argent. Bon, pour l'instant, tu fais profil bas, t'as rien vu, rien entendu. Tu fais l'idiot du village, ça devrait t'être facile. Si les gendarmes viennent me voir, je m'en occupe. Je suis devenu quelqu'un, ici !

– C'est qui, les Japonais ?

– Des clients. Je suis artiste, maintenant.

– Artiste ?

– Ben ouais, y a pas d'âge pour ça. Toutes ces épaves que je ramasse sur la plage, bouts de bois, ferraille, cordes, machins en plastique, tout ce que je revendais pour une poignée de haricots aux chiffonniers, à présent j'en fais des sculptures. Au début, c'était juste pour passer le temps, j'avais plus la bouteille pour me tenir compagnie. Et puis, par hasard, les Japonais sont venus. Ils ont trouvé mes machins épatants. Ils me les achètent comme des petits pains. Bizarre... C'est quand tu n'as plus besoin de rien que ces choses-là t'arrivent. Mal foutu, tout ça... Ils veulent même me faire venir au Japon ! Tu parles si j'en ai envie !... J'ai tout ce qu'il me faut ici. Je m'en fous, du Japon, des Japonais et de leur pognon. J'ai plus besoin de rien, je te dis. J'attends que ça se passe, j'attends la grande marée, celle qui m'emportera là-bas...

Raymond fixe le fond de son verre, les bras croisés sur la table. On dirait une voyante devant une boule de cristal. Vincent donnerait cher pour voir ce qu'il voit. Tout se bouscule dans sa tête, le visage dévasté de sa mère, les yeux hagards des autres devant la télé, Sélim vivant, Sélim sous son masque de mort et, parmi ce déluge, le regard pétillant de la jeune fille des dunes, Véronique.

– Ça va pas, petit ?

– Je crois que j'ai envie de vomir.

À genoux, la tête enfoncée dans la cuvette des W-C, Vincent rend tout, c'est-à-dire le peu qu'il a, et c'est déjà trop. L'eau glacée du lavabo lui remet à peu près les idées en place, même s'il ne se reconnaît plus dans le miroir fêlé qui surplombe le porte-serviettes.

– Ça va mieux ?

– Couci couça.

– Faut pas te sentir coupable, t'es juste responsable. C'est le métier qui rentre. Allez, on y va, ça suffit pour aujourd'hui.

Ce croissant de lune accroché dans le ciel comme un sourire de carnaval a l'air de se foutre de lui. Devant lui, le vieux Raymond arpente la dune de son pas lourd, infatigable. Vincent a du mal à le suivre. Ce sentiment de culpabilité qui semble ne plus vouloir le quitter lui pèse sur les épaules comme un grand manteau mouillé.

Le phare du Gris-Nez découpe de larges tranches de nuit, ébouriffant les étoiles à chaque passage. Trempé de sueur, fourbu, Vincent se laisse tomber sur le sommier qui pousse un hurlement métallique. Le gros chat roux qui roupillait dessus a tout juste le temps de bondir.

Vincent émerge au beau milieu de la nuit d'un sommeil aussi épais et collant qu'une marée noire, l'estomac tordu par une faim de loup. Les ronflements de Raymond, affalé quelque part dans un trou d'ombre, font un bruit de groupe électrogène. Vincent se lève et se met en quête de quelque chose à se mettre sous la dent. En farfouillant dans les caisses qui servent de placard, il dégote une boîte de sardines et un quignon de pain. Il se sent capable de manger un éléphant cru. Le chat, qui l'a pris en filature, suit chacun de ses mouvements en ferraillant des moustaches tandis qu'il ouvre la boîte.

– Une seconde, oui, tu vas en avoir.

La lumière huileuse de la lampe à pétrole les réunit face à face de part et d'autre de la table. La langue râpeuse du chat ne laisse pas la moindre arête dans le fond de l'assiette. Consciencieusement, Raymond continue d'émettre son boucan de moteur Diesel.

– C'est pas vrai ! Comment je vais pouvoir dormir ?

Le matou cligne des yeux, l'air de dire : « Moi, tu sais, j'ai l'habitude. »

– Ben pas moi, je vais roupiller dehors.

Vincent récupère une couverture et ce qui a dû être jadis un oreiller. Avant de sortir, ses yeux se portent sur la boîte en fer dans laquelle son oncle a jeté la liasse de billets. C'est trop tentant. Des liasses aussi épaisses, il y en a des dizaines, en vrac, un paquet de fric comme on n'en voit que dans les films, des millions et des millions !... Vincent en a le souffle coupé. Et tout ça rien qu'en vendant de la ferraille et des morceaux de bois flotté ? Ça n'incite pas à faire des études. Et ce vieux fou laisse ça, sans même un cadenas, avec sa porte ouverte à tout vent... Et il vit comme un clodo alors qu'il pourrait se payer un château ! C'est sûr, il est complètement déjanté, le pauvre Raymond.

– Ça t'épate, hein ?

Vincent se retourne, comme pris en faute, la lampe à pétrole à la main. Son oncle le fixe d'un œil vague, appuyé sur un coude.

– Je...

– Te fatigue pas. Si on n'est pas curieux à ton âge, on ne le sera jamais et la curiosité, quoi qu'on en dise, ce n'est pas un vilain défaut. Ben vas-y, pioche, sers-toi, mais le vrai trésor, il est pas là. Tout ça, c'est du papier, ça ne vaut rien, c'est l'arnaque du diable. Le vrai trésor, il est là, derrière ce vieux front de bois, derrière toutes ces rides et un peu sous ces bâches de plastique que tu vois là-bas. Vas-y, jette un coup d'œil !

Au début, il ne distingue pas grand-chose, un amas de fer tordu, de cordages tressés blanchis de sel, des maillons de chaîne rouillés, des bouts de planche rongés par les flots. Mais s'il y regarde de plus près, il voit apparaître une sirène à chevelure de cuivre emprisonnée dans un entrelacs de filet de pêche, un ange aux ailes effilées comme des socs de charrue, un monstre marin hérissé de tessons de bouteilles, le zoo de gargouilles qui peuplent nos rêves les plus fous.

– C'est toi qui as fait tout ça ?

– Moi et mes mains surtout, faut pas trop penser. Quand j'ai arrêté de picoler, je me suis dit : « Comment tu vas tenir le coup ? » Alors je me suis répondu que j'avais qu'à faire comme si j'étais sur une île déserte, pas un bistrot à l'horizon, pas un marchand de vin, rien, faire comme si j'étais Robinson Crusoé. T'as un canif et un bout de ficelle et démerde-toi avec pour construire un monde. Épave parmi les épaves, je n'avais que ça pour m'en tirer. C'est de cette façon que je suis devenu artiste. Bien sûr, je ne l'ai pas su tout de suite, et puis, qu'est-ce que ça veut dire ? J'avais juste envie de m'évader. Faut être un peu malheureux, sans doute. Il n'y a que les prisonniers qui s'évadent.

– Et ça se vend cher…

– Ben oui, ça m'étonne autant que toi. Je suis hors de prix, comme un beau coucher de soleil, comme un bon moment passé avec un ami. On n'achète pas le bonheur et c'est tant mieux ! Qu'est-ce qu'il leur resterait, aux pauvres ? La vie ne vaut rien, mais rien ne vaut la vie.

Vincent ne comprend pas tout. Trop de mots et d'idées se bousculent dans sa tête pareils à des autos tamponneuses.

– Quand même, tout ce pognon et tu vis là, dans ce…

– Trou ?… comme une cloche ?… Ben oui, mais je suis chez moi et je m'y sens bien. Vaut mieux mourir dans sa peau que vivre dans celle d'un autre. Maintenant, laisse-moi. Faut dormir. Je voudrais me lever tôt demain et monter mon saint Michel. Tu vas m'aider, c'est une grosse pièce, peut-être ma dernière. Va te coucher. Au fait, comment elle s'appelle, la petite avec qui tu causais dans la dune ?

– Véronique.

– Elle est jolie. Tu la revois demain ?

– Je ne sais pas, je crois, oui.

– Tu crois ? Allez, va dormir…

– Raymond ?
– Oui ?
– Et le chat, comment il s'appelle ?
– On l'appelle pas, il est toujours là.

Ça a été une nuit de rêve, une trajectoire d'étoile filante sur fond de velours noir, sans un accroc. Du repos bien solide qui vous fait vous lever tout neuf, en pleine forme. Une odeur de café et de pain grillé flotte dans le blockhaus. Pour un peu, on se croirait chez Blanche-Neige.

– Debout les morts ! Nom de Dieu, on a du boulot ! C'est pas une racaille comme toi qui va faire attendre saint Michel !

Après avoir avalé le petit déj, ils s'attellent à la sculpture. Elle représente un bonhomme d'un mètre cinquante de haut, le torse bardé de vieux bidons d'huile aplatis en guise de cuirasse, le bras levé brandissant un moignon de fourche édentée. Ses ailes de tôle ondulée lui donnent l'air de sortir tout droit d'une décharge de la guerre des étoiles. L'énorme bouilloire cabossée qui fait office de casque semble plus vraie que nature. On imagine, par l'orifice dépourvu de couvercle, l'ombre noire de son regard. Il est fait de bric et de broc, mais il a de la gueule, un vrai seigneur. Raymond est en train de manipuler son poste à soudure, deux grosses bouteilles de gaz et un chalumeau dont la flamme bleue darde du bec avec un sifflement de serpent. Il ajuste ses lunettes, on le sent fébrile.

– Alors, tu as compris ? Tu maintiens le câble bien enroulé autour de ses pieds le temps que je soude.

– C'est bon, tu peux y aller.

Des gerbes d'étincelles jaillissent de tous côtés. Le métal rougit puis blanchit, incandescent. C'est beau comme l'Enfer.

– Mets tes lunettes, bon sang, tu vas te cramer les yeux !

Le câble rouillé, si difficilement extrait du sable hier, prend vie, devient un vrai monstre qui se cabre et se plie, docile sous le fouet de la flamme. Raymond exulte, danse autour de la statue en riant comme un démon, le visage ruisselant. Ça y est, la bête est domptée.

Le pied de saint Michel, un fer à repasser déglingué, pèse de tout son poids sur le corps du monstre. Raymond coupe le chalumeau, remonte ses lunettes sur son front. Il a l'air d'un gosse qui vient de faire une bonne farce.

– T'as vu ça ? On l'a bien eu, non ?...

Vincent a des abeilles plein la tête. L'odeur acide du métal chaud lui fait palpiter les narines. Ça ressemble aux histoires de magicien qu'on lui racontait à l'école. Raymond s'essuie le front d'un revers de manche. Il tourne autour de son œuvre, la palpe ici et là, puis s'arrête soudain.

– La tête !

– La tête ?

– Le dragon, il a pas de tête !

Comme un fou, Raymond se met à renverser des caisses et des cageots remplis de bric-à-brac.

– Une tête, nom de Dieu ! Il me faut une tête !

À bout de ressource, il plonge à mi-corps dans la poubelle et en ressort la boîte de sardines que Vincent a mangée dans la nuit.

– C'est toi ?

– Euh… oui. J'avais faim, je…

– Génial ! T'as du talent, petit ! Va me chercher le marteau et les clous, là-bas, vite ! Reste pas là planté comme un piquet !

Pour sûr, le tonton débloque mais, dans l'état où il est, mieux vaut ne pas le contrarier. En deux temps, trois mouvements, l'oncle plante des clous tout autour du couvercle de la malheureuse boîte de sardines, qui se retrouve comme par miracle transformée en une sorte de gueule de murène effrayante.

– C'est ça !… Tiens-moi le bout du câble redressé, que je lui soude la tête. Voilà, on y est…

À nouveau, le feu et le métal s'épousent et, bientôt, le dragon lève vers le ciel sa terrible gueule de sardines à l'huile d'olive. Raymond coupe le poste à soudure et se laisse tomber sur le vieux siège de 2 CV qui lui sert de fauteuil. Il est blême, la sueur perle sous les lunettes relevées sur son front comme une deuxième paire d'yeux. Il a l'air de quelqu'un qui vient d'échapper à un terrible accident.

– Un mois que je suis dessus, ça valait le coup, c'est ma plus belle pièce. En fait, saint Michel, il ne tue pas le dragon, il lui fait juste peur parce que ce n'est pas un tueur, ce mec-là. Il le remet dans les flots, en Bretagne, dans un coin qu'on appelle « le trou du serpent », à l'île de Batz. On ne tue pas ses peurs, on vit avec, mais chacun chez soi… Je suis content de toi, mon petit gars, très content. Ce soir, on fait la fête.

Vincent a la tête qui tourne comme au sortir d'un grand film. Il a encore dans les yeux les étincelles qui pétillent, le saint Michel qui déploie ses ailes. C'est aussi simple et extraordinaire qu'une naissance.

– La vie est un spectacle magnifique, sauf que bien souvent on est mal assis. Dis donc, t'avais pas rencard avec une petite brunette, toi ?

– Si… Oh, j'ai pas vu le temps passer !

– Moi non plus, j'ai toujours l'impression qu'on est hier, hélas… Allez, file, et ne rentre pas trop tard, on fête saint Michel, n'oublie pas !

À peine Vincent a-t-il débarrassé le plancher qu'une paire de gendarmes (un petit gros et un grand maigre, comme il se doit) frappent à la porte de Raymond.

– Tiens, v'là Laurel et Hardy. Qu'est-ce qui vous amène, les gars ?

– Bonjour, Raymond, ça marche, les affaires ?

– Ça roule.

– Beau temps, non ?

– Pas mal… Ben, restez pas plantés là, je vous sers un petit jus ?

– Non, merci, on n'a pas beaucoup de temps.

– Alors videz votre sac ! Vous n'êtes pas venus pour me parler de la météo ?

– Non, c'est au sujet du véhicule accidenté à Wissant et du mort.

– Je suis au courant, tout le monde en a parlé. En quoi ça me concerne ?

– On nous a dit que t'avais de la compagnie en ce moment.

– Oui, c'est vrai.

– Un jeune ?

– Oui, un jeune, mon neveu, et après ?

– Il est arrivé quand ?

– Je sais plus trop, trois ou quatre jours…

– Avant l'accident ?

– Oui, j'avais besoin d'aide, je commence à me faire vieux. L'école, ça lui plaît pas trop, alors je l'ai pris comme apprenti.

– Il habite où ?

– À Dunkerque.

– Comme le mort de la voiture !

– Doit y avoir quelques centaines de milliers d'habitants, à Dunkerque.

– C'est vrai. Mais on ne l'avait pas vu au village avant l'accident.

– Je ne l'ai pas fait venir ici pour se tourner les pouces. On bossait.

– Il s'appelle comment ?

– Comme moi, Houadert, Vincent Houadert.

Les deux gendarmes restent un moment dubitatifs. Une mouche zigzague et vient prendre un bain de pattes dans une flaque de café sur la table. D'un geste vif, Raymond la capture dans son poing, puis il ouvre doucement la main. La mouche s'envole à tire-d'aile en direction de la porte entrouverte.

– C'est sûr, vous voulez pas un petit jus ?

– Non, merci, faut qu'on y aille. Il va rester longtemps, ton neveu ?

– Avec les jeunes, on sait jamais. Ça va, ça vient…

– S'il a un moment, dis-lui de venir nous voir, histoire de faire connaissance, quoi.

– Je lui dirai.

– Salut, Raymond, bonne continuation.

– Vous de même.

Alors qu'ils vont franchir la porte, le plus gros des deux se retourne.

– T'es sûr qu'il est arrivé avant l'accident ?

– Puisque je te le dis !

Raymond attend de les voir disparaître pour refermer sa porte. On dirait deux casseroles accrochées à un rayon de soleil.

– Pourrait pas nous foutre la paix cinq minutes, ce monde-là ?

Le chat roux fronce ses moustaches et saute sur le dragon de saint Michel, attiré par son haleine de sardines à l'huile d'olive.

Ce qu'il y a de bien avec la plage, c'est qu'on n'a pas besoin de se poser trop de questions, on va à droite ou à gauche. À droite, c'est le Gris-Nez, avec son phare au bord de la falaise qui le transforme en nez de clown. À gauche, c'est Ambleteuse, le fort Mahon, l'estuaire de la Slack. Le vent pèse de tout son poids sur les lourds nuages qui plombent l'horizon. Ça sent déjà l'automne. Véronique porte un ciré jaune et des bottes de caoutchouc de même couleur. De loin, on dirait un jouet, un petit bonhomme Playmobil. Vincent dévale la dune dans un brouillard de sable fin.

– Salut. Excuse-moi, un boulot à finir…

– C'est pas grave, je viens d'arriver.

Ils se regardent, embarrassés, en se dandinant d'un pied sur l'autre sans savoir s'ils doivent se serrer la main ou s'embrasser. Ils ne font ni l'un ni l'autre.

– Où on va ? Gris-Nez ? Ambleteuse ?…

– M'est égal… Plutôt à gauche.

Vincent n'a pas envie de revenir par où il est venu. Tous ses mauvais souvenirs viennent de la droite, de là-haut, il préfère les avoir dans le dos. À droite, c'est le passé, à gauche, l'avenir. Ils marchent côte à côte, le pas de l'un cherchant à épouser celui de l'autre. Vincent a beau se creuser, il est sûr que le premier mot qu'il prononcera sera une ânerie que le vent emportera aussitôt.

– Ça marche, ton travail ?

– Pas mal. On vient de finir un saint Michel.

– Un quoi ?

– Un saint Michel, une statue. Mon patron est sculpteur.

– Ah !… vous êtes artistes ?

– Euh, lui surtout. Moi, j'apprends.

– C'est génial ! C'est des statues en quoi ? Bois, pierre ?

– En fer. C'est tout un boulot, faut souder, découper au chalumeau…

– J'aimerais bien voir. J'aime beaucoup l'art. Je prends des cours de dessin.

– Faudra que je demande. Mon patron est plutôt secret. Il a peur de se faire piquer ses idées, c'est normal.

– Je comprends. Ça doit être fascinant d'assister à la naissance d'une œuvre.

– C'est comme... je sais pas, moi... Tiens, un jour, j'ai vu une chatte faire ses petits, eh ben, c'est pareil.

Vincent se met à rougir comme s'il venait de dire quelque chose d'obscène. Et pourtant, c'est l'exacte vérité. Ça se passait il y a quelques années, dans les caves de l'immeuble. Sélim et lui avaient découvert la chatte nichée dans un tas de cartons, derrière les poubelles. Elle les regardait en haletant avec des yeux d'être humain. Une tache de poils noirs lui faisait comme un masque sur son pelage blanc. Les petits sortaient un à un de son ventre en gigotant, gluants, pareils à des souris trempées dans du miel. C'était à la fois dégoûtant et magique. Sélim et Vincent avaient eu l'impression d'assister à une cérémonie secrète, un rite ancien venu de la nuit des temps. En sortant de la cave, ils n'étaient plus tout à fait les mêmes.

– Si jamais je n'arrive pas à faire médecine, je serai sage-femme. J'adore les bébés. On va prendre par les dunes et le pont pour traverser la Slack.

Argousiers, oyats et chardons bleus leur giflent les mollets. Sur le pont, Vincent découvre l'estuaire de la rivière qui n'est qu'un filet d'eau serpentant entre les épaules de sable, bordé de joncs aussi secs et drus que ses cheveux. Ça sent la vase, un peu les égouts. Là-bas, à gauche, on aperçoit la masse sombre du fort Mahon, tassé sur lui-même comme un monstrueux bigorneau.

– J'aime bien cet endroit. Chaque année depuis que je suis petite, on s'arrête ici quelques jours en revenant de chez mes cousins en Belgique. Bien sûr, ça ne doit pas être aussi beau que le Japon.

– Bof, le Japon...

– C'est comment ?

– C'est plein de Chinois.

– De Chinois ?

– Enfin, ils sont jaunes avec des yeux bridés et des cheveux noirs, quoi !

– Mais enfin, la mer, la campagne, le Fuji, les temples...

– C'est comme sur les photos... Dis donc, je crois qu'on va se faire saucer.

Les premières gouttes de pluie sauvent Vincent de cette situation délicate. À vrai dire, il serait bien en peine de montrer sur une carte où se trouve le Japon, et encore moins de raconter quoi que ce soit dessus. Il n'en connaît que ce qu'en disent les mangas, c'est-à-dire rien.

À part un amas de rochers sur la plage semblable à un troupeau d'éléphants, aucun abri en vue. Véronique l'entraîne en courant. Le temps d'y arriver, Vincent, uniquement vêtu d'un malheureux blouson de toile, se retrouve trempé jusqu'à la moelle. Les bourrasques de pluie criblent le sable de milliers d'impacts, pareils à des décharges de chevrotine. Ils se blottissent entre deux parois de granit couvertes d'algues vertes, de bigorneaux et de chapeaux chinois. Vincent claque des dents. Véronique se débarrasse de son ciré et leur en couvre la tête. Le crépitement des gouttes sur la toile huilée leur donne l'impression de s'être réfugiés à l'intérieur d'un tambour martelé par un batteur fou. On ne distingue plus rien. On dirait qu'un enfant vient de renverser un gobelet d'eau sur son dessin. Toutes les couleurs se mélangent. Peut-être est-ce la proximité de leurs corps serrés l'un contre l'autre ou bien la vision de leur visage ruisselant, mais ils partent d'un fou rire nerveux qu'ils n'arrivent pas à contrôler pendant cinq bonnes minutes. Et puis la tempête de rire se calme à mesure que l'averse s'apaise. Ce n'est plus qu'un crachin, un spray qui balaie la plage et se mêle à l'écume des vagues. Ils ne disent plus un mot, ils sont là comme le ciel, la mer et les rochers, comme ce petit crabe obstiné qui crapahute de biais dans une flaque d'eau juste devant eux. Véronique sent le savon, le propre et la laine mouillée. Vincent en est tout troublé. Il a passé un bras sur ses épaules pour maintenir le ciré et sous le chandail il sent saillir ses os de petit chat. Il n'ose plus bouger, mais son corps est parcouru de frissons qui ne sont pas dus qu'au froid. Est-ce son imagination ? Il a l'impression qu'elle se laisse aller contre lui, la tête sur son épaule...

– Ça va ?

– Oui, ça va. C'est drôle de se retrouver là, tous les deux. Hier matin, on ne savait pas qu'on existait.

– Qu'est-ce qu'il y a ?... Pourquoi tu pleures ?

– Je m'en vais demain.

Elle a dit ça en tournant vers lui un petit visage tout chiffonné, éclairé par des yeux qui pourraient contenir la mer et ses poissons, le ciel et ses étoiles. Vincent en est tellement ébloui qu'il ferme les siens. La bouche de Véronique a un goût sucré salé. Leurs deux cœurs sous le ciré jaune battent si fort qu'ils n'entendent plus ni la pluie ni les vagues.

Ce n'est pas la première fois que Vincent embrasse une fille, mais les autres, ça se passait dans les caves, dans le noir, ça ressemblait plus à un casse qu'à de l'amour. Là, ça n'a rien à voir, c'est comme de se prendre à bras-le-corps quand on se sent tout seul la nuit, fragile, sans frime. Ses paupières brûlent de larmes qu'il ne se connaissait pas. À qui appartiennent ces doigts enlacés ?...

On ne sait plus qui est qui et on s'en moque. On n'est plus seul, on est un.

Le petit crabe s'est égaré sur une des bottes de Véronique. Un faux mouvement et le voilà qui se retrouve sur le dos, gigotant de toutes ses pattes. Délicatement, Vincent le prend entre le pouce et l'index, et le repose dans sa flaque. Pourquoi faut-il que tout s'arrête tout le temps, le bonheur, les vacances, la pluie ? Quel est le crétin qui a inventé le mot « FIN » ?

– Peut-être qu'un jour tu passeras par Saint-Jean-de-Luz ?

– Peut-être, c'est où ?

– Au Pays basque, presque à la frontière espagnole. Tu vois ?

– Pas vraiment.

– Regarde.

À mesure qu'elle trace du bout du doigt dans le sable mouillé le profil de la France, elle explique :

– Là, c'est où tu habites, Dunkerque. Ensuite, c'est la Normandie, puis la Bretagne, les Pays de la Loire, l'estuaire de la Gironde et, enfin, les Landes et le Pays basque. Saint-Jean-de-Luz, c'est là.

Vincent n'a pas quitté des yeux le doigt de Véronique. C'est la première fois qu'il suit avec autant d'attention un cours de géographie. Dans une heure, la mer peut bien effacer le tracé maladroit du littoral français, lui le conservera à tout jamais gravé dans sa tête et dans son cœur.

– Dis donc, c'est pas à côté !

– C'est moins loin que le Japon, quand même.

– Je me le demande…

– Vincent, il va falloir que je rentre.

Qu'importent le vent, la pluie et les flaques d'eau, rien au monde ne les ferait se lâcher la main. Qu'il semble court, le chemin du retour…

C'est aussi bête que la fin d'un mauvais film. Il faut se dire adieu. Ils ne pensent même plus à s'embrasser, juste à se serrer l'un contre l'autre, fort, encore plus fort, comme le lierre et l'arbre. Et puis…

– Il faut que j'y aille. Tiens, je t'écris mon adresse… Donne-moi la tienne.

À la vue du stylo et du papier, Vincent a un haut-le-cœur.

– J'en ai pas. Tu sais, un jour ici, un jour là… Mais j'irai te voir, je te le jure.

Bien après que Véronique a disparu, un point jaune citron persiste dans la rétine de Vincent. Durant le trajet jusqu'au blockhaus de Raymond, il repasse dans sa tête ce petit bout de film où Véronique dessine sur le sable la carte de France : « Là, c'est Dunkerque… et là, Saint-Jean-de-Luz… » Comme c'est riquiqui, le Japon, à côté de Saint-Jean-de-Luz !…

– Ben alors, ça n'a pas l'air d'aller ? Elle t'a envoyé balader ?

– Non, pire que ça, elle s'en va demain.

– Ah… Faut pas s'attacher aux oiseaux migrateurs. Les vacanciers, ça va, ça vient. Mais dis donc, t'es trempé ! Assois-toi près du poêle et enlève tout ça. Je vais te trouver des vêtements secs.

Vincent obéit, maussade, les yeux rivés sur la fonte chauffée à blanc. Pendant ce temps, Raymond farfouille dans une malle en bougonnant contre l'amour qui rend crétin et la jeunesse qui ne dure qu'un été. Comme s'il n'y avait que l'été, dans la vie !

– Tiens, enfile ça.

Vincent écarquille les yeux devant le tas de hardes que son oncle laisse tomber sur ses genoux.

– Ça va pas !… Je vais pas mettre ces loques !

– Tu préfères attraper la crève ? Enfile ça, je te dis, on va pas au bal.

À contrecœur, Vincent passe le pull marin dont les trous sont retenus entre eux par quelques brins de laine et un pantalon de toile qui n'est plus qu'un patchwork de pièces de tissu de nature et de couleur indéfinies.

– Je ressemble à quoi, là-dedans ?

– À moi, en plus jeune. Ça nous donne un air de famille. Allez, fais pas la tête, ce soir on va se taper la cloche. N'oublie pas le ciré et les bottes, cette saleté de pluie est là pour un bout de temps.

Raymond pioche dans sa boîte en fer une poignée de billets qu'il enfourne dans sa poche et en tend une autre à Vincent.

– Tiens, c'est pour ton boulot d'aujourd'hui. T'iras t'acheter des frusques avec si ça t'amuse.

Dehors, la nuit est déjà tombée, humide, collante de sel et de pluie. On a l'impression de patauger dans le fond d'un encrier. De son pas lourd, Raymond arpente les rues du village en braillant des chansons qui semblent repousser le vent. Puis il ouvre la porte du bistrot, provoquant une volée de tintements cristallins.

– Lucien, une bonne table et tournée générale !

Vincent et Raymond traversent la salle sous les applaudissements de la dizaine d'habitués, accoudés au bar ou collés sur les tables comme des coquillages. Tous ont des trognes écarlates, hérissées de poils, oreilles décollées et bouches édentées. La fumée du tabac pique les yeux, il règne une atmosphère d'étable.

Le patron leur débarrasse une table, la clope au coin de la bouche.

– Tes Japonais ont cassé leur tirelire ?

– Mieux que ça, saint Michel m'est apparu.

– C'est le gagnant du tiercé de dimanche ?

– Mécréant ! Pour gagner, faut miser sur soi et pas sur des canassons ou sur vos gratte-gratte à la noix. C'est pour les perdants, ces jeux-là. Sers-nous ce qu'il y a de meilleur, homard, et tout le tremblement !... Et une bouteille de blanc.

– Une bouteille de blanc ?... T'as retrouvé tes vingt ans ou quoi ?

Pour toute réponse, Raymond sort la liasse de billets de sa poche et l'agite sous le nez du patron.

– Tu les veux, ceux-là, ou pas ?... Alors, tu nous sers et tu la fermes.

– Bon, bon ! Ce que j'en dis, moi... Je savais bien que tu reviendrais à la normale. C'est pas sain, le Vichy fraise, on sait pas avec quoi c'est fait, tous ces sirops.

Le patron s'éloigne, le torchon sur l'épaule, tandis que le chœur des consommateurs entonne d'une seule voix : « La tournée, la tournée !... » en martelant du poing le bar et les tables.

Une serveuse aussi noire et fripée qu'un pruneau d'Agen leur apporte deux verres et une bouteille de blanc.

– Ça va, Maria ?

– Vivement ce soir qu'on se couche ! Et toi, vieux bandit ?

– Je rajeunis. Je t'épouse quand ?

– Quand les poules auront des dents.

– Alors je vais attendre que les tiennes repoussent !

– Compte là-dessus !

Raymond part d'un grand rire qui éclabousse l'atmosphère opaque du café.

– On dirait pas, comme ça, mais la Maria, à seize ans, elle était comme ta petite brunette dans les dunes... La vieillesse, quel naufrage ! Enfin... Bon, parlons peu, mais parlons bien : les gendarmes sont passés tout à l'heure à la maison. Ils cherchent toujours l'autre, rapport à l'accident. Calme-toi !... Je leur ai dit que tu étais arrivé avant. Mais à partir de maintenant, profil bas ! Tu fais la bête, ça devrait pas être trop difficile... C'est peut-être con, le gendarme, mais question flair, ça vaut un chien truffier. Cela dit, à part la date de ton arrivée, je ne les ai pas baratinés, je leur ai dit que tu bossais avec moi, vrai ?...

– ...

– Alors, ça t'a plu, le saint Michel ?

– Oui, je savais pas qu'on pouvait faire des trucs avec rien.

– Comment tu crois qu'il a fait, le bon Dieu ? Si jamais il y en a un ! Une poignée de poussière d'étoiles, des bouts de comètes, une pincée de Voie lactée, et hop ! il te fait un monde !... Dieu, c'est Robinson Crusoé, je te dis, sauf que son Vendredi il l'a appelé Dimanche. Dis-moi, ça te dirait de rester ici ? Je suis vieux, j'ai du mal à manier la ferraille. Je t'apprendrais à souder et puis tout le reste. Tu serais mon apprenti, quoi. Qu'est-ce que t'en dis ?

Vincent a la tête qui tourne. Il repense à ses copains de Petite-Synthe, à sa vie de tous les jours... Ça va si vite, il a l'impression d'être une toute petite araignée prise dans le siphon d'un lavabo. Raymond lui fait un peu peur avec ses discours de dingue mais, d'un autre côté, il ne se sent pas de revenir à la case départ. Et puis, le saint Michel et son dragon, ça lui a plu. C'était la première fois de sa vie qu'il avait envie d'apprendre quelque chose. Si Sélim était là…

– Alors ?

– On pourrait essayer.

– Tope là ! On va leur en refiler, aux Japonais ! À la tienne !

Raymond s'envoie son verre de vin cul sec et claque la langue. Vincent trempe le bout des lèvres dans le sien et regarde son oncle, perplexe.

– Ben quoi, qu'est-ce qu'il y a ?… T'as peur que je replonge ? Tu te souviens de ce que je t'ai dit, quand je me suis arrêté de picoler ? « J'ai qu'à faire comme si j'étais sur une île déserte. » Et tu sais comment je me sens, depuis ?

– Non.

– Comme sur une île déserte. Alors quand je rencontre mon Vendredi, j'arrose, c'est humain.

Ils s'en sont mis jusque là, du homard, des pommes de terre rissolées, de la crème brûlée maison. Le tout, copieusement arrosé de vin blanc, principalement pour Raymond, à présent sur orbite, assis sur le bar, qui tient en haleine son public à coups de tournées générales.

– … parce que saint Michel, il ne l'a pas tué, le dragon, mais non ! C'est pas un viandard comme vous, tas de chasseurs du dimanche, c'est un type bien. Voilà ce qu'il a fait...

Vincent n'en peut plus. Il sommeille, les coudes sur la table, avec une seule idée en tête, aller se coucher et rêver à Véronique, à Saint-Jean-de-Luz. Il se sent lourd, plombé sur sa chaise, englué dans l'atmosphère surchauffée du bistrot. Si seulement Raymond pouvait se casser la figure du comptoir et qu'on en finisse... Malheureusement, il pète la forme, et comme les billets de banque tombent de ses poches comme feuilles en automne, il n'y a pas de raison que le patron ferme boutique.

– Il l'a pris par l'oreille, et une oreille de dragon, c'est pas n'importe quelle oreille, et il lui a dit... il lui a dit...

L'œil de Raymond se trouble comme quand on met de l'eau dans le pastis. La bouche entrouverte, il vacille d'avant en arrière, les mains agrippées au comptoir. Plus personne ne bouge, les yeux braqués sur lui, figés pareils à des insectes dans une inclusion de résine. On dirait un arbre qui va s'abattre. Vincent a tout juste le temps de bondir pour le recueillir dans ses bras.

Il n'y a pas bien loin, du café au blockhaus, mais pour Vincent c'est le pire des parcours du combattant. Dix fois la brouette que le patron lui a prêtée pour transporter son oncle se renverse dans le sable, et dix fois Vincent doit la remettre d'aplomb avec son chargement de viande saoule. Raymond balbutie des choses incompréhensibles, passant sans transition du rire aux larmes.

– Alors, il lui a dit au dragon : « Rentre chez toi et remets plus jamais les pieds ici ! » Et hop ! il l'a basculée à la flotte, la bestiole, mais attention !... Elle est pas morte, elle dort seulement, et saint Michel, il a pas que ça à faire, de la surveiller. Alors si vous faites pas gaffe, elle refera surface et bouffera vos enfants, tas de mécréants !...

– Ferme-la, Raymond, tu veux !

Une fois le tonton déchargé sur son lit, Vincent se laisse tomber sur le sien, épuisé, à bout de souffle, déçu, profondément déçu. Le chat sans nom vient se blottir contre lui. Il le caresse d'une main distraite, essayant de recomposer dans sa tête les traits de Véronique et de se repasser à l'envers les instants partagés.

– Tu sais, Véro, c'est pas tous les jours marrant, le Japon...

Raymond n'a pas pu se lever. Il n'arrête pas de tousser en rendant un bruit de bidon vide.

– J'ai dû me choper la crève hier soir, c'est pas grave. Va donc sur la plage et rapporte de la ferraille. Cet après-midi, ça ira mieux, je t'apprendrai à souder. T'en fais pas pour moi, je suis increvable.

Il a beau sourire, sa bouche n'est qu'un puits noir rempli de vide. Il n'y a plus que ses yeux pour refléter un semblant de vie, une petite vague qui clapote tout au fond. Vincent le laisse aux bons soins du chat, aplati sur son ventre comme une bouillotte.

Le soleil non plus ne s'est pas levé, bien qu'il soit plus de neuf heures. Il doit aussi couver une maladie, une sorte d'automne précoce. Il ne reste plus des vacanciers, sur la plage, qu'une sandale coincée entre deux cailloux, un ballon crevé et un mât de parasol plié en deux. Ça fait penser à la fin du monde, à un lendemain de fête.

Un jour, le cirque était venu à Petite-Synthe, il avait planté son chapiteau sur un terrain vague. Vincent n'avait pas pu y aller, c'était le soir où les flics étaient venus chercher son père. Le lendemain, il ne subsistait du passage des forains qu'un rond d'herbe jaunie. On ne peut pas être toujours là quand ça se passe. Vincent a ramassé quelques morceaux de tôle, de tuyau, des boulons, rongés par les vagues et le temps. La rouille ne dort jamais. Inlassablement elle grignote de ses petites dents orange ce qui fut et ne sera bientôt plus jamais. Il a trouvé aussi une planche avec une inscription à la peinture bleue écaillée, sans doute la fin d'un mot dont il parvient à déchiffrer les trois dernières lettres : ... sos. Tout cela est si triste, si pauvre, qu'il s'assoit au bout de la « langue de chien » et se met à pleurer comme un gosse, la tête entre les bras. Le clapotis des vagues lui fait rouvrir les yeux. La marée monte et, avec elle, les cadavres d'une demi-douzaine d'oiseaux mazoutés des pattes au bec. Au loin, la silhouette fantomatique d'un tanker traverse l'horizon. Quel mauvais western ! Ce sont les méchants qu'on enduit de goudron et de plumes... De toutes ses forces, il balance un galet vers cette saleté de pétrolier qui s'enfuit vers d'inaccessibles paradis fiscaux.

Il se sent si vulnérable et pourtant si fort à la fois, dressé entre ciel et terre comme ces brins d'herbe qui poussent entre deux dalles de béton. Un nuage noir flotte dans le ciel, un vrai drapeau de pirate.

En rentrant au blockhaus, Vincent surprend Raymond affalé sur la table devant une bouteille de rhum à moitié vide. Vincent balance rageusement son sac d'épaves contre le mur sans dire un mot.

– Ben quoi, qu'est-ce qu'il y a ? Pourquoi tu fais la tronche ?

– Rien, je croyais que tu allais m'apprendre à souder.

– On va le faire, mais il fallait bien que je me remonte.

– À coup de gnôle ?

– On fait avec ce qu'on a.

– Tu parles d'un médicament ! Regarde-toi, t'arrives même plus à tenir ton verre. Oh, et puis je m'en fous. Vous êtes tous pareils, mon père, ma mère, toi : vous faites des promesses quand vous êtes bourrés et après, rien, démerde-toi, petit, sois un homme ! Tu parles...

– Dis pas ça. Si je te dis qu'on va le faire, c'est qu'on va le faire.

– J'ai plus envie. J'en ai marre du baratin, marre de la poisse ! Je veux pas finir en oiseau goudronné, il y en a plein la plage ! Je ne vous crois plus. Vous nous emmenez en l'air et vous nous lâchez en plein vol. Votre sale vie nous colle à la peau comme le coaltar sur les plumes de ces pauvres bestioles. Je me tire.

Raymond baisse la tête, puis se frotte le visage comme s'il voulait l'effacer.

– T'as raison, je m'excuse, je me suis cru plus fort que l'alcool. Mais bon Dieu, essaie de comprendre ! J'ai jamais fait d'enfant, moi ! Et puis c'est pas moi qui me suis planté en bagnole à Wissant, qui suis venu crier au secours ! J'ai toujours vécu seul, bien ou mal, ça me regarde. Qui t'es pour me juger ? Qu'est-ce que t'en sais, des hommes ? Tiens, écoute ça !

Raymond se lève en renversant sa chaise et part fouiller dans une caisse dont il tire deux bouquins, un gros et un petit. Les mains tremblantes, il chausse ses lunettes et ouvre le gros livre.

– Celui-là, c'est un dictionnaire du cinéma. Je l'ai trouvé la semaine dernière dans une décharge. Je ne savais pas trop à quoi il me servirait, mais à présent je le sais. Voilà, l'homme : « L'homme à abattre, L'homme à femmes, L'homme à l'affût, L'homme à l'Hispano, à l'imperméable, à l'oreille cassée, à la Buick, à la caméra, à la carabine, à la croix, à la Ferrari, à la peau de serpent, à la tête fêlée, à tout faire, araignée, au bandeau noir, au bras d'or, au cerveau greffé, au chapeau rond, au chewing-gum, au complet blanc, au complet gris, au crâne rasé, au masque de cire, de fer, au pistolet d'or, aux abois, aux cent visages… » Il y en a dix pages comme ça et on pourrait continuer la liste indéfiniment. Voilà ce que c'est, l'homme. Alors si tu veux rajouter ton nom sur la liste, te gêne pas, seulement faudrait déjà pouvoir l'écrire ! Pour ça, je te conseille ce bouquin-là, il est tout petit mais il y a tout dedans.

Raymond balance le petit abécédaire sur les genoux de Vincent qui l'ouvre au hasard. Sur la page, on voit un arbre vert avec des fruits rouges dessus : « P comme POMME ». Il hausse les épaules.

– C'est pour les minos, ça.

– N'oublie jamais que tu en es un. On est tous des enfants d'enfants. Allez, on verra ça plus tard. Montre-moi ce que tu as rapporté ! Pas mal, il y a de quoi faire. On se boit un café et je te mets le chalumeau entre les mains.

Vincent vient de remonter ses lunettes sur son front. Ses oreilles bourdonnent encore du sifflement du chalumeau. Ça sent l'Enfer bien chaud. Il se laisse tomber sur une chaise.

– Alors, ça t'épate, hein ?

Vincent est sans voix. Ces différentes pièces de puzzle qu'il a glanées sur la grève ont fini par former, soudées les unes aux autres, un petit bonhomme de tôle avec un nez en boulon, des yeux en écrous, des cheveux de fil de fer et qui se tient bien droit sur ses jambes de ciseaux rouillés. C'est naïf, maladroit, mais, il a fait quelque chose. Raymond baisse la flamme du chalumeau.

– Qu'est-ce que t'en dis ?

– Je pourrais le vendre ?

– Pourquoi pas ? Mais ne pense pas à ça tout de suite. Il y a encore pas mal de boulot, il faut le polir, faire revenir certaines couleurs du métal. À vrai dire, c'est jamais fini. Et puis, tu dois lui donner un nom, à ton bonhomme.

– L'homme en marche !

– Pas mal. On le baptise !

Tandis que Raymond débouche une bouteille de mousseux dénichée on ne sait où, Vincent reste scotché devant « son œuvre ». Il regarde ses mains, puis le bonhomme et encore ses mains.

– À l'homme en marche !

La mousse blanche dégouline sur la statuette de fer. Raymond tend la bouteille à Vincent qui s'en envoie une rasade. Ça lui fait l'effet d'une vague en pleine figure. Raymond le regarde en souriant, il ressemble à un Père Noël de décharge municipale.

– Tu trinques pas, Raymond ?

– Non, je trempe juste mes lèvres, voilà. Ce pinard-là, c'est bon pour les coques de bateau. Et puis j'ai trop trinqué. Je suis content que tu sois content, ça me suffit à présent.

Il tire un paquet de tabac de sa poche et se roule une cigarette, assis sur la banquette de 2 CV. Pendant un moment, il règne dans le blockhaus un silence d'une qualité rare, de ceux que les anges se plaisent à traverser du bout des ailes.

– J'ai fait mon saint Michel, tu as fait ton homme en marche, la boucle est bouclée. Y a pas de hasard, on était faits pour se retrouver. Tiens, je me demande si je ne vais pas être ton premier client… Je te l'achète, ta statue !

– Oh non… Excuse-moi, mais je ne peux pas la vendre… Je te la donne, si tu veux.

– C'est la réponse que j'attendais. Garde-la, petit. Mais je vais te faire une avance sur la prochaine, ça te va ?

Vincent ne répond pas, les yeux braqués sur ses baskets.

– Ça va pas ?

– Raymond, je voudrais pas te décevoir, mais… je veux m'en aller.

Raymond a l'air d'un boxeur qui vient de se prendre un uppercut dans le plexus.

– T'en aller… Mais où ?…

– Plus loin.

– Qu'est-ce que ça veut dire, « plus loin » ?

– Je sais pas. Je suis encore trop près de Dunkerque, ici. Je sais pas si j'ai envie de faire sculpteur comme toi. Faut que j'essaie d'autres choses pour pouvoir choisir, tu comprends ? J'ai jamais bougé de mon coin, tout ce que je sais aujourd'hui, c'est que je sais rien.

– C'est déjà pas mal.

Raymond s'assoit et se gratte la barbe. Il observe ses deux mains ouvertes comme un livre à la dernière page.

– Je t'avoue que ça m'en fiche un coup. Je commençais à faire des projets d'avenir, à mon âge... Quelle vieille bête je suis ! C'est pas pour moi, les enfants.

– Faut pas dire ça, Raymond. Tu m'en as plus appris en quelques jours que tous ceux que j'ai rencontrés depuis ma naissance. C'est comme si tu m'avais donné une clé...

– La clé des champs ? Au fond, pourquoi pas, cet accident, c'est peut-être un mal pour un bien... Et où tu veux aller ?

– Vers le sud.

– Le sud ? Ça ressemblerait pas à une petite brunette, par hasard ?

– Ça se pourrait.

– Alors comme ça, je comprends mieux. Effectivement, t'as encore pas mal de choses à apprendre. Et tu comptes partir quand ?

– Tout de suite.

– Ah... Ben, tu perds pas ton temps, toi ! Dans la nuit, comme ça... Mais y a plus de train à c't'heure !

– Pas grave, j'y vais à pied.

– À pied, dans le Sud...

– Jusqu'à Saint-Jean-de-Luz, par la plage.

L'oncle le regarde la bouche ouverte et éclate de rire comme une grenade dégoupillée. Le chat, blotti sur ses genoux, sursaute, les oreilles dressées, le poil hérissé.

– Par la plage ! T'es bien mon neveu, pas de doute possible. Viens là que je t'embrasse !

Ils tombent dans les bras l'un de l'autre. Assis sur son gros derrière, le chat les regarde de travers. Les humains sont incompréhensibles, ils rient et pleurent en même temps.

Vincent a bouclé son sac, il est prêt. Raymond lui fourre une poignée de billets dans la poche.

– Pas la peine, Raymond, faut que je me débrouille tout seul, maintenant.

– C'est ton salaire pour le saint Michel, normal, non ? Allez, je t'accompagne jusqu'à la route. Dis donc, y a un truc qui va pas.

– Quoi ?

– Ta mère. On va pas loin avec des casseroles aux fesses. Faut pas que tu partes en voleur, tu t'en voudrais toute ta vie. On va l'appeler tous les deux.

Dans la cabine, près de l'église éclairée d'un néon blême, Vincent ressemble à une minuscule sardine. Raymond tire sur son mégot devant la porte entrebâillée.

– J'te dis que ça va, maman… Oui, je regrette, mais tout va s'arranger. Et papa, ça va ?… Je sais que c'est long, c'est pour ça que je veux pas faire pareil. Et les autres ? Bon, tant mieux… Je peux pas t'expliquer, je te passe Raymond… Moi aussi, je t'embrasse…

Raymond prend la place de Vincent, il occupe tout le volume de la cabine. Vincent ne peut entendre que des bribes de conversation.

– Allô, Yolande ? Oui, tout va bien… Non… Oui… Non… Oui… Mais laisse-moi parler, bon sang de diable ! Je m'en occupe, de ton fiston. Oui, il aurait dû te prévenir, c'est un jeune con, d'accord, mais laisse-lui sa chance… Bien sûr qu'il bosse ! Il t'enverra la moitié de son salaire par mois, je m'y engage ! (Clin d'œil à Vincent.) Mais non, il ne tient pas de son père, il tient à lui, c'est préférable, non ? C'est un brave gars, tu sais, faut pas lui rogner les ailes. Laisse-le devenir ce qu'il est. Et pas un mot aux flics, promis ? Moi aussi, je t'embrasse… Mais non, t'es pas une mauvaise mère, salut, Yoyo.

Lorsque Raymond quitte la cabine, il est entouré de volutes de fumée comme s'il sortait d'un bain de vapeur. Son mégot balancé d'une pichenette éclate sur la chaussée en mille éclats vermeils. Il renifle, le nez au vent.

– Pleuvra pas cette nuit, tout ce paquet de nuages, c'est pas pour nous.

– Raymond ?…

– Ça va, fiche le camp, je t'ai assez vu.

Deux grosses larmes s'écoulent de ses yeux en suivant le parcours sinueux de son visage raviné.

– Mais tu vas foutre le camp, espèce de… de sale jeune !

Vincent tourne le dos, plié sous le poids de son sac. Devant lui, la nuit s'étale comme une tache d'encre sur un buvard.

Vincent a marché toute la nuit, marché comme on mange quand on est affamé. Au petit matin, il s'écroule sous un hangar à bateaux, quelque part sur la côte dans les faubourgs de Boulogne. Au loin, les lumières de la ville scintillent sur les flots. Dans chacune d'elles, il y a quelqu'un qui se réveille, qui bâille en s'étirant, qui se lave les dents, qui fait son café, qui se prépare à aller au boulot, à l'école, à vivre, quoi. Une vie de tous les jours, une journée sur la terre, bonne ou mauvaise. Ça fait envie.

Vincent se tasse dans son pull en grignotant un carré de chocolat. On dirait un petit rongeur, un mulot aux aguets, prêt à tout pour préserver ses quelques kilos d'existence. Son cœur palpite comme un oiseau en cage.

« Qu'est-ce que tu fais, Véronique, à cette heure ? Tu bois du chocolat ? Tu penses à moi ? Tu vas au lycée ?

Tranquille… Véronique, je ne sais pas trop pourquoi, mais il faut bien vivre, et je vivrai ne serait-ce que pour te retrouver. »

Sur son ciré, il étale toutes ses richesses : la moitié d'une plaque de chocolat, une boîte de sardines, un croûton de pain, un couteau suisse, les quatre cents euros de Raymond, sa statue de l'homme en marche, un tee-shirt, un slip, une paire de chaussettes de rechange et l'abécédaire. Il faut de tout pour faire un monde et on se fait un monde de tout. Et surtout, il y a cette carte de France gravée dans sa mémoire qu'il essaie maladroitement de retracer dans le sable comme Véronique l'avait fait : ce front plissé, au nord, ce nez de Bretagne turgescent comme celui de Raymond, cette bouche crispée de la Gironde et puis tout en bas, sous le double menton, Saint-Jean-de-Luz.

– Je ne sais pas combien de temps ça va me prendre, mais j'arrive, Véronique. Suffit de suivre la côte, pas moyen de me tromper, c'est tout droit. Je suis un homme en marche !

La pluie tombe, des cordes. Sous le hangar, un jeune homme s'endort, prêt à bouffer le monde, et personne ne pourra l'en empêcher.

La neige au cœur

Cela fait une heure qu'il fait la manche devant Auchan, et rien d'autre n'est tombé dans sa main que quelques flocons de neige fondue. Manque de pratique, sans doute. C'est la première fois que ça lui arrive. Jusqu'ici, il a pu tenir en tirant au maximum sur son petit pécule, mais hier soir, en arrivant à Deauville, après avoir acheté une baguette et une boîte de sardines, son magot, tel un élastique trop tendu, lui a claqué entre les doigts. Plus une tune.

Pauvre chez les pauvres, ce n'est déjà pas marrant, mais chez les riches en période de Noël, c'est encore pire. Toute la nuit, grelottant, recroquevillé dans son duvet au fond de la cabine de bain dont il a forcé la porte, il a tourné en rond dans le labyrinthe de sa tête comme un rat de laboratoire en quête d'une issue. Conclusion, il a atteint le bout du bout, et ça s'appelle : Auchan.

– S'il vous plaît, vous n'auriez pas un euro ou deux ?

La jolie dame blonde qui pousse son caddie ne lui accorde même pas un regard. Pour elle, il a encore moins d'importance qu'une déjection canine. Une crotte de chien, on la remarque, on fait au moins attention à ne pas marcher dessus. En revanche, le petit garçon qui l'accompagne se fend d'un grand sourire édenté. C'est mieux que rien. Les enfants, c'est comme les poètes, les idiots du village, ça voit ce que le commun des mortels ignore : ce monde parallèle si proche et si lointain peuplé de gens qui, comme Vincent, n'ont rien d'autre à offrir que le creux de leur main. Du bout de ses doigts gelés, il lui fait un petit signe amical. L'enfant n'a pas le temps de lui répondre, happé par sa mère qui le tire par la capuche de son anorak vers les abîmes insondables de l'hypermarché.

Dans une dizaine de jours ce sera Noël, et déjà on bourre frénétiquement frigos et congélos comme à l'annonce d'une guerre imminente. On ne sait jamais, et s'il ne restait plus d'escargots pour le 24 ? La peur du manque, c'est déjà le manque… Les caddies, qui sortent débordants de victuailles, ressemblent comme deux gouttes de mauvais champagne aux poubelles des lendemains de fête.

– S'il vous plaît, monsieur, vous n'auriez pas…

– Non.

Il avait pourtant l'air sympa, ce type, la trentaine, branché, ruban rouge sida épinglé au col de son blouson… Mal aux dents ? Mal d'amour ? On ne peut jamais savoir avec les gens. Ils sont… Qu'est-ce que c'est que ce mot qu'il a attrapé au vol l'autre jour dans une conversation de bistrot ? *Lunatique !* C'est ça, ils sont lunatiques ! Quelqu'un disait d'un autre : « Robert, on ne peut pas lui faire confiance, un jour c'est oui, un jour c'est non, il est *lunatique.* »

C'est fou ce qu'il y a de mots qu'on ne connaît pas ! Vincent s'est mis à les collectionner comme des insectes exotiques. Celui-là, *lunatique*, lui a « tilté » à l'oreille. D'abord, il s'est imaginé une lune grimaçante, bourrée de tics nerveux, puis une lune qui se gratterait derrière l'oreille, comme un chien : Lune à tiques. Ça l'a fait rigoler pendant un moment. D'accord, il ne sait pas comment ça s'écrit, mais l'important c'est de savoir ce que ça veut dire. Un *lunatique*, c'est quelqu'un dont les idées vont et viennent, comme les marées sous l'effet de la lunc.

– S'il vous plaît, vous…

– Quand on cherche du travail, on en trouve !

Ça ne valait même pas le coup de tendre la main. Ceux-là, c'étaient des mauvais, M. et Mme Tête de Porc et leurs trois cochonous à la traîne, tous boudinés dans le même survêt flasque pochant aux genoux. C'est pas une famille, juste un chapelet de saucisses. Faudrait tailler dans tout ça, les séparer à coups de ciseaux, ne serait-ce que pour laisser une chance au plus petit… Finiront mal, en pâté.

– S'il vous plaît…

– Tenez, jeune homme… Mais ce n'est pas pour boire, au moins ?

– Non, madame, c'est pour manger.

– Alors attendez-moi là, je reviens avec un sandwich.

– Merci, madame.

La pièce de deux euros n'a fait que lui effleurer le creux de la main. Ses doigts gourds n'ont pas eu le temps de se refermer sur elle. La vieille est partie cahin-caha, les jambes aussi voilées que les roues de son caddie. Il y a de grandes chances pour qu'elle oublie Vincent à la sortie. C'est gentil quand même, mais qu'est-ce que ça peut lui faire que ce soit pour manger ou pour boire ? Quand on donne, on donne, sans s'occuper de savoir à quoi servira cette malheureuse pièce, sinon on ne fait que *se* donner bonne conscience…

La faim ne fait pas sortir le loup du bois, mais le loup de l'agneau. Vers midi, Vincent n'en peut plus de voir défiler devant lui ces cohortes de dindes, gâteaux, bouteilles de champagne, boîtes de foie gras. Ça le rend un peu fou. Ça lui donne envie de s'armer d'une barre à mine et de réduire en purée toute cette saloperie de bouffe, de la tasser à coups de talon dans l'égout le plus proche, histoire d'en finir.

Les larmes lui montent aux yeux. Il n'aime pas cette haine que l'indifférence des autres à son égard fait naître en lui.

Quatre euros, en pièces de vingt et cinquante cents, pour quatre heures à se geler devant le supermarché. Vincent a les lèvres tellement gercées qu'aucun merci ne peut plus sortir de sa bouche. Juste un hochement de tête comme les petits chiens en peluche sur la plage arrière des voitures. Quatre euros et rien d'autre sous ce ciel bétonné bavant une sale neige fondue. S'il avait avalé quelque chose ce matin, sûr qu'il l'aurait rendu, là, sur l'asphalte. Mais il n'a plus que de la bile, un goût âcre qui lui râpe le fond de la gorge. Alors il lui faut reprendre son sac, le remettre sur son dos, comme la croix de l'autre, là-haut, le fils à papa, et puis continuer sans plus trop savoir pourquoi ni comment. La misère rend bête et méchant.

Un grand bonhomme, menton mou, peau de saindoux, vêtu de noir à l'exception d'une immense écharpe rouge flottant à son cou, lui fait signe. Son caddie croule sous une pyramide de paquets à côté d'une Renault Espace vert bouteille.

– Moi ?

– Oui, vous, approchez... Vous voulez bien me ranger ça là-dedans ? Je reviens tout de suite, j'ai oublié ma fille.

Sans lui laisser le temps de répondre, il laisse tomber ses clés dans la main de Vincent et disparaît en courant. Pendant une fraction de seconde, Vincent s'imagine démarrant en trombe du parking... Rouler, rouler quelques heures au chaud, dans une voiture confortable et puis... Les flics, la taule... beaucoup de problèmes pour pas grand-chose. Mieux vaut se contenter d'un honnête pourboire. Il ouvre le coffre, entasse méthodiquement sacs, caisses et bouteilles. À peine a-t-il terminé que le bonhomme réapparaît poussant sans ménagement un fauteuil roulant dans lequel est assise une petite fille. L'homme lui fait faire des zigzags entre les flaques d'eau en imitant le bruit d'un moteur d'avion.

– Vraoum ! Nous atterrissons à Deauville-Auchan. La température extérieure est de zéro degré. Nous espérons que vous avez fait bon voyage et... Ah ! vous avez fini, parfait. Vous êtes gentil, tenez ce parapluie au-dessus d'Alice le temps que j'ouvre la porte, merci...

Tandis que l'homme s'acharne sur la portière en jurant, Vincent, raide comme un piquet, protège la petite fille. On dirait une poupée chinoise en porcelaine, cheveux noirs, très fins, formant une frange au-dessus de ses yeux bleu glaçon qui fixent le bout du parking sans sourciller. On ne peut pas lui donner d'âge.

– Ah, ça y est !

La porte latérale s'ouvre, libérant un système d'élévateur qui soulève le fauteuil roulant et le fait s'emboîter à la place du siège arrière.

– Voilà, ma chérie, tu es bien ? On y va. Merci, jeune homme.

L'homme tire de son portefeuille un billet de vingt euros et le tend à Vincent. Mais au dernier moment, il se reprend.

– Dites-moi, qu'est-ce que vous faites aujourd'hui ?

Il a les mêmes yeux que sa fille, sauf que les glaçons ont fondu. Il n'en reste que deux petites flaques entre les paupières rougies.

– Rien, je...

– Rien ? N'en dites pas plus. Rien, c'est bien. Rien, c'est tout. La nurse a pris deux jours de congé pour une stupide histoire, le mariage d'un cousin ou l'enterrement d'une tante, je ne sais plus. Enfin bref, je suis dans le pétrin. Vous êtes libre ?

– Ben...

– Bravo ! C'est merveilleux, la liberté ! Ah, comme j'aime votre jeunesse, votre disponibilité, votre enthousiasme !... Eh bien, allez chercher votre sac, dépêchez-vous !

Son sac coincé entre les genoux, Vincent regarde derrière le pare-brise le paysage défiler à toute allure et se diluer dans le rétroviseur en une aquarelle gris kaki. Ce type conduit comme un cinglé. Vraisemblablement, il ne sait pas ce qu'est un feu rouge ou un stop. Il taille la route telle une paire de ciseaux dans un métrage de tissu. De temps en temps, Vincent jette un coup d'œil pardessus son épaule à la petite fille bringuebalée à chaque virage. On dirait une statue, aucun muscle de son visage ne tressaille.

– Combien avez-vous gagné en faisant la manche devant Auchan ?

– Quatre euros…

– En combien de temps ?

– Quatre heures.

– Les braves gens ! Qu'est-ce que vous savez faire ?

– Euh… J'ai appris à souder.

– Souder… mais c'est très bien, ça, j'ai justement besoin d'un soudeur ! Ça vous dirait de travailler pour moi ?

– Ben…

– Vous n'êtes pas obligé de me donner une réponse tout de suite. Vous êtes libre et moi, la liberté, j'aime ça – quoique, à la longue, on s'en lasse. Au début, on se dit : « Si je veux, je peux faire ceci ou cela », mais finalement on ne fait plus rien. C'est un cadeau embarrassant, la liberté. J'en sais quelque chose, j'ai toujours été libre… Ah merde ! Je rate toujours cette rue. Cramponnez-vous !

Tête-à-queue au beau milieu de la nationale. Vincent ferme les yeux. Quand il les rouvre, des voitures slaloment en klaxonnant de part et d'autre de la route.

– On a bien le droit de se tromper, non ?

La voiture s'engage dans un petit chemin de gravier qui débouche sur une immense bâtisse posé de plain-pied sur la plage de Trouville, face à la mer. L'homme se gare et tire le frein à main.

– Voilà, nous y sommes. Au fait, comment vous appelez-vous ?

– Vincent.

– C'est bien, Vincent. Moi, c'est Jacques Le Person. Avec l'accent anglais, ça fait « Personne », rigolo non ?

Le type le regarde avec insistance.

– Le Person, ça ne vous dit rien ?

– Non... Vous êtes de la télé ?

– Non, mais j'y suis souvent passé. Jacques Le Person, l'écrivain... C'est pas grave. À vrai dire, tout le monde s'en fout aujourd'hui et moi le premier ! Machin, Truc, Chose, ça nous irait aussi bien. On y va ?

La petite fille aux yeux de verre se laisse transbahuter comme un meuble, aussi insensible aux plaisanteries de son père qu'aux flocons de neige qui s'accrochent à ses cils.

Passé une porte vitrée à double battant, on accède à un vaste hall démesurément haut de plafond, meublé de fauteuils clubs en cuir râpé et de tables basses. Trois portes-fenêtres encadrées d'épais rideaux brûlés par le soleil donnent sur la plage qui s'étend à perte de vue vers un horizon d'ouate grise. Une fresque écaillée représentant les quatre saisons fait le tour de la pièce. Tout cela sent la poussière, le passé, le luxe suranné. À part les sifflements du vent par les huisseries défectueuses, la maison semble confite dans le silence.

– C'est l'ancien hôtel des Roches Noires. Je l'ai racheté il y a deux ans. Rien n'a changé depuis sa fermeture. Ici, le temps s'est immobilisé. C'est ce qui m'a séduit.

– Ça fait grand, pour deux.

– Pour trois ! Célestine, la nurse, vit avec nous. Et puis avec vous, ça fait quatre ! Alice et moi occupons une suite au premier étage. Il faut qu'elle se repose. Accompagnez-nous, ensuite je vous ferai faire le tour du propriétaire et vous choisirez une chambre.

Un ascenseur préhistorique capable de contenir une paire de bœufs et sa charrette les fait grimper en grinçant jusqu'au premier. Un tapis rouge aussi pelé que les pelouses de la HLM où Vincent a passé son enfance sillonne un interminable couloir, pareil à une traînée de sang séché. De chaque côté, des portes numérotées de 1 à 8 en chiffres de cuivre. M. Le Person ouvre la dernière. La pièce dans laquelle ils pénètrent est atteinte du même gigantisme que le hall d'entrée. Au milieu trône un bureau de ministre jonché de piles de livres, de papiers épars, d'une énorme machine à écrire qui a tout d'un tank russe, d'une kyrielle de pipes de toutes tailles, de cendriers débordants, de tasses, de verres, de soucoupes. Un fauteuil recouvert d'un plaid écossais fait face à la fenêtre qui déverse dans la pièce une lumière d'eau de vaisselle.

– Mon cabinet de travail. Ma chambre est à gauche, celle d'Alice à droite. Venez.

La pièce est encombrée de centaines de peluches allant de la coccinelle à l'éléphant presque grandeur nature, éparpillées autour d'un immense lit à baldaquin drapé de mousseline blanche. On dirait le vaisseau fantôme échoué au milieu d'un zoo. Avec mille précautions, le père soulève sa fille du fauteuil roulant et la dépose sur le lit, où elle disparaît comme dans un nuage parmi les oreillers et la couette de satin blanc. Ce n'est pas une enfant qui repose là, mais une sorte de relique, pareille à celles qui donnent une image terrifiante de l'éternité au cœur des églises.

– Voilà, ma chérie, fais un petit somme. Je vais faire visiter les lieux à notre nouvel ami. Je reviens tout de suite.

Une fois la porte refermée, M. Le Person soupire et marque une pause sur le palier.

– Alice est une enfant merveilleuse, mais si fragile... On pourrait croire qu'elle ne ressent rien, c'est faux ! Elle voit tout, comprend tout, bien mieux que vous et moi ! C'est sans doute ce que j'ai fait de mieux dans ma vie... Bien, allons-y !

Il faudrait un vélo ou des rollers pour se déplacer dans cette baraque et des boules Quiès pour s'épargner le flot de paroles qui se déverse de la bouche de Le Person, une fuite de mots dont Vincent ne comprend que le quart de la moitié. Déformation professionnelle ? C'est peut-être ça, un écrivain, un mec qui déborde de mots comme une casserole de lait sur le feu. Parfois, il vaudrait mieux couper le gaz.

Vincent a choisi la chambre 2 parce que la 1 est occupée par la nurse. Paraît qu'elle n'est pas commode. Ça ne fait rien. Vincent en est arrivé à un tel point de fatigue qu'il aurait pu partager la niche du chien. Ce qui compte, pour l'instant, c'est d'avoir un toit au-dessus de sa tête et la promesse de se faire un peu d'argent. Il y a des circonstances où il faut savoir dire oui, oui à tout.

– … et enfin la cuisine. Vous savez cuisiner ?

– Les nouilles…

– Mais c'est excellent, les pâtes ! Il faut que je remonte m'occuper de ma fille. Je vous laisse carte blanche. Nous déjeunerons dans une heure. Dès que vous serez prêt, appuyez sur ce bouton, chambre 8. Bonne chance.

Vincent se laisse tomber sur une chaise. La tête lui tourne. Des semaines qu'il n'a pas échangé plus de trois mots avec un être humain. Sa bouche doit sentir le renfermé. C'est drôle, quand même, dire qu'il y a une heure, il désespérait de tout. La vie joue de ces tours… Le voilà de retour à la civilisation, dans une vraie maison, avec de vrais gens qui mangent tous les jours à la même table, qui dorment tous les soirs dans le même lit… Ça le laisse rêveur.

Cela fait des semaines qu'il est en marche. Jusqu'à ce que le froid le contraigne à chercher des abris, Vincent a toujours dormi sur la plage, dans des trous de sable tapissés d'herbes sèches, comme un animal. Les villes et les villages qu'il était parfois obligé de traverser pour continuer sa route le long de la côte lui semblaient hostiles. Il les avalait comme un médicament, sans respirer, cherchant dès que possible le plus proche chemin pour regagner la plage. Ses relations avec les autres s'étaient peu à peu réduites au minimum : « Bonjour, bonsoir », et encore, les derniers temps il se faisait passer pour un étranger et communiquait par signes. Il ne se sentait vraiment bien qu'au milieu des rochers, des dunes, des falaises et n'échangeait des idées qu'avec les mouettes, les crabes et les bigorneaux. Là, les mots n'avaient plus cours. Le vent qui sifflait en permanence comme une lame de faux les emportait au bout du monde aussitôt prononcés et on ne les revoyait jamais. Vincent n'avait gardé que quelques prénoms qu'il lançait de toutes ses forces par-delà l'horizon, les jours de cafard : « Maman ! Sélim ! Raymond !... Véronique !... » Les mouettes les attrapaient au vol en ricanant ou bien la mer les roulait avec les galets, et quand elle les lui rendait, on aurait dit des noyés, pâles, flasques et vides.

Il avait failli craquer plusieurs fois, abandonner sa quête et rebrousser chemin. Mais, au dernier moment, le visage de Véronique apparaissait, dans un nuage, dans le reflet nacré d'un coquillage, dans un tourbillon de sable, et il reprenait courage. Alors il s'assoyait sur le sable mouillé, ouvrait l'abécédaire que lui avait offert Raymond et se mettait à ses devoirs. Une à une, il traçait les lettres de l'alphabet, immenses sur la plage déserte, et essayait de les assembler pour en faire des mots, parfois de petites phrases comme : « JE T'AIME ». Mais seul, sans personne pour le corriger, lui expliquer, ses devoirs se terminaient trop souvent par un ratissage rageur qui labourait la plage. Il n'y avait plus qu'à attendre que la nuit envahisse le ciel et que sa tête ne résonne plus que du ressac des vagues avant qu'il ne s'endorme, avec la lune au fond de son trou de sable.

Au petit matin il se remettait en marche, ne laissant de son passage qu'un alignement de pas semblable à une infinie succession de points de suspension. Un même jour toujours recommencé.

La chaleur de la cuisine l'engourdit. Il piquerait bien un petit roupillon, là, sur la table. Plus tard, plus tard, ce serait trop bête de gâcher une pareille aubaine. Faut qu'il se secoue, qu'il cherche une casserole, fasse bouillir de l'eau, prépare sa fameuse recette de nouilles au ketchup, la seule qu'il connaisse, celle qui plaisait tant à ses petits frères. C'est pas facile de s'y retrouver dans tous ces placards, buffets… Y a trop de tout. Cependant, à l'heure dite, les pâtes sont prêtes et Vincent appuie sur le bouton n° 8.

Quelques minutes plus tard, M. Le Person apparaît, smoking impeccable, poussant devant lui Alice, vêtue d'une robe de velours noir à col de dentelle blanche, comme on n'en porte plus depuis des siècles. Ils ont l'air de sortir d'un tableau d'ancêtres, d'un film en noir et blanc.

– J'ai pas mis la table, je sais pas où vous mangez.

– Laissez, je vais m'en occuper. Nous prenons tous nos repas dans la salle à manger. Conduisez Alice et installez-vous.

Une dizaine de tables entourées de chaises recouvertes de housses occupent la salle à manger. Il y fait un froid de gueux. La roue gauche du fauteuil d'Alice grince. À chaque tour, elle émet une sorte de plainte, un petit cri de souris qui résonne bizarrement sous les hauts plafonds. Vincent choisit une table près de la fenêtre et y installe la petite fille. On ne pourrait dire qui du ciel ou d'Alice a le plus de blanc dans les yeux. Elle ne les ferme jamais, et les garde écarquillés, dans un éternel étonnement. Vincent passe la main devant son visage plusieurs fois, comme un essuie-glace. Pas un de ses cils ne vibre, pas le moindre frémissement de paupière. C'est un bibelot, un ravissant bibelot.

– Parfait, vous avez choisi la bonne table, c'est toujours à celle-ci que nous prenons nos repas. Eh bien, ne restez pas debout, Vincent, assoyez-vous !

Un peu gêné, Vincent s'assoit du bout des fesses sur une chaise. C'est la première fois qu'il se fait servir par un bonhomme en smoking. Avec des gestes de magicien, M. Le Person déploie une nappe aussi blanche que le col en dentelle d'Alice et dispose méticuleusement assiettes de faïence, couverts en argent et verres en cristal. Tout ça pour un plat de nouilles !

– J'adore dresser une table. Dans ma jeunesse, je rêvais de devenir maître d'hôtel. Ça ne s'est jamais fait. J'ai passé ma vie à me faire servir. Vous savez, il y a autant de plaisir à donner qu'à recevoir. Encore un peu ?

C'est fascinant de regarder M. Le Person nourrir sa fille. On se croirait dans une émission animalière, une maman oiseau donnant la becquée à son petit, les spaghettis soigneusement enroulés autour de la fourchette, des bouchées pas trop grosses. C'est la première fois que le visage de la gamine s'anime, la mâchoire inférieure uniquement. Ses lèvres roses s'ouvrent, découvrant deux rangées de petites dents blanches et pointues. Alice mâche lentement, déglutit, pousse un léger soupir et remet ça, comme un jouet mécanique.

– C'est bien, ma chérie, très bien ! Alice apprécie beaucoup votre cuisine, c'est rare ! D'habitude, elle est difficile et pourtant j'ai tout essayé, caviar, foie gras… Il faudra me donner votre recette. Comment l'appelez-vous ?

– Ben… des nouilles au ketchup.

– Disons… pâtes à la Auchan, qu'en pensez-vous ?

– Ouais, pas mal.

Derrière la vitre, la mer s'est rapprochée. Lentement mais sûrement elle grignote le sable, envahit les dénivellations de la plage, petit lac par petit lac pour n'en plus former qu'un seul, immense. La silhouette fantomatique d'un tanker semble faire du surplace en équilibre sur l'horizon.

– C'est le passage d'Antifer. Beaucoup de pétroliers passent par là. Le Havre est juste en face. Par beau temps, on distingue clairement les grues, les structures du port, c'est beau comme l'Enfer. Je peux me permettre de vous demander d'où vous venez ?

– De Dunkerque.

– Ah... C'est une sorte d'Enfer là-bas aussi, non ?

– Ça dépend pour qui. Y en a qui s'y trouvent bien, d'autres pas. C'est comme partout.

– Très juste. J'y suis allé une fois, pour le carnaval. J'adore me déguiser, pas vous ?

– Quand j'étais petit.

– Il n'y a pas d'âge pour ça. D'ailleurs, nous sommes tous déguisés, en vieux, en jeune, en beau, en laid, en riche, en pauvre, en bon, en méchant... Tout cela n'est qu'un jeu. Il serait bon, parfois, que les gens changent de peau, ça permettrait de se connaître mieux. Pour le prochain réveillon, je pensais me costumer en robot, en robot des années cinquante, vous voyez ? avec des chromes un peu partout et des lumières qui clignotent. Vous qui savez souder, vous pourriez m'aider ?

– Faut voir.

– Quand j'avais votre âge, l'an 2000 me fascinait. Je le voyais avec les yeux de Jules Verne, j'imaginais des cités extraordinaires sillonnées d'ovnis. Nous avons déjà longuement dépassé cette date et je ne trouve pas les cités extraordinaires, et plutôt sillonnées d'ovins que d'ovnis. Avant, c'étaient les robots qui devaient ressembler le plus possible aux humains, mais à présent, c'est l'inverse. Regardez tous ces gens qui circulent à roulettes, rollers, planches, casques, genouillères, coudières, baladeur ou portable aux oreilles, vêtus de combinaisons fluo en matière synthétique... Les robots ne sont plus ce qu'ils étaient... Comment voyez-vous la fin du monde, je veux dire, le dernier jour ?

– Ça devrait ressembler à hier.

– Oui, mais un hier sans lendemain ! Ça fait une sacrée différence !

– Peut-être qu'on ne saura pas que c'est le dernier.

– Alors ce sera un jour comme les autres ?

– Y a des chances, oui.

– Vous devez avoir raison... Je m'attendais à mieux.

Le Person a l'air tout chose. On dirait un gosse qui vient de casser son jouet. Sa grosse bouille ronde semble fondre dans le creux de sa main comme de la cire tiède. Il façonne sa dix-huitième boulette de mie de pain en jetant des coups d'œil à Alice qui perpétue imperturbablement son bras de fer avec le vide. Qu'est-ce qu'elle en a à faire, elle, du dernier jour ? Elle n'en connaît qu'un seul, aujourd'hui, et c'est peut-être un jour de trop. Vincent ne peut retenir un bâillement.

– Excusez-moi, je vous embête. Vous devez être fatigué. Allez vous reposer dans votre chambre... Non, laissez tout ça. Je vais m'en occuper. À plus tard.

Vincent a regagné sa chambre. *Sa* chambre ! C'est la première fois qu'il en a une, bien à lui, avec une porte qui ferme à clé, un grand lit, une table, une chaise, une armoire et un cabinet de toilette. Le radiateur est à peine tiède, mais après la cabine de bain de la nuit dernière, c'est le grand luxe. Sa fenêtre donne sur la mer. L'ayant côtoyée intimement depuis plusieurs semaines, ça lui fait un drôle d'effet de la regarder de derrière une vitre. On dirait un échantillon, une carte postale. Un bout d'infini, c'est aussi triste qu'un oiseau en cage, qu'un chien en laisse. Qui est dans l'aquarium, elle ou lui ?... Ça donne des remords d'abandonner ce monde sans limites, mais quand il fait si froid dehors, l'homme se rapproche des siens. C'est comme ça.

Sur le lit il étale le contenu de son sac : un jean use jusqu'à la trame, trois tee-shirts, deux pulls, du dentifrice, du savon, une brosse à dents, un peigne édenté, une serviette-éponge, une grosse boîte d'allumettes, un os de seiche représentant l'ébauche d'un visage de jeune fille, un couteau suisse, un croûton de pain rassis, un moignon de bougie, deux paires de chaussettes dont il ne reste que les trous, du sel, du poivre dans deux sachets de papier, une adresse illisible griffonnée à la hâte sur un coin de paquet de clopes par un vague routard de rencontre, une cuillère et une fourchette en plastique, une bouteille d'eau minérale remplie d'eau du robinet, la fin d'un rouleau de PQ, l'abécédaire de Raymond et sa statuette de l'homme qui marche, le seul truc qu'il ait fait de ses mains.

Toute une vie dans un sac. Ça n'occupe même pas une des étagères de l'armoire. Après avoir rangé ses maigres effets, Vincent se laisse tomber de tout son long sur le lit, bras en croix. Quand on n'en a jamais manqué, on ne se rend pas compte à quel point c'est important, un lit, avec la trace de son corps inscrit dans le matelas et un oreiller qu'on peut tenir entre ses bras, à qui on peut se confier, comme à un ours en peluche. On naît dans un lit, on meurt dans un lit, et entre les deux, on rêve dans un lit.

Juste avant que ses paupières ne se baissent comme un rideau de fer rouillé, Vincent tire de sa poche l'adresse de Véronique : « 2, rue du Port, Saint-Jean-de-Luz », pose un baiser dessus et s'endort en prononçant à mi-voix :

– J'arrive.

– Hein ?… qu'est-ce que c'est ?

Tout d'abord Vincent ne voit qu'une main au-dessus de lui, puis un bras, et au bout de ce bras, une fille qui recule de quelques pas pour s'adosser à la porte.

– Bonsoir, je suis Célestine. J'ai frappé, mais vous ne m'avez pas répondu. La porte était ouverte. Vous avez le sommeil profond, j'ai dû vous secouer pour être sûre que vous n'étiez pas mort.

Il faut une bonne poignée de secondes à Vincent pour réaliser où il est, qui il est et qui est cette fille. La fenêtre est badigeonnée de nuit, grasse comme de l'encre d'imprimerie.

– Quelle heure il est ?

– Presque huit heures. On n'attend plus que vous pour dîner.

– Dîner…

La nurse ne ressemble en rien à l'image qu'il se faisait d'elle. Il s'attendait à une vieille maigre sèche, pointue de partout, alors qu'il a en face de lui une grande nana d'une vingtaine d'années, toute en rondeurs. Deux yeux aussi brûlants que des châtaignes dans une poêle éclairent son visage criblé de taches de rousseur, et auréolé d'une crinière flamboyante dans laquelle un peu de vent semble accroché.

– Hé, ho ! Faut atterrir !

– Oui, excusez-moi, j'arrive.

– Cinq minutes, pas plus !

« Pas vieille et moche, la nurse, mais revêche quand même, se dit Vincent. Pour qui elle se prend, celle-là ? » Tout en laçant ses baskets, il reprend ses esprits. Drôle de baraque, c'est la première fois qu'on lui envoie une nurse pour lui annoncer que le dîner est servi. Mais depuis ce matin, on dirait que c'est la première fois pour tout.

Sa tête, dans le miroir au-dessus du lavabo, lui fait penser à un avis de recherche, un vrai bandit corse. Et ses mains, toutes rouges, ongles en deuil saccagés par les « crapahutages » dans les rochers… De la pointe de son canif, il tente de les nettoyer. Du noir ils passent au gris. Faudrait les laisser tremper au moins deux jours dans l'eau de Javel. Pas le temps. À grands coups de peigne, il essaie vainement de soumettre un épi de cheveux rebelles au sommet de sa tête. Il serait une voiture d'occase, il ne s'achèterait pas.

À les voir attablés tous les quatre au milieu de cette immense salle vide, éclairés par la lumière vacillante de deux candélabres, on pourrait les prendre pour des rescapés, des survivants d'une sorte de cataclysme. On n'entend que le cliquetis des couverts et la pluie, dehors, qui fouette la vitre. Vincent n'a pratiquement pas touché à la cuisse de poulet dans son assiette et, pourtant, il crève de faim. C'est que les autres (excepté Alice, bien entendu) découpent avec tant d'élégance et d'habileté leur morceau de volaille du bout de leurs couverts qu'il se sent incapable de rivaliser avec eux. Pour lui, un pilon ça s'attrape à pleine main comme une poignée de mobylette et on y croque à belles dents. De même pour les petits pois dont il n'a pu avaler qu'une ou deux bouchées, la troisième s'étant diaboliquement répandue sur sa serviette avant d'avoir atteint sa bouche. Il les a sentis rouler sur ses genoux, insaisissables, pareils à des gouttes de mercure. Si M. Le Person a feint de ne rien remarquer, Célestine n'a pu se retenir de pouffer dans son poing. Mais pour qui elle se prend, cette nana, avec ses airs de maîtresse de maison ? C'est pas parce qu'elle a l'air d'une bombe, débordant de sa petite robe noire comme du dentifrice d'un tube, qu'elle peut tout se permettre ! Elle commence à l'agacer sérieusement, cette grande gigace. La tête de Vincent se met à bouillir façon cocotte-minute, avec de la vapeur qui lui sort du nez et des oreilles.

– Vous ne mangez pas, Vincent, vous n'avez pas faim ?

– Si, si, monsieur.

Vincent baisse les yeux sur son assiette. Tous les regards sont braqués sur lui. La fourchette plantée maladroitement dans la cuisse dérape sur l'os et propulse le pilon à l'autre bout de la table. Silence. Vincent se sent rougir de la racine des cheveux à la pointe des orteils. Ça lui tombe dessus en vrac, ses ongles sales, ses cheveux en broussaille, ses vêtements troués dégageant l'odeur indélébile de crasse et de détergent des foyers pas toujours très catholiques où il a dû s'abriter ces derniers temps, son ignorance des convenances... Surtout, il a honte d'avoir honte.

– Désolé.

– Il ne faut pas. Prenez donc un morceau de blanc...

– Non, merci, j'ai plus faim. Je suis fatigué, excusez-moi.

Vincent se lève en renversant sa chaise, les yeux pleins d'eau. Le monde se trouble. Un bref instant, il croise le regard d'Alice et ça lui donne le vertige, ce grand loin qu'elle reflète. Puis il tourne les talons et s'enfuit en zigzaguant entre les tables. Les couloirs se transforment en un labyrinthe de plus en plus obscur. Il ne sait plus où il est ni où il va. Il tâtonne désespérément le long des murs à la recherche d'un commutateur électrique... Toutes les peurs de l'enfance sont tapies dans chaque coin d'ombre... Il devait avoir cinq ou six ans, c'était dans un supermarché. D'un seul coup, la main de sa mère n'était plus dans la sienne. Il s'était retrouvé tout seul au milieu d'une forêt de jambes qui allaient et venaient en tous sens. Il y en avait de belles, avec des bas et des chaussures vernies, et des moches, marbrées de varices, chaussées de tatanes informes. La panique étouffait les sanglots dans sa gorge. Il n'avait plus rien à quoi se raccrocher. Il avait eu alors l'impression de tomber dans un puits sans fond. Au bout d'une éternité, les yeux brouillés de larmes, quelqu'un l'avait soulevé de terre, quelqu'un dont il ne se rappelait plus le visage et qui l'avait conduit dans une cage de verre – un bureau dans lequel des gens tapaient sur des machines en riant. Une voix avait soudain prononcé son nom dans un haut-parleur : « LE PETIT VINCENT ATTEND SA MAMAN... »

La baffe qu'il avait reçue quand elle l'avait récupéré ne lui avait pas fait mal. Il l'avait prise comme une caresse. C'était sa façon à elle de lui dire qu'elle avait eu aussi peur que lui.

Voilà des semaines qu'il taille la route, qu'il côtoie des zonards, qu'il dort n'importe où, et c'est aujourd'hui, alors qu'il est à l'abri, au milieu de gens bien comme il faut, qu'il perd les pédales, qu'il a envie de crier : « MAMAN ! »

Essoufflé comme un chien tirant sur sa laisse, il retrouve le numéro de sa chambre. Il s'y engouffre, ferme la porte à clé derrière lui et se jette sur son lit comme on se jette à l'eau, la tête dans les bras, sans allumer la lumière.

Il est resté trop longtemps loin des autres. Il ne les comprend plus. Des mots, par-ci, par-là. Ils parlent double. On ne sait jamais s'ils vous respectent ou s'ils se foutent de votre gueule. Quelques mots, par-ci par-là, oui, comme s'il était à l'étranger : il saisit le sens général, mais les détails lui échappent, il ne connaît pas les coutumes, les usages, il se sent étranger, parano.

Vincent voudrait que le film revienne en arrière. Il aimerait retrouver sa vie à Petite-Synthe, dans la banlieue de Dunkerque, sa vie pourrie mais sa vie à lui, avec sa mère alcoolo, ses petits frères aux yeux de lémuriens à force de regarder les dessins animés japonais à longueur de journée ; fumer un pétard avec Sélim devant la station-service en rêvant à : « Qu'est-ce que tu ferais si tu gagnais au Loto ?... » ; souder des bouts de ferraille avec le vieux Raymond et tenir la main de Véronique en regardant la mer se retirer devant eux comme un rideau de théâtre. Mais la mécanique est cassée, on ne peut pas revenir en arrière. Devant lui, c'est comme le regard d'Alice : un grand trou blanc avec du vide dedans.

Tout à coup, on frappe à la porte. Il sursaute.

– Vincent, c'est moi, Célestine.

– Je suis pas là !

– S'il vous plaît, ouvrez-moi. Je viens m'excuser.

Vincent hésite. Il se lève, tourne la clé dans la serrure et va se recoucher, toujours dans le noir. Il entend la porte s'ouvrir et les ressorts du lit grincer quand Célestine s'assoit au bord.

– Je suis désolée. Le Person est tout retourné, Alice n'a pas voulu finir son repas. Je regrette...

– C'est pas grave. Je me tire demain matin. En attendant, j'aimerais bien dormir.

La présence de cette fille lui fait du bien, même s'il garde le nez contre le mur, la tête dans les bras. Et en même temps, il a envie qu'elle aille au diable, qu'elle lui fiche la paix.

– Vincent, si on se tutoyait ? Je sais pas d'où tu viens, enfin, mais je m'en doute parce que j'en viens aussi. Si tu savais dans quelle galère j'étais quand Le Person m'a ramassée, il y a deux ans... Je te raconterai ça un de ces jours. Il est un peu déglingue, mais c'est un brave type, tu sais, tu peux lui faire confiance. C'est une bonne maison ici, tu n'as rien à craindre. Je m'excuse pour tout à l'heure, pendant le dîner. Ils sont si fragiles, ces deux-là aussi, ils connaissent rien du monde, j'ai toujours peur qu'ils se fassent arnaquer. Parfois, je me demande même si ce n'est pas moi qui les ai adoptés... Allez, ne m'en veux plus. On a peut-être besoin de toi ici... Voilà, c'est tout ce que je voulais te dire... Ah ! au fait, je ne m'appelle pas Célestine. C'est une idée de Le Person, ça lui rappelle un personnage de bouquin, je crois. Mon vrai nom, c'est Sandrine. Maintenant, tu fais ce que tu veux... Bon, je te laisse. Les chiens perdus, ça n'amène pas que des puces.

La main de Sandrine n'a fait qu'effleurer l'épaule de Vincent, mais il a l'impression qu'on a tiré sur lui une couverture de laine.

Sur les cinq salles de bains que Vincent et Le Person ont visitées, pas une ne fonctionne correctement. Tous les robinets ont la goutte au nez. On aurait plus vite fait de leur apprendre à renifler que d'essayer de les réparer.

– Vous voyez, Vincent, ce n'est presque rien, ce ne sont que de petites fuites insignifiantes. Eh bien, je vous laisse, bon courage !

La plomberie n'a qu'un lointain rapport avec les sculptures métalliques de l'oncle Raymond dont il n'a fait qu'un très bref apprentissage. Mais c'est comme tout, suffit de mettre le nez dedans pour trouver où est le problème. Ici, ce n'est pas difficile, un même mal ronge les lieux : la vétusté. Joints racornis, calcaire et rouille, siphons bouchés par des poignées de cheveux épaisses comme des scalps. Vers midi, les deux robinets du lavabo d'Alice ont retrouvé leur première jeunesse, un vrai miracle !

Vincent regarde ses mains noircies avec un certain respect. On dirait qu'il a enfilé les gants d'un autre, un autre à qui rien ne serait impossible. Il ne se doutait pas à quel point ça fait plaisir de réparer des robinets. Il est en train de vidanger l'eau croupie qui stagne dans le conduit quand, au milieu des résidus qui le bouchent, il découvre un objet brillant, une bague, une pierre aussi verte que les yeux de Véronique, sertie sur un anneau d'or. D'instinct, il la fourre dans sa poche et se sent aussitôt coupable. Le mot lui tombe dessus comme un couperet de guillotine. Coupable, coupé en deux…

Assis au bord de la baignoire, il fait rouler le bijou dans le creux de sa main. Ce serait bien d'arriver à Saint-Jean-de-Luz avec un cadeau pour Véronique, un vrai cadeau parce que ça n'a pas l'air d'être du toc, ce machin… D'un autre côté, voler dans cette maison qui lui a ouvert les bras… Enfin, ce n'est pas vraiment voler… de la récup', sans plus… Qui s'en soucie de cette babiole oubliée dans les entrailles d'une plomberie pourrie ?… Et puis ce n'est pas pour la revendre, mais pour l'offrir à celle qu'il aime…

– Alors, Vincent, tout va comme vous voulez ? Oh ! Vous avez retrouvé la bague d'Alice !

Un sourire niais plaqué sur le visage, Vincent tend sa paume dans laquelle la petite bague palpite comme une perle dans une huître. Le Person la saisit délicatement entre le pouce et l'index.

– C'est une bague très ancienne. Je la tiens de ma mère qui la tenait de la sienne. Je l'avais offerte à Alice pour ses treize ans. Nous l'avons égarée à notre arrivée, il y a deux ans.

– Alice a quinze ans ?

– On ne le dirait pas, je sais, et pourtant c'est comme ça. Je suppose qu'un jour elle a décidé que le temps n'aurait pas de prise sur elle. Elle vit dans un éternel présent... Je vous suis très reconnaissant d'avoir retrouvé ce bijou... et de me l'avoir rendu ! J'aimerais que ce soit vous qui la lui remettiez, tout à l'heure, au déjeuner.

– Si vous voulez.

– Merci. Maintenant, parlons affaires ! J'ai repensé à cette histoire de déguisement pour le réveillon, vous savez, cette tenue de robot... Je suis sûr que ça amusera Alice. Faites-moi une liste de ce dont vous avez besoin et...

À l'idée de faire une page d'écriture, Vincent se rétracte comme un animal pris au piège.

– Je préférerais y aller moi-même, on se rend mieux compte.

– Comme vous voulez. Célestine va en ville cet après-midi, accompagnez-la. Je vous laisse carte blanche. Ah ! j'oubliais, voici une avance, trois cents euros, ça ira ?

– Euh... oui !

– Et puis je voulais vous présenter mes excuses pour hier soir. Je sais que ce n'est pas facile d'entrer comme ça dans la vie des autres, d'autant que la nôtre est un peu... spéciale. Mais sachez que vous êtes ici chez vous. Bien, je vous laisse, j'ai énormément de travail. À plus tard.

La petite bague clignote dans le creux de la main de Vincent. « Désolé, Véronique, il faudra te contenter d'un bouquet de fleurs. »

Aucune comparaison entre la conduite de Sandrine et celle de Le Person. Avec la première, on se laisserait mener jusqu'au bout du monde alors qu'avec la seconde c'est la porte du cimetière qui vous est grande ouverte. La voiture se faufile aisément dans les méandres de Trouville pourtant bien encombrée en cette période de fêtes. Des guirlandes d'ampoules multicolores représentant des étoiles, des sapins ou des pères Noël sont tendues en travers des rues. Les gens qui se bousculent sur les trottoirs étroits semblent avoir doublé de volume, engoncés dans leurs gros manteaux, des paquets plein les bras. Ils n'ont pas l'air spécialement heureux, plutôt énervés, voire hargneux, comme s'ils devaient se débarrasser d'une incontournable corvée. Il est à peine cinq heures et il fait déjà nuit. Sandrine se gare sur le port, derrière les poissonneries, à deux pas du casino.

– Bon, alors pour ton bricolage, tu as tout ce qu'il te faut ?

– Oui, je crois, j'ai fait le plein à Bricorama.

– OK. Alors on se retrouve aux Vapeurs, c'est le café juste en face, disons… dans une heure.

– D'accord. Dis donc, qu'est-ce que c'est, la maladie d'Alice ?

– J'en sais rien. Paraît qu'elle a été normale jusqu'à la mort de sa mère. Elle devait avoir sept ans. Et puis d'un seul coup, plus rien, extinction des feux. Elle n'a plus parlé ni bougé, comme une montre qui s'arrête. Pourtant, je suis certaine qu'elle voit tout, entend tout, comprend tout, et même peut-être mieux que nous. Parfois elle te regarde tellement intensément que tu te croirais chez le radiologue. Exactement comme elle t'a fixé pendant tout le déjeuner après que tu lui as donné sa bague. Peut-être que vous allez vous marier, tous les deux, comme dans les contes de fées…

– Arrête ! C'est une gamine malade. Et puis j'ai quelqu'un.

– Ah bon ?

– À tout à l'heure.

En une demi-heure, les trois quarts de l'argent de Vincent sont passés en vêtements, jean, pull, grosses chaussures, caban et casquette. En sortant du magasin, il a tassé son ancienne mue dans un sac et l'a offert à un pauvre bougre qui a reniflé à l'intérieur avec dégoût.

– Même l'abbé Pierre en voudrait pas, de tes frusques ! Merci quand même.

Changer de peau… Il est un autre, il ne regarde plus les gens de la même façon et inversement. En attendant de retrouver Sandrine, il traîne le long du port où sont amarrés des chalutiers plus ou moins rouillés. L'estuaire de la Touques sent la vase et le pétrole. Çà et là, des plots de bois pourri où s'accrochent quelques moules rachitiques émergent, pareils à des dents gâtées. Tout au bout, le pont des Belges relie Trouville et Deauville. À l'opposé, le casino clignote de tous ses feux, aussi écœurant qu'un gâteau à la crème en fin de repas. Les quatre ou cinq poissonneries qui se tassent les unes contre les autres au bout du quai débordent des trésors de la mer comme des coffres de pirates. Poissons, coquillages et crustacés rutilent de toutes leurs écailles, de toute leur nacre. Ça donne envie de tout. Partout où l'on porte les yeux, ce n'est que scintillement, brillance, miroitement, neuf, neuf, neuf, tout est neuf pour le nouvel an. Il y a bien longtemps que Vincent ne s'était senti aussi à l'aise chez les autres. Il ne craint plus ni le froid, ni la faim, ni rien du tout. Appuyé contre un arbre, il fume avec volupté une cigarette, soufflant vers le ciel ce qui lui reste d'angoisse. Il aimerait tant que sa mère le voie, là, maintenant, et ses petits frères, et son copain Sélim, et Raymond et Véronique… Quand on se sent bien, on voudrait que le monde entier le sache. Une fille passe, lui fait un clin d'œil auquel il répond par un sourire.

Parfois, c'est facile de vivre.

Six heures. Il entre aux Vapeurs comme un vieil habitué. Les miroirs qui tapissent les murs lui renvoient son image avec un plaisir certain. On se croirait au Festival de Cannes. Sandrine lui fait signe à l'autre bout de la salle.

– Ben dis donc, quelle métamorphose ! Tu permets ?

D'un coup sec, elle tire sur le col du caban.

– C'est mieux sans l'étiquette.

Vincent s'assoit en rougissant. Les murs sont constellés de portraits d'artistes photographiés en train de trinquer avec le patron. Une vingtaine de clients prennent l'apéritif en riant bruyamment. Parmi eux, Vincent croit reconnaître un comédien célèbre.

– C'est pas…

– Oui, c'est lui. Beaucoup de gens connus viennent ici. Tu sais, c'est tout petit, le grand monde.

– C'est drôle… dire qu'il y a deux jours je dormais dans une cabine de bain… Qu'est-ce que tu bois ? C'est moi qui t'invite.

Il lui suffit de faire un geste de la main, un garçon arrive et dit : « Oui, monsieur, bien, monsieur. » C'est simple, évident, il aurait envie de jouer à ça toute sa vie.

Sandrine a les yeux brillants et un petit sourire au coin des lèvres qui ferait grimper le mont Blanc à clochepied. Mais soudain les traits de son visage se figent, ses yeux se plissent…

– Sandrine ?… Comme le monde est petit ! Pour une surprise, c'est une surprise ! Je peux m'asseoir ?

Sans qu'elle lui en ait donné la permission, un type d'une trentaine d'années, cheveux aile de corbeau, maigre et pâle, assez beau, élégant, prend place sur la banquette de moleskine rouge à côté de Sandrine. C'est à peine s'il accorde un coup d'œil à Vincent.

– Si je m'attendais… Alors, qu'est-ce que tu fiches ici, si loin de Paris, si loin de tes vieux amis ? Ça fait bien deux ans, non ?

Il siffle plus qu'il ne parle. Chacun de ses mots est comme une pierre sous laquelle dormirait un serpent.

– Pas une lettre, pas un coup de fil, c'est mal d'oublier les copains. Qu'est-ce que tu fiches ici ?

– Je travaille.

– Mais c'est formidable, ça ! Tu as bonne mine, un peu grossi peut-être… Et qu'est-ce que tu fais ?

– Je m'occupe d'une petite fille handicapée, chez des gens bien. J'ai changé de vie, Alex.

– Vaste programme ! Moi, je n'y crois pas, au changement de vie. On la poursuit et elle nous rattrape, la preuve ! Enfin, si tu es heureuse, c'est le principal.

– Exactement. Et toi, qu'est-ce que tu fiches là ?

– Boulot, boulot ! Je fais le père Noël, tout auréolé de neige blanche. Je suis ici pour quelques jours. On pourrait peut-être se revoir ?

– Je ne crois pas.

– Sait-on jamais ? Je te laisse mon numéro de téléphone, au cas où…

De sa poche il tire un papier plié en quatre sur lequel il griffonne un numéro et le glisse dans la main de Sandrine en se levant.

– Petit cadeau. Allez, à bientôt, Sandrine. Au revoir, jeune homme.

Sandrine a l'air d'une bougie fondue. Même ses cheveux pendent lamentablement le long de ses joues. Nerveusement, elle allume une cigarette.

– Tu n'as pas le droit de fumer à l'intérieur…

Elle écrase la cigarette et range vivement le papier dans sa poche.

– C'était qui, ce type ?

– Le passé. Viens, on y va.

La nuit semble s'être répandue sur la chaussée comme une marée noire. Sandrine conduit sans dire un mot, mâchoires crispées. Vincent n'a pas besoin d'en connaître plus sur cet Alex pour le détester. Il sait très bien ce que contient le papier au fond de la poche de Sandrine. Il en a vu circuler pas mal dans sa cité et tous ceux qui en possédaient avaient ce même visage, fermé comme un poing, granitique, le visage de la solitude.

– Sandrine ?

– Quoi ?

– Rien.

– T'as raison, y a rien à dire.

Dès leur arrivée, Le Person leur saute dessus. Tandis que Sandrine disparaît vers les étages supérieurs, il entraîne Vincent dans un coin du garage qui sert d'atelier.

Il y a là un établi et un mur entier couvert d'outils. Le Person a l'air aussi excité qu'un enfant préparant une bonne blague.

– Voilà, Vincent, je vous ai débarrassé l'atelier. S'il vous manque quelque chose, faites-le-moi savoir, je vous le procurerai aussitôt. Tenez, regardez, j'ai fait quelques croquis concernant mon costume, là, la tête, avec une sorte de gyrophare sur le dessus, ici, le torse et les membres supérieurs, puis les jambes…

Pendant une heure ils mettent au point leur prototype, rebondissant d'une idée à une autre, pareils à deux savants fous découvrant le secret de la création du monde. Vincent est monté chercher sa statuette de l'homme qui marche, celle qu'il a créée avec l'oncle Raymond, sa première et unique œuvre. Le Person fait des bonds devant en s'écriant :

– Génial ! Génial ! C'est exactement ça, le futur gangrené par la rouille !… Vous la vendez ?

– Non, monsieur, c'est comme qui dirait… un bijou de famille.

– Je comprends, je comprends. Nous allons en faire une réplique grandeur nature et qui marchera pour de bon puisque je serai dedans. C'est le Golem, mon petit Vincent, le Golem !

– Le quoi ?

– Un être créé de toutes pièces, une sorte de Frankenstein, si vous voulez.

– Ouais… seulement faudrait aller récupérer de la ferraille sur la plage, comme je le faisais avec Raymond. C'est qu'il y a une grande part de hasard, parfois on trouve des trucs, parfois on n'en trouve pas.

– Allons-y demain matin, première heure !

– Mais, et les lavabos ?

– Les lavabos ? Mais on s'en fiche ! Je ferai venir quelqu'un plus tard, pour le moment nous avons une œuvre en route. Vous êtes un artiste, Vincent, à chacun son métier. À partir de maintenant, je suis à vos ordres.

– Et votre travail, vos bouquins ?

– J'écris la nuit.

– Vous dormez quand, alors ?

– C'est le problème, je ne dors jamais… Mais je rêve, c'est suffisant. Allez, venez, allons arroser notre association !

Les bulles de champagne qui pétillent au-dessus des coupes se reflètent dans les yeux d'Alice. Bien sûr, elle reste impassible, mais une onde de sourire semble parfois parcourir son visage comme un souffle de vent sur l'herbe d'un pré. Elle ne quitte pas Vincent des yeux. C'est embarrassant d'attendre le flash dans une cabine de Photomaton. La bague verte à son doigt lance des rayons pareils à un phare dans la nuit. Dans ses vêtements neufs, Vincent se fait l'effet d'un bouquet prisonnier de son emballage de cellophane. C'est raide, il grince des genoux et des coudes. Le Person, lui, paraît très à l'aise, encore plus volubile ce soir que d'habitude. Il s'épanouit comme une pivoine, rouge cramoisi comme le velours de sa veste d'intérieur. De temps à autre il porte aux lèvres d'Alice sa coupe de Veuve-Clicquot dont il vient d'ouvrir une deuxième bouteille.

– Vous savez à quoi me fait penser notre projet, Vincent ?

– Non.

– Au *Chevalier inexistant* d'Italo Calvino. Vous l'avez lu ?

– Non.

– Je vous le prêterai, vous verrez, c'est très amusant. Cela se passe à l'époque de Charlemagne. Son armée est rassemblée autour de lui et, parmi tous ces pairs de France, il est l'un des plus vaillants, qui ne dort jamais, qui ne mange jamais, qui ne recule jamais et dont jamais personne n'a vu le visage derrière son heaume toujours baissé. Pour la bonne raison qu'il n'existe pas ! Il n'y a rien dans cette armure, rien... Vous voyez le rapport ? Mais si ! Du vide dans une armure et Le Person dans un robot de fer-blanc, magnifique, non ?

– Ouais, c'est marrant.

Le Person éclate de rire, Vincent esquisse un sourire en dents de scie. Il n'a rien compris à cette histoire de chevalier creux. Ce qui le perturbe, c'est l'attitude de Sandrine qui toute la soirée n'a brillé que par son absence. Lors de ses brèves apparitions de la cuisine à la salle à manger, c'est comme s'il y avait inscrit sur son front : « Il n'y a plus d'abonné. » À peine si elle a avalé une gorgée de champagne pour trinquer avec eux.

– Vous m'excusez, je reviens.

– Faites, Vincent, faites.

Dans la cuisine, Sandrine a le front collé sur la vitre noire de la fenêtre. Le rideau repoussé lui fait comme un voile en berne sur l'épaule droite.

– Ça va pas ?

Elle se retourne en sursautant, le visage dévasté par les larmes.

– Qu'est-ce que tu fiches là ?

– Rien, je voulais voir si ça allait.

– Ben tu vois, ça va très bien.

– C'est à cause de ce type, aux Vapeurs ?

– De quoi je me mêle ? Je t'en pose des questions, moi ?

– Te fâche pas, c'était juste comme ça…

– Retourne à table, j'apporte le dessert.

Après le dîner, prétextant un violent mal de tête, Sandrine s'est éclipsée. Le Person a insisté pour lire à Vincent quelques extraits du *Chevalier inexistant* qu'il déclame d'une voix vibrante dans le hall d'entrée :

« … cette armure dont tu es éprise, regarde, maintenant, comme elle révèle la pesanteur d'un corps, fût-il jeune et souple comme le mien. Ne vois-tu pas que cette cuirasse a perdu son inhumaine blancheur, et n'est plus rien qu'un vêtement à l'abri duquel on fait la guerre, exposé à tous les chocs, un accessoire malmené et précieux ?… » C'est beau, non ? Et tellement vrai ! Tenez, prenez le livre. Vous verrez, il y a beaucoup à apprendre là-dedans.

– Merci, mais... Oui, je vais le lire. Vous croyez pas qu'on devrait aller se coucher si on veut être sur la plage de bonne heure demain matin pour la récup' ?

– La récup'... Bien sûr ! Je suis un incorrigible bavard. Allez vous coucher, mon garçon.

Vincent a un peu de peine de lâcher Le Person en plein vol. C'est si rare, un adulte qui plane. On dirait un de ces gros oiseaux, un albatros, encombré de ses ailes, aussi maladroit au décollage que chez lui, dans les nuages. Il le regarde pousser avec précaution le fauteuil de sa fille dans l'ascenseur en lui murmurant des mots doux à l'oreille. Les enfants devraient pouvoir choisir leurs parents. C'est peut-être un père comme ça qu'il lui aurait fallu ? Mais va savoir... Le sien était sympa aussi, entre deux séjours en taule. Pas autant de mots, mais la même maladresse à vouloir se faire accepter avec des gâteaux, des jouets, une virée en voiture... Oui, on est tous des enfants d'enfants.

Vincent n'a rien compris à ces histoires de chevalier fantôme, mais c'était bon d'entendre ces mots, ces sons, comme de porter un coquillage à son oreille et d'entendre la mer. À l'école, la maîtresse leur racontait des histoires, souvent des histoires de bêtes, des ours dont on avait squatté la maison, des chèvres qui se faisaient bouffer par des loups, des mômes Poucet que les parents avaient abandonnés à cause du chômage, des petites sardines qui faisaient n'importe quoi pour avoir une paire de jambes, et d'autres qui n'avaient plus rien à vendre que des allumettes. Rien que des histoires atroces mais vraies que même les plus teigneux de la classe écoutaient, bouche bée, yeux fermés, parce que pour une fois on parlait d'eux et que, pour une fois, ils se sentaient intelligents.

Oui, Vincent pourrait écouter Le Person toute la nuit… Mais là-haut, il y a Sandrine qui va mal et il sait bien pourquoi.

Vincent hésite devant sa porte, son livre sous le bras, l'index crochu, prêt à frapper. Il entend le vague ronron d'une radio. Sa main ose pour lui, cogne trois fois. Sans ses talons, Sandrine paraît toute petite. Elle a le visage froissé comme un Kleenex, les yeux rouges et la pupille pas plus grosse qu'une tête d'épingle.

– Qu'est-ce que tu veux ?

– Je peux entrer cinq minutes ?

Elle laisse la porte ouverte et s'en va vers la salle de bains. Un bruit de chasse d'eau et un *Pchitt* senteur des pins dispersent une vague odeur de vomi.

– Reste pas debout, assois-toi.

Du bout des fesses, Vincent se pose sur la chaise tandis que Sandrine se laisse tomber sur le lit. Sur la table de nuit, il y a le petit sachet de papier et un tronçon de paille McDo. À la radio, Bashung chante *Ma petite entreprise*.

– Alors ?

– Voilà… Le Person m'a donné un livre à lire…

– Ah. Et ?

– Je sais pas lire.

Il s'ensuit le même silence que lorsqu'on est sous l'eau, et que des bulles éclatent. Vincent aurait envie d'être partout ailleurs sauf ici. Il manque d'air.

– T'es illettré ?

– J'ai pas dit ça, je connais les lettres, mais je me souviens plus comment on les met ensemble.

Vincent feuillette son livre comme un joueur de cartes avant une partie décisive. Il ne veut plus regarder Sandrine allongée sur le lit avec sa peau blanche, ses rondeurs de dune, ses yeux électriques et sa bouche d'anémone de mer. Il a juste envie de balancer le livre et de s'enfuir en courant.

– Tu veux que je t'apprenne ?

– Oui… non… Je reviendrai demain, je te dérange…

– Non, reste ! C'est peut-être moi qui ai besoin de toi. Viens t'asseoir là.

De la chaise au lit, il n'y a que trois pas, mais des pas de géant que Vincent franchit les jambes vacillantes pour venir se poser à l'extrême bord du matelas.

– Tu sais, Sandrine, je sais ce qu'il y a dans ton petit paquet de papier. J'ai envie que tu m'apprennes à lire… mais pas avec ça à côté, c'est comme une chose morte, ça attire les bêtes.

Sandrine se retourne sur le dos. Une grosse larme coule sur sa joue.

– Je savais bien que j'attendais quelqu'un, je ne pensais pas que ce serait toi. On le balance aux chiottes ?

Le petit sachet de poudre tourbillonnant dans le siphon de la chasse d'eau ressemble au plus beau des naufrages. Main dans la main, Vincent et Sandrine le regardent disparaître comme un papillon de mauvais augure.

– Bon, alors tu veux apprendre à lire ?

– Un petit peu.

Au fond, ça ressemble à un premier jour d'école, l'élève et la maîtresse ont autant le trac l'un que l'autre. Sauf que la maîtresse n'est guère plus âgée que l'élève.

– Il fait froid, viens là avec ton livre.

La pluie crépite sur la capuche des cirés. Le Person et Vincent arpentent la plage, courbés à 45° face au vent.

– Y a rien sur votre plage de riches !

– Je suis désolé, Vincent, les riches ne laissent rien derrière eux. C'est pour ça qu'ils sont riches. Nous devrions aller plus loin, vers Villers, la côte y est plus sauvage.

Même en hiver, la plage de Trouville est tellement bien ratissée, passée au peigne fin qu'on n'y trouverait pas le moindre cure-dent. S'il n'y avait pas la mer, on se croirait en Suisse et on pourrait y mourir d'ennui. Même les coquillages ont l'air passés à l'eau de Javel.

– Prenons la voiture, Villers est à une dizaine de kilomètres. Les vagues sont plus généreuses au pied des Vaches Noires. Ce sont des falaises d'argile truffées de fossiles. C'est très beau, moins propre, quoi.

Le Person conduit toujours aussi mal, ignorant souverainement stop et feu rouge. La route qui longe la côte est hérissée de vastes demeures à colombages et pignons tarabiscotés où s'accrochent des lambeaux de brume. La plupart semblent abandonnées, volets clos derrière lesquels doivent se morfondre des colonies de fantômes.

– J'ai failli acheter une de ces maisons, à Villers, justement, sur les hauteurs. Un point de vue magnifique ! Mais la mer ronge les falaises comme la rouille la coque des bateaux. La rouille ne dort jamais. Bientôt, toutes ces demeures ne seront plus que des vaisseaux échoués sur le sable, et leur trésor de mémoire définitivement enseveli. Nous sommes de passage, pyramides, temples grecs, Machu Picchu et tour Eiffel !... Rien que de passage, tout doit disparaître... Ah, nous y voilà ! C'est M. Pitre Chevalier qui a lancé Villers comme station balnéaire à la fin du siècle dernier. C'était le directeur du *Figaro*. Pitre Chevalier, quel nom !

À vrai dire, Vincent ne l'écoute pas. Il a la tête ailleurs. Sa première leçon de lecture avec Sandrine ne s'est pas passée exactement comme il le pensait. Au bout d'une demi-page, le livre leur est tombé des mains et ils se sont retrouvés enlacés l'un à l'autre, blottis comme deux chiots dans un panier. Un bref instant, le visage de Véronique lui est apparu comme sur les images pieuses où l'on voit la Sainte Vierge auréolée de lumière, mais la chaleur du corps de Sandrine lui faisait l'effet d'un aimant. Il y avait si longtemps que personne ne l'avait pris dans ses bras. C'était si doux, si chaud de s'abandonner à l'autre et de ne faire plus qu'un.

Ensuite, ils se sont chuchoté à l'oreille leur petit bout de vie sur un coin d'oreiller. Sandrine est orpheline, bringuebalée depuis sa petite enfance de familles d'accueil en foyers pour jeunes délinquantes. Une vie pleine de trous qui n'a pas toujours fait dans la dentelle. À quinze ans, elle a fugué puis vécu de squat en squat un peu partout en France, à Lille, Marseille, Paris, toujours aux aguets, traquée, une existence de proie pour les uns et de prédateur pour les autres, car n'importe quelle combine était bonne pour subsister. Et puis elle a rencontré Alex, et avec lui la drogue. Elle est tombée amoureuse de l'un et de l'autre. Enfer et paradis se sont succédé jusqu'à ce qu'elle se réveille dans une chambre d'hôpital, après une overdose. C'est en sortant de sa cure de désintoxication qu'elle a fait la connaissance de Le Person, par l'intermédiaire de son médecin traitant, et qu'elle a enfin repris pied dans la vie.

Vincent a tout écouté sans broncher, comme si on lui avait raconté *Le Petit Poucet*. C'était donc vrai que la vie est peuplée d'ogres avec des bouches pleines de dents qui n'attendent que la moindre occasion pour vous sauter dessus et vous croquer tout cru… Pourtant, dans son enfance, toutes ces histoires finissaient bien… en général.

À son tour, et avec des mots minuscules, il a fait faire à Sandrine le tour du propriétaire. Vincent Houadert, enfance à Dunkerque entre une mère alcoolique et un père derrière des barreaux. Des petits frères aveuglés par l'écran de la télé, la vie à Petite-Synthe, dans la cité, toujours pareil, du berceau à la tombe. Son copain Sélim, qui aimait lire, lui, qui connaissait des tas de trucs sur tout et qui serait devenu ingénieur chez Rolls Royce s'ils n'avaient pas fait la connerie de piquer une voiture et d'avoir eu ce foutu accident.

Là, Vincent a refoulé un sanglot et Sandrine l'a embrassé sur la joue pour lui donner la force de continuer. Il lui a parlé de son oncle Raymond, chez qui il s'est réfugié après l'accident, ce vieux fou qui fait des sculptures magnifiques avec des vieux bouts de ferraille ramassés sur la plage. C'est lui qui lui a appris à souder et surtout à regarder les choses autrement. Et puis… Véronique, qu'il a rencontrée sur la plage… Ils n'ont pas passé plus de quatre heures ensemble, et pourtant…

À nouveau, les larmes lui sont montées aux yeux. C'est elle qui a dessiné le profil de la France sur le sable pour lui montrer où elle habitait, tout en bas, à Saint-Jean-de-Luz, et c'est là qu'il va la retrouver en longeant la côte de bout en bout. Il se l'est juré et il le fera !

Deux petits bouts de vie enchevêtrés comme des initiales brodées au bord d'un drap. Après avoir épuisé tout leur stock de mots, ils ont regardé le petit jour s'insinuer comme une fumée grise entre les plis du rideau. C'était déjà demain.

– … et donc, sur le chemin de Saint-Vaast… Je vous ennuie, Vincent ?

– Non, pas du tout.

– Je vais me garer devant le Mermoz. On y déguste d'excellentes moules-frites. Il faut marcher pour accéder aux falaises.

Le vent est si fort qu'ils ont du mal à ouvrir la portière. Il leur fouette le visage, les fait tourbillonner sur place, ils ne savent plus où on est.

– Suivez-moi, Vincent.

Le Person a l'air d'avoir huit ans avec ses bottes de caoutchouc et son ciré jaune. Mais sur une plage balayée par le vent, tout le monde a l'air d'avoir huit ans. La mer se retire comme un drap de satin glisse au bord d'un lit. De minuscules crevettes gigotent dans les mares au bord des rochers, pugnaces, accrochées de toutes leurs moustaches à cet univers microscopique. Chaque pas s'auréole d'humidité sur le sable tassé. Quelques heures plus tôt on aurait été sous la mer, ondulant au milieu des algues à présent molles et luisantes, pareilles aux chevelures des noyés. Ici, c'est une vraie plage, contrairement à celle de Trouville. Elle sent fort, on y trouve toutes sortes d'épaves, un vieux bidon d'huile, un bout de câble échevelé, des boîtes de n'importe quoi, de Coca, de sardines, des maillons de chaîne : plein de trésors ! Le Person et Vincent en font un tas au pied de la falaise qui se dresse devant eux telle une forteresse. Le ruissellement des eaux l'a sculptée, formant des tours, des cheminées des fées dans l'argile noire. Il suffit de cligner des yeux pour se croire sur la lune, une lune qui ne serait qu'un gros bocal plein d'eau et de sable.

– Vincent, venez voir !

Le Person s'acharne sur un objet, une sorte d'ailette rouillée enfouie entre deux rochers.

– Si on arrive à la sortir, ça me fera un casque splendide !

– Faut pas toucher à ça, monsieur, c'est une bombe !

– Une bombe ?

– Certain, j'en ai trouvé une pareille à Dunkerque. Ça peut exploser. Ça a l'air tout pourri, tout rouillé, mais ça fonctionne encore.

– Vous devez avoir raison. C'est vrai qu'il y a eu la guerre ici... Assoyons-nous un instant. Vous voulez une cigarette ?

Tous deux s'assoient sur le sable mouillé. La braise de la cigarette leur procure un peu de chaleur au creux de la main.

– Comment s'imaginer qu'il y a eu la guerre ici ? C'est si tranquille... Ça me rappelle une histoire, celle de mon grand-père, un vrai grand-père de la guerre de 14 ! Il parlait à tout et à n'importe quoi, à sa poignée de porte, à son pot de chambre, aux lampadaires dans la rue, mais jamais aux gens. Tout le monde se fichait de lui, sauf moi. Un jour, il m'a raconté ce qui s'était passé. Alors qu'il montait au front, sous le feu et la mitraille, il était tombé dans un trou, la jambe cassée, à côté d'une bombe. Des heures, ça avait duré... Imaginez, Vincent, mon grand-père dans son trou plein de boue à côté d'une bombe qui n'arrive pas à exploser... Il me disait : « C'était long, tu sais, mais à la longue on a fini par faire connaissance. C'était une bombe pareille à toutes les autres, pas plus méchante, elle faisait son boulot, moi aussi, on l'avait posée là comme une question. J'entendais son tic-tac qui semblait dire : "C'est quand qu'on saute ?..." Je ne savais pas trop quoi lui répondre. Elle était consciencieuse, mais je n'étais pas trop pressé de mourir. » Alors, comme dans *Les mille et une nuits*, mon grand-père lui a raconté des histoires, toutes celles qu'il connaissait et d'autres qu'il ne connaissait pas, pour retarder l'explosion. Toute la nuit il lui a parlé à cette bombe, et quand les brancardiers sont venus le chercher, au bout du bout de cette interminable nuit, il lui a dit : « Merci ! »

– Elle n'a pas explosé, la bombe ?

– Je ne sais pas. Mon grand-père ne m'a pas raconté la fin de l'histoire. Il est mort quelques jours plus tard. Bon, que pensez-vous de notre récolte ?

– Pas mal.

– Alors, une moules-frites au Mermoz ?

– C'est pas de refus.

Les jours qui suivent s'enfilent comme des perles sur le fil blanc du temps. Tout paraît simple, facile, presque miraculeux. Chaque jour se ressemble et ce n'est pourtant jamais le même. Sandrine a retrouvé ses couleurs, la poudre de perlimpinpin n'est qu'un mauvais souvenir, chassé par le bruit de la chasse d'eau. Elle s'occupe d'Alice comme une mère, elles sont inséparables. Le Person ne quitte son cabinet de travail qu'à l'heure des repas et pour les séances d'« habillage » dans l'atelier de Vincent. Le roman qu'il est en train d'écrire sera son meilleur livre, au moins huit cents pages ! Une histoire d'amour comme on n'en a jamais écrit depuis… Adam et Ève, Roméo et Juliette, Éloïse et Abélard ! On dirait une cocotte-minute prête à exploser.

– Trop d'idées, mon petit Vincent, trop d'idées, c'est ça mon problème ! Le vertige de la page blanche, quelle sottise ! Une excuse de fainéant ! L'articulation du bras droit me gêne un peu au coude... Là, c'est mieux... Qu'est-ce que je disais ?... Ah oui, trop d'idées ! Démarrer un roman, c'est comme avoir devant soi les pièces d'un puzzle éparpillées sans en connaître l'image finale... La jambe gauche est un peu raide aussi, il faut que je puisse m'asseoir... Au début, un roman c'est une vague idée qui flotte autour de votre tête, une mouche un peu agaçante, rien de plus, et au bout de quelques semaines, c'est devenu un objet, qui pèse tant de grammes, qui passera de main en main... C'est de l'alchimie ! Vous ne trouvez pas ?

– Si vous bougez tout le temps, je ne peux pas ajuster.

– Excusez-moi, je suis tellement excité en ce moment ! C'est que je n'ai plus rien écrit depuis si longtemps... C'est peut-être grâce à vous et à Célestine. Il règne dans cette maison un bourdonnement de ruche. Vous avez remarqué comme Alice s'épanouit ? On dirait l'éveil de la Belle au bois dormant... Nous avons dormi si longtemps... si longtemps...

C'est vrai que Vincent se sent ici comme chez lui, dans une vraie famille. Les heures passées dans l'atelier à façonner les pièces de métal, les couper, les polir, les assembler filent à toute allure. L'armure de Le Person commence à avoir une sacrée gueule. Raymond serait fier de lui. Quand il aura fini, il prendra une photo, et quand il saura écrire son adresse, il la lui enverra par la poste. C'est un de ses grands projets, comme d'envoyer une carte postale à sa mère et une à Véronique...

Son aventure, aussi compréhensible soit-elle, avec Sandrine ne le rend pas bien glorieux vis-à-vis de Véronique. Bien sûr, elle n'est pas au courant et peut-être qu'elle-même, à Saint-Jean-de-Luz... Ça le tracasse, tout ça. Son grand, son magnifique amour, il le voulait clair et pur pareil à un drapeau flottant au vent... Il faut dire que l'apprentissage de la lecture avance plus vite avec Sandrine qu'avec Raymond. Si toutes les profs étaient comme elle, il n'y aurait que des bacheliers. Vincent a fait des progrès étonnants. La veille, il a pu déchiffrer une phrase d'un bout à l'autre : « L'armée en marche était un poisson tout couvert d'écailles. » Il l'a même retranscrite sur son cahier d'écolier à la lueur de sa lampe de chevet. Il l'aime bien aussi, Sandrine, mais c'est comme une espèce de sœur auprès de qui il peut se réchauffer, alors que Véronique... C'est bien compliqué... Pourquoi on ne peut pas aimer plusieurs personnes à la fois ?

Vincent coupe le chalumeau. L'histoire de l'armée couverte d'écailles lui a donné l'idée de souder des couvercles de boîtes de conserve sur le bidon de fuel qui sert de torse à son armure, c'est du plus bel effet.

– Bravo, Vincent, bravo ! Très impressionnant, ces écailles !

– C'est vrai, ça vous plaît ?

– Au-delà de toutes mes espérances. Vous avez beaucoup de talent. J'ai raconté tant de fois à Alice l'histoire du chevalier inexistant que j'ai hâte qu'elle le voie, en vrai. C'est très important que les rêves deviennent des réalités, sinon ce serait à désespérer de l'existence. Et les petites lumières, vous allez les mettre où ?

– Dans ces petits trous, tout autour du casque. Elles seront alimentées par des piles cachées dans le dos.

– Très ingénieux ! Vous pensez avoir fini à temps ?

– J'espère, oui.

– Parfait. Dites-moi, pourriez-vous accompagner Célestine en ville ? J'ai commandé un sapin, un très grand sapin, vous ne serez pas trop de deux.

– D'accord, je me lave les mains et j'arrive.

– Ah, j'oubliais ! Je n'ai plus ma tête à moi avec ce roman. Il y a aussi un paquet à aller chercher chez un bijoutier, juste derrière la poste. Vous irez de ma part, mais faites en sorte que Célestine ne soit pas avec vous, c'est une surprise. Merci.

Toute cette bouffe étalée, kilomètres de boudin blanc, volailles troussées, gibier à poil et à plumes suspendu aux crochets des bouchers, pyramides d'escargots, ça finirait par vous rendre végétarien. Trop de tout ne donne plus envie de rien. Ça fait presque penser aux images de la guerre qu'on voit à la télé, ou à ces photos de chasseurs qui posent, tout fiers d'eux, le pied sur une bête morte, le fusil à la main. Sandrine et Vincent ont un mal fou à caser l'arbre démesuré commandé par Le Person à l'intérieur de la voiture. Sa cime dépasse d'un bon mètre par la vitre arrière.

– Sandrine, j'ai une course à faire, cinq minutes, pas plus.

– Dépêche-toi, je suis mal garée.

Le petit magasin tapi derrière la poste est occupé par un bonhomme aussi fripé qu'une vieille pomme, les lunettes au bout du nez, une sorte de Gepetto. Ça sent le moisi et le métal froid.

– Je viens de la part de M. Le Person.

– Ah oui, curieuse commande ! Voilà, c'est réglé.

Ce sont trois petits paquets, pas bien lourds. Alors que Vincent s'apprête à sortir, les pendules qui tapissent les murs de l'horlogerie se mettent à sonner ensemble, comme si tous les oiseaux d'une volière se réveillaient en même temps.

– Ce n'est rien, jeune homme, une répétition, c'est tout. Le nouvel an, voyez-vous, je m'en fiche comme de l'an quarante. Mais les clients sont superstitieux, alors il faut remettre toutes les pendules à l'heure. M. Le Person est un homme sensé, il sait bien que le temps n'est qu'une supercherie. Une heure passée chez le dentiste ne ressemble en rien à celle que vous allez partager avec votre petite amie ! Et pourtant les deux font bien soixante minutes. Bonsoir, jeune homme.

La neige s'est mise à tomber, de la vraie neige qui tient et couvre trottoirs et chaussée d'une mince couche de saindoux. Une Golf noire est garée tout contre l'Espace Renault. Vincent reconnaît aussitôt la silhouette d'Alex penchée à la vitre.

– Salut, ça va ?

Vincent ne répond pas. Le type est deux fois plus grand que lui, mais la colère qui monte en lui le fait ressembler à un nain de jardin.

– Dis donc, il n'est pas très poli, ton petit copain...

– Je t'emmerde ! Viens, Sandrine, on s'en va.

– Oh là ! Une minute, bonhomme, pour qui tu te prends ?

– Tu nous lâches, c'est clair ?

Ça se passe très vite, comme dans les films. À peine Alex essaie-t-il d'empoigner Vincent par le col de son caban que celui-ci lui balance un grand coup de pied dans le genou et son poing dans l'oreille droite. Jamais il ne s'en serait cru capable. Vincent est aussi étonné que le type qu'il vient de sonner. Sandrine ouvre la porte :

– Monte, monte, Vincent !

Derrière eux les voitures klaxonnent. Comme si c'était lui qui avait reçu les coups, Vincent grimpe dans l'Espace, la tête en vrac. Alex a eu le temps de reprendre ses esprits : il s'accroche à la portière alors que Sandrine cale et tourne nerveusement la clé de contact.

– Petit con ! Je vais te faire la peau ! Sandrine, souviens-toi de ce que je t'ai dit, toi et moi on est comme les deux doigts de la main ! Sandrine...

La voiture fait un bond en avant. Tout se brouille devant les yeux de Vincent. Par la vitre ouverte, il entend encore la voix d'Alex qui hurle :

– Sandrine, t'as pas le choix ! T'as pas le choix !...

Puis ils le voient courir dans le rétroviseur et faire un bras d'honneur.

Sandrine conduit n'importe comment, les yeux brouillés de larmes. À l'arrière, le sapin de Noël perd ses épines en essayant de se faire le plus petit possible.

– Mais pourquoi t'as fait ça ?... C'est *ma* vie, j'en fais ce que je veux ! Est-ce que je t'emmerde avec ta Véronique ?

Vincent ne répond pas. Sa main droite le fait terriblement souffrir aux jointures. C'est la première fois qu'il cogne, vraiment. Bien sûr il a participé à des bagarres, dans sa cité à Petite-Synthe, mais c'étaient des trucs de mômes, rien de grave. Là, il s'est battu en adulte et ça le dégoûte, comme d'avoir touché à une chose pas propre.

Peut-être qu'à la guerre, quand on tue quelqu'un, ça fait le même effet. Il a envie de vomir.

– Je fais ce que je veux, t'entends ? Je suis majeure et vaccinée ! Alors, terminées les leçons de lecture, terminées ! T'as mal ?

– Oui, mais pas à la main.

– Bien fait pour toi ! Si tu crois que je suis amoureuse d'un minus comme toi, tu te fourres le doigt dans l'œil jusqu'au coude !

– Moi non plus, je suis pas amoureux de toi !

– Ben tant mieux !

La violence rend laid, laid et bête. Ils ont l'impression d'être couverts de goudron et de plumes quand ils se garent devant les Roches Noires, penauds, ridicules, coupables de ne pas profiter de la vie. Pourtant, la plage couverte de neige est si belle…

Ils ont installé le sapin dans la salle à manger. Vincent et Sandrine ont dû faire de gros efforts pour paraître gais et enjoués. Pas facile de s'éviter lorsqu'il s'agit d'accrocher boules et guirlandes sur l'arbre de Noël avec un Le Person débordant d'enthousiasme... Dès qu'elle peut, Sandrine s'éclipse à la cuisine tandis que Vincent doit subir la voix tonitruante de Le Person qui s'accompagne sur le piano désaccordé. Triste à la Toussaint, passe encore, mais devant un sapin rutilant comme une dame qui sort de chez le coiffeur, c'est à la limite du soutenable.

Le dîner est interminable. Vincent et Sandrine ne desserrent pas les dents. Le Person sent une tension autour de la table, il se met à boire plus que de raison, accumulant des plaisanteries vaseuses qui rendent l'atmosphère encore plus pesante. Alice refuse systématiquement tout ce qu'on lui porte à la bouche. Si bien qu'à neuf heures chacun regagne sa chambre en se souhaitant « Bonne nuit » sans trop y croire.

Il doit être minuit. Vincent vient de terminer sa page d'écriture quotidienne. Le type qui a inventé l'orthographe devait être un foutu malade mental. Pourquoi deux *t* là et pas là ? Pourquoi l'accent de la cime est-il tombé dans l'abîme ? Pourquoi dans certains mots le *ch* se prononce [k] et dans d'autres [che] ? C'est de l'embrouille, tout ça ! Et quand on pense qu'il y a des dizaines d'autres langues... Faut pas s'étonner qu'il y ait des guerres. Suffirait de parler tous la même langue et on en aurait fini avec les conflits...

C'est de ce genre de choses qu'il aimerait parler avec Sélim, de ça et de Sandrine et de Véronique, de toutes ces questions qui bourdonnent dans sa tête comme des abeilles folles et qu'on ne peut partager qu'avec un vieux copain. C'est con, la mort. Quand on est vieux et malade, encore, ça peut se comprendre, mais quand on a dix-sept ans, qu'on est plein de vie, d'envies et de désirs, ça sert à quoi ?

Vincent n'a pas sommeil. Il se tourne et se retourne dans son lit en se demandant de quoi il pourrait bien avoir envie, lui. D'un bon coup sur la tête pour arrêter ce maudit manège qui lui transforme la cervelle en yaourt ou tout simplement d'un grand verre de lait frais ? Sur la pointe des chaussettes, il gagne la cuisine et ouvre la porte du frigo qui tranche l'obscurité d'un éclat de lumière jaune citron. Quelqu'un marche dans le couloir... En deux enjambées, il le rejoint, appuie sur l'interrupteur. Manteau sur le dos, valise à la main, Sandrine s'immobilise comme un lapin pris dans les phares d'une voiture.

– C'est pas malin ce que tu fais là.

– Tu... tu ne dors pas ?

– Toi non plus, à ce que je vois.

Clignant des yeux, Sandrine pose sa valise et rejette ses cheveux en arrière. Faut pas être sorti de Saint-Cyr pour voir qu'elle s'est encore poudré le nez, pâle comme un cierge, la pupille absente.

– T'es chiant, Vincent. Pourquoi tu ne me fous pas la paix ?

– Mais je te la fiche, la paix ! Je te tiens la porte ouverte, si tu veux !... C'est ça, va te faire rouler dans la farine par l'autre grand salopard ! J'espère que t'as laissé un mot sous le sapin pour Alice, ça lui fera un beau cadeau !

– Arrête de crier, tu vas réveiller tout le monde... Essaie de comprendre...

– Non, j'ai pas envie de comprendre, ou alors, j'ai déjà compris, compris que c'était toujours les salauds qui gagnaient, et ça me dégoûte. Allez, vas-y, maintenant, je ne dirai rien.

Sandrine se cache le visage dans les mains, le dos secoué de sanglots. La porte que Vincent a ouverte à la volée laisse pénétrer des tourbillons de neige qui fondent à leurs pieds.

– Toute ma vie, j'ai porté la poisse aux autres. J'ai pas envie que ça se passe ici. J'ai trop de casseroles aux fesses.

– Mais arrête de jouer les victimes ! On s'en fout, de tes casseroles ! Tu crois que j'en ai pas ? Souviens-toi, le premier soir, c'est toi qui m'as dit de rester.

– C'est pas pareil, Vincent. Alex est un type dangereux. Il sait où je vis, je ne veux pas qu'il vienne faire des histoires ici.

– T'es encore accrochée à lui ou à sa poudre ?

– Je ne sais pas... peut-être aux deux...

Elle a l'air si malheureuse, si désemparée dans ce grand hall vide que Vincent ne sait plus quoi faire de sa colère. Il referme la porte et prend Sandrine par les épaules.

– Viens boire un café. On va trouver une solution. Pourquoi on serait toujours dans le pétrin ? On a déjà assez donné, tu crois pas ? Faut se battre, Sandrine, faut se battre !

La lumière crue de la cuisine leur donne un teint cadavérique. La nuit collée aux vitres les regarde, le nez plongé dans leur tasse, le front plissé, pareils à deux cancres face à une équation insoluble. Vincent se redresse et avale d'un seul coup tout l'air de la pièce.

– Je sais pas ce qu'il faut faire, Sandrine, mais on ne peut pas fuir toute sa vie !

– Tu vas bien t'en aller, toi. Tu me l'as dit.

– Oui, mais c'est pas une fuite. Au contraire, c'est pour retrouver quelqu'un ! C'est ta maison, ici, et tu le sais mieux que moi. Le Person et Alice ont besoin de toi comme tu as besoin d'eux. Tu as trouvé ta maison, moi, pas encore. Mais ça viendra, j'en suis sûr. Laisse-le venir, ton Alex, si on est ensemble, il ne pourra rien. C'est pas en taillant la route qu'on se débarrasse de ses démons, faut les apprivoiser.

– Comment tu sais tout ça, toi ?

– Je sais pas… J'en suis certain, c'est tout.

Un ange passe en applaudissant du bout des ailes.

– Alors, tu restes ?

– T'es chiant, tu vendrais du sable aux Bédouins !

– Laisse-moi remonter ta valise.

Vincent a attendu que Sandrine dorme à poings fermés pour quitter la chambre. Il l'a veillée comme une enfant malade, assis au bord du lit, sa main dans la sienne. Tandis qu'elle sombrait dans le sommeil, il a réfléchi, le front plissé, mais il n'a pas trouvé d'autre solution que de voir venir. C'est peut-être un mauvais, Alex, mais il n'en a pas peur. Il n'a plus peur de rien, d'ailleurs. Quelque chose est né en lui, une force qu'il ne se connaissait pas, qui l'empêche de dormir sans ressentir la moindre fatigue. Autant en profiter pour travailler sur son armure.

À cette heure, la maison ronronne comme un gros chat. Un très gros, même, car des appartements de Le Person lui parviennent des bruits de moteur à plein régime et une forte odeur de brûlé. La porte est entrouverte, la lumière allumée. Vincent hésite, frappe timidement trois coups… Pas de réponse… Il pousse le battant. Le Person ronfle comme un sonneur, allongé de tout son long sur le canapé. Son bras droit pend sur le tapis que les braises fumantes d'un fond de pipe commencent à ronger. Vincent verse dessus le reste d'une carafe d'eau. À côté de la pipe, il y a une photo, un portrait de femme qu'il a l'impression de reconnaître, Alice, mais une Alice d'une quarantaine d'années. Même regard, mêmes cheveux, même bouche, sauf que celle-ci sourit, un sourire d'une infinie tristesse. La cendre brûlante avait commencé à en roussir un coin. Vincent dépose le cliché sur la machine à écrire, bien en évidence. Une feuille est enclenchée dans le chariot. C'est bizarre, la demi-page noircie semble répéter la même phrase. Il se penche, fronce les yeux, fait appel à toute sa concentration… « Tout doit disparaître… » Une demi-page remplie de ces trois mots et à côté, dans une chemise bleue portant ce titre, près de cent pages rabâchant : « Tout doit disparaître... » Alors c'est ça, le fameux roman de Le Person ?

Vincent lève les yeux sur l'homme qui dort tout habillé sur le canapé. Lui aussi a l'air d'un enfant malade. Sans faire de bruit il se retire et, en passant devant la chambre d'Alice, il jette un coup d'œil. Cette nuit est tellement étrange... Allongée à plat dos sur ses nuages de satin blanc, elle fixe le plafond de ses yeux grands ouverts. Seule une respiration régulière évoque un semblant de sommeil. Vincent s'esquive sur la pointe des pieds, le cœur chaviré. Les êtres humains sont comme les coffres-forts, chacun a le même numéro, mais aucun n'a la même combinaison. Tant de secrets dans chacun d'eux ! On dirait des armures...

En passant devant la fenêtre du hall, il aperçoit la mer qu'un croissant de lune fait scintiller, calme et sereine. Dans son infini sourire, la lune semble lui dire : « Fais ce que tu as à faire, nous nous reverrons bientôt », et dans l'écume de ses vagues surgit, intact, le visage de Véronique.

– Eh bien, Vincent, qu'est-ce que vous faites là ?

Vincent se frotte les yeux. Il a mal aux reins. La toile de bâche sur laquelle il s'est écroulé au petit matin n'est pas des plus confortables.

– Quelle heure est-il ?

– Neuf heures. Vous avez travaillé toute la nuit ?

– Possible.

– Mais c'est magnifique ! Vous avez fini !

– Je crois, il y aura encore à faire des petites retouches par-ci par-là.

Le Person frétille comme un goujon sorti de l'eau. Fébrile, il enfile son armure et se mire dans la glace griffée par le temps d'une vieille porte d'armoire remisée contre le mur du garage.

– Alors... Dites-moi franchement, de quoi ai-je l'air ?

On dirait une jeune mariée, une jeune mariée en boîte.

– C'est super, vous avez l'air d'un roi.

– Ça ne fait pas trop neuf, trop brillant ?...

– Non, c'est bien rouillé là où il faut. Le reste, c'est la patine de la mer.

– Bien sûr, la mer récupère tous les détritus, les épaves, et vous les ressort flambant neufs après les avoir polis avec sa grande langue. La mer, comme le feu, purifie tout.

Le Person prend des poses de toréador devant la glace, de face, de profil, tourne sur lui-même.

– C'est tout moi, ça, dur à l'extérieur, mou à l'intérieur, comme un crabe. Je suis épaté, sincèrement époustouflé !

– Je suis content que ça vous plaise.

– On fait marcher les petites lumières ?

– Là, j'ai un problème. Ça déconnecte...

– C'est ennuyeux... Et si on me branchait sur le secteur ?

– Possible, mais faudrait un très long fil, et puis c'est un peu dangereux...

– Laissez-moi faire ! J'ai des kilomètres de rallonge et puis l'électricité, c'est mon dada. Allez vous changer et vous reposer. Vous avez fait un travail fantastique. À partir de maintenant, je me charge de tout !

On ne dirait pas un 24 décembre, plutôt un jour de Pâques. Il fait frais mais beau, un ciel de dragée, du bleu et du rose, parsemé de petits moutons. Comme il n'a plus rien à faire dans la maison, Sandrine s'étant enfermée dans la cuisine afin de préparer le repas du réveillon, et Le Person mettant la dernière main au circuit électrique de son armure, Vincent a proposé d'emmener Alice faire un tour sur la plage.

La mer est basse, tellement retirée qu'on se croirait à l'orée du désert. Les pneus de la chaise roulante laissent deux sillons parfaits dans le sable humide entre lesquels s'imprime l'empreinte des chaussures de Vincent. On dirait un laboureur poussant obstinément sa charrue au travers d'un champ sans limites. Ils croisent quelques rares personnes, parfois un joggeur écarlate crachant ses poumons, un couple de retraités jouant avec leur caniche nain. C'est bon de retrouver les mouettes, le goût du sel sur sa peau, le vent dans les cheveux et cette odeur d'iode. Alice est emmitouflée dans une couverture, on ne voit d'elle qu'un petit bout de nez rose et l'inaltérable fixité de son regard défiant l'horizon. Bientôt, les premières vagues leur lèchent les pieds. L'eau ondule, parcourue de frissons, à perte de vue, couverte de copeaux de soleil étincelants.

– Toi qui vois tout, Alice, tu peux me dire ce qu'il y a derrière tout ça ? Des îles ? L'Amérique ? Le bout du monde ?... Suffirait d'avancer droit devant pour tout savoir, le pourquoi et le comment, le début et la fin... Toute cette masse d'eau, c'est pas pour rien. Y a un secret là-dedans, tout au fond du fond, j'en suis sûr. Toi, tu t'en fous, tu le connais, le secret, tu l'as vu et c'est pour ça que tu ne fermes plus jamais les yeux. Tu portes le fond de la mer en toi et tu n'as pas le droit d'en parler. Tiens, je vais te faire goûter.

Vincent écope dans le creux de sa main un peu d'eau salée et en fait couler sur le front d'Alice. Quelques gouttes sillonnent son visage de marbre et l'une d'elles se prend dans le coin de ses lèvres. Un petit bout de langue pointue l'attrape au passage.

– C'est bon, hein ?... Y a tout dans cette goutte d'eau, les poissons, les baleines, les pieuvres, les marins morts, les trésors des pirates, le chant des sirènes, les rêves d'évasion, les peines et les espoirs, tout ça dans une seule goutte ! On ferait deux belles petites crevettes, tous les deux, tu penses pas ?

Alice ne pense jamais, elle se contente d'être là, comme la mouette qui, au-dessus d'eux, vient de lâcher un coquillage sur les galets afin d'en briser la coquille et d'en déguster la chair nacrée à petits coups de bec.

– C'est pas si con que ça, les mouettes... Allez, viens, Alice, on rentre, il commence à faire froid.

Des effluves de viande rôtie circulent de la cuisine à la salle à manger, tel un fleuve de gourmandise. Quatre bougies plantées dans un chandelier d'argent donnent à la table dressée l'apparence d'une vitrine de joaillier. L'éclat des flammes allume une galaxie d'étincelles sur la lame des couteaux, le dos des cuillères, au bord des verres. L'immense sapin dégage une puissante odeur de résine. À son pied, un empilement de cadeaux enrubannés. Les cadeaux ! Vincent a totalement oublié les cadeaux... Le rouge lui monte au front car certains portent son nom. Quatre à quatre, il remonte dans sa chambre. Qu'a-t-il à offrir ? Pas grand-chose à part sa statuette de *L'homme qui marche*, une carte postale vierge de Boulogne-sur-Mer qu'il comptait envoyer à Véronique et un os de seiche gravé au couteau évoquant un visage féminin. C'est tout ce qu'il possède. Tant bien que mal, il enveloppe ses trésors dans une feuille de cahier et s'applique en inscrivant le nom de chacun sur le cadeau qui lui est destiné : *Pour M. Le Person* sur la statuette ; *Pour Sandrine* sur la carte postale, accompagné d'un petit mot : « Sandrine, il était une fois... » ; et *Pour Alice* sur l'os de seiche gravé. Quand on n'a rien, on peut encore tout donner. Puis il redescend déposer ses cadeaux au pied de l'arbre.

– Ah, Vincent ! Je crois m'en être bien sorti. J'ai fait un essai, ça clignote comme une nuit d'été ! J'ai installé un interrupteur à la place des batteries. Cinquante mètres de fil, c'est suffisant. Vous verrez, l'effet est épatant ! Allez, champagne !

À la fin du repas, tout le monde est un peu gris, même Alice dont la tête oscille de droite à gauche sur ses frêles épaules. Les joues de Sandrine luisent comme des pommes d'amour, et Le Person déclame des poèmes plus ou moins improvisés que chacun applaudit sans les avoir vraiment écoutés. Douze coups sonnent à l'église la plus proche. Le Person se dresse comme un coq.

– Les cadeaux ! Les cadeaux !

Dans un froissement de papier, chacun dépiaute le paquet qui lui est destiné. Sandrine, Alice et Vincent ont tous les trois la même petite boîte, un écrin noir dans lequel se trouve une montre en or gravée à leur nom. Mais à la place du cadran traditionnel, il y a une petite boussole dont l'aiguille aimantée indique la même direction.

– Ça vous plaît ? Comme ça, vous ne perdrez jamais le nord. Tout le monde se demande : « Quelle heure est-il ? » mais jamais : « Où suis-je ? » C'est pourtant fondamental, comme question, « où » plutôt que « quand ». Pour toujours, vous serez ici et maintenant.

Le Person ponctue sa phrase en portant la main à son cœur. Il a les larmes aux yeux et la lèvre frémissante. Puis, les uns et les autres (à part Alice, imperturbable et sereine) poussent des oh ! et des ah ! en découvrant leurs présents. Ils s'embrassent en reniflant, les joues humides, une fois, deux fois, trois fois… La statuette de *L'homme qui marche* fait un tabac. Le Person la tient au-dessus de sa tête comme la coupe du monde. Sandrine, vibrante d'émotion, cache sa carte postale dans son corsage et Alice serre dans sa main l'os de seiche gravé. En dehors de la montre boussole, il y a deux autres cadeaux pour Vincent, un de la part de Sandrine, un magnifique stylo, et un autre d'Alice, un tout petit paquet contenant… une bague, une pierre verte sertie sur un anneau d'or. Ils rient, ils pleurent et s'ouvrent une autre bouteille de champagne. L'émotion gonfle les poitrines, ils n'emploient plus que des mots énormes, comme : « TOUJOURS », « JAMAIS »…

Le Person danse avec sa fille, c'est-à-dire qu'il fait tourner la chaise roulante au rythme d'une valse qu'il improvise en chantant à tue-tête. Sandrine et Vincent, dans les bras l'un de l'autre, titubent comme le monde quand il est saoul de bonheur. Le Person avait raison, qui se soucie de l'heure ? On est là, là, là, comme un éternel refrain !

Le voilà qui frappe le bord de son verre de la pointe d'un couteau.

– Mes enfants ! Je voulais vous faire une surprise pour le nouvel an, mais je ne peux plus attendre. D'abord, on s'en fiche, du nouvel an ! Vincent, vous voulez bien m'aider ?

Tous deux disparaissent dans le garage. Faire enfiler l'armure à un Le Person passablement ivre n'est pas une mince affaire. Plusieurs fois, il manque rouler sur le sol et c'est *in extremis* que Vincent l'empêche de tomber. Vincent est plié de rire, alors que Le Person, aussi sérieux que s'il venait d'être couronné, se regarde dans la glace.

– Cessez de rire, Vincent, et concentrez-vous sur ce que vous avez à faire. Je ne veux pas être ridicule devant ma fille. Comment ça va, dans le dos ?

– Impeccable !

– Le pot de chambre, je veux dire, mon heaume me serre un peu…

– Il n'y a qu'une taille, vous savez. Vous le quitterez plus tard.

Le Person écarte les bras devant le miroir, se tourne de profil, de face, se penche et se redresse.

– Vous ne trouvez pas que je ressemble à votre homme en marche ?

– Si, sauf que vous marchez vraiment, c'est super.

– Bien, aidez-moi à enrouler le fil autour de mon bras. Je me brancherai dans le couloir. Merci. À présent, allez les rejoindre, mais pas un mot !

– Promis !

– Vincent…

– Oui ?

– Vous avez lu mon livre, n'est-ce pas ?

– Ben… j'ai jeté un coup d'œil. La photo commençait à se consumer sur le tapis…

– Alors, qu'en pensez-vous ?

– Les livres, vous savez, c'est pas mon truc.

– Vous me prenez pour un cinglé, non ?

– Pourquoi vous dites ça, monsieur ?

– J'en ai écrit des vrais, j'ai eu du succès, beaucoup de succès, et savez-vous pourquoi ? Parce que j'aimais ma femme, une femme merveilleuse. Vous avez vu comme elle ressemble à Alice… À sa mort, je n'ai plus écrit qu'une phrase, celle que vous avez lue. C'est terrible d'aimer quelqu'un à ce point, terrible…

– Faut pas pleurer, monsieur, pas ce soir. Et puis vous allez rouiller.

– Vous avez raison. Allez, sauvez-vous, j'arrive.

Parfois, on aimerait lui mettre la main dessus, au grand horloger pour qu'il remette les pendules à l'heure, pour revenir en arrière et tout recommencer.

Arrivé dans le hall tout noir, Vincent est prêt à allumer lorsqu'il surprend deux personnes discutant à mi-voix devant la porte ouverte.

– Laisse-moi entrer, Sandrine, je ne rigole pas. Je suis dans une merde pas possible, faut que tu m'aides !

– Non, Alex, non ! C'est fini, tout ça, tes embrouilles, tu te les gardes !

– Sandrine, en souvenir de…

– Non !

– Mais tu comprends pas ! J'ai les flics au cul ! J'ai juste besoin d'un peu de liquide et je fous le camp…

Vincent appuie sur le bouton de la minuterie. Alex et Sandrine s'immobilisent sur le pas de la porte en clignant des yeux.

– Ça suffit comme ça. Tu te casses, Alex, ou j'appelle les flics. Ferme la porte, Sandrine, on l'a assez vu, celui-là.

Mais avant qu'elle ait pu esquisser le moindre geste, Alex la pousse à l'intérieur, ferme la porte derrière lui et braque sur eux un revolver.

– Tu l'ouvres encore, morveux, et je t'en colle une entre les deux yeux ! Sandrine, dis-moi où le vieux planque son fric. Après, je m'en vais. Promis, tu ne me reverras jamais plus. C'est une question de vie ou de mort... pour vous, surtout !

Alex est blême, l'arme tremble au bout de sa main. Il n'y a rien de plus dangereux qu'un homme qui a peur. La minuterie s'arrête brusquement. À nouveau, l'ombre reprend possession des lieux. Au même instant, on entend des pas montant du garage, *cling, clang !* accompagnés d'un clignotement de lumière irréelle. Une ombre étrange se profile sur le mur... *Cling ! Clang !...* Alex se raidit, le flingue tendu à bout de bras vers cette apparition pour le moins inattendue.

– Qu'est-ce que c'est que ça ? Fermez-la, tous les deux, ou je tire dans le tas.

Le Person, magnifique dans son armure scintillante, pose un pied pesant sur le sol en marbre de l'entrée. Les petites ampoules autour de son casque éclairent d'un éclat bleu les murs du hall.

– Il y a quelqu'un ? Vincent, c'est vous ? Je n'y vois pas trop bien... Ah, ça y est... Mais qu'est-ce que vous faites là ? Et ma surprise ?... Ah, mais nous avons un invité !

Cachottiers que vous êtes ! Excusez-moi, mon casque est mal ajusté, j'y vois mal... Enchanté, jeune homme.

Prenant l'arme braquée sur lui pour une main tendue, Le Person s'en empare chaleureusement de son gantelet de fer, provoquant instantanément une gerbe d'étincelles du plus bel effet. La scène est hallucinante. Le Person et Alex semblent entamer un rock n'roll endiablé, auquel Vincent met fin en arrachant le fil qui relie Le Person au secteur. Celui-ci tombe en arrière dans un bruit de poubelle renversée, tandis qu'Alex, hébété, lâche son arme, les yeux exorbités, la bouche ouverte, les cheveux hérissés. Deux secondes plus tard, il a disparu, et sa voiture s'éloigne en zigzaguant sur la neige fraîche.

Sandrine a débarrassé Le Person de son casque et lui tapote les joues.

– Ça va, monsieur, ça va ?

– Je... je ne sais pas... Qu'est-ce qui s'est passé ?... Où est votre ami ?...

Et là, il arrive encore une chose admirable. Un léger applaudissement, pas plus fort que celui d'un moineau battant des ailes, leur parvient du bout du couloir. Alice, dans sa chaise roulante, le visage toujours imperturbable, claque des mains, puis regagne la salle à manger sans l'aide de qui que ce soit. Il faut un certain temps avant que Sandrine, Le Person ou Vincent puissent prononcer un mot.

Vincent a fini de boucler son sac. Il jette un dernier coup d'œil à cette chambre dans laquelle il n'aura passé que quelques nuits. Puis il ferme la porte et descend l'escalier. Sandrine l'attend au bas des marches.

– J'ai fait du café, tu en veux une tasse ?

– Je veux bien. Le Person dort ?

– Oui.

– Et Alice ?

– Elle est avec moi, dans la cuisine.

Il suffirait de fermer les yeux et de respirer le parfum du café frais pour croire que tout est normal en ce bas monde. Face à la fenêtre, les yeux d'Alice rivalisent de clarté avec le jour naissant.

– Un sucre ?

– S'il te plaît.

La bouilloire sifflote sur le gaz un petit air de rien.

– Tu es certain de…

– Certain.

– Elle a de la chance, Véronique.

– On a la chance qu'on se donne.

Le silence des adieux est toujours embarrassant. On a la glotte qui fait le yoyo et des perles d'eau salée plein les cils.

– Tu expliqueras à Le Person ?

– Oui, je suis sûre qu'il comprendra. Il aura de la peine, mais il comprendra. Peut-être même que ça lui servira, cette histoire d'amour. Si ça se trouve, il va nous pondre un autre bouquin ?

– Bon, va falloir que j'y aille…

– Tu…

– Oui ?…

– Tu m'oublieras pas tout de suite ?

Le yoyo est un jeu stupide. Il remonte parfois plus haut que prévu et redescend encore plus bas, là où ça fait mal, comme un coup de poing au creux de l'estomac. Alice et Vincent se serrent dans les bras l'un de l'autre, s'entortillent comme des lianes.

– Écris-moi, juste un mot.

– Je te le promets.

Vincent détourne les yeux, saisit son sac. Alice pivote sur son fauteuil. Ses doigts effritent l'os de seiche gravé.

Il n'en reste plus qu'une fine poussière blanche sur ses genoux.

– Au revoir, Alice. Je t'en ferai un autre.

Le bruit de cette porte claquée derrière lui ne le quittera plus. Le vent du nord le pousse dans le dos, le conduit sans ménagement vers la plage. La mer, échevelée comme quelqu'un qui s'éveille, remonte vers lui.

– Alors, te revoilà ? semble-t-elle lui dire.

Entre le ciel et l'eau

Une île, c'est comme un béret, ça n'a pas de sens. Qu'on la prenne par l'est ou par l'ouest, on finit immanquablement par se retrouver à son point de départ. L'île de Batz est si petite qu'on en fait le tour à pied en quelques heures. Pourtant, on ne s'en lasse jamais. On se croirait sur un manège. « Encore ! Encore ! » semble siffler le vent en s'enroulant.

Vincent est assis sur un de ces rochers de granit rose qui s'amoncellent à l'endroit qu'on appelle le Trou du serpent. Selon la légende, c'est ici que saint Pol s'est débarrassé du dragon qui terrorisait les habitants de l'île. On peut y croire ou non, n'empêche qu'à ce point précis le ressac émet un bruit différent, une sorte de rire guttural qui donne à penser que la bête n'est peut-être pas tout à fait morte.

Le temps est magnifique. Le ciel dégage une fraîche haleine de dentifrice. La mer est en pleine forme. Elle danse pour Vincent un french cancan ébouriffant. Ses jupons d'écume volent à plus de deux mètres de haut et son dos pailleté d'écailles rutilantes renvoie au soleil sa propre image. Elle n'est pas toujours de si bonne humeur. Vincent l'a déjà vue froncer les sourcils, prendre une sale couleur vert-de-gris et cracher au ciel son venin en s'abattant sur l'île, gonflée de bruit et de fureur.

Dès qu'il a un moment de libre, c'est ici que Vincent prend le pouls de la vie. Il n'habite sur l'île que depuis un mois, mais il a l'impression d'y être né. On se croirait dans le nombril du monde. Après tout, la terre n'est qu'une île, un malheureux caillou flottant dans l'espace.

Une vague plus forte que les autres vient lui rire au nez. Vincent s'éloigne et s'allonge sur l'herbe rase et drue qui borde le chemin des douaniers. Les bras sous la tête, il regarde le vent transbahuter les nuages d'est en ouest, pareils à des balles de coton. La cloche de l'église lance dans l'azur des anneaux sonores, des auréoles dorées qui surfent sur l'horizon.

Vincent est arrivé un mois plus tôt à Roscoff, très tôt le matin. Il faisait encore nuit. À part le vent, il n'y avait personne dans les rues. Il n'y avait que quelques lumières allumées, celle d'une boulangerie, où il s'était acheté un croissant, et l'enseigne d'un bar, près de l'embarcadère, dans lequel il s'était réfugié alors que la pluie commençait à cingler les façades austères des maisons aveugles.

Vincent avait déposé son sac sous la table et accroché son caban trempé sur le dossier d'une chaise, près du radiateur. Aussitôt, une vapeur s'en était dégagée, comme de l'échine de ces chiens errants qui viennent se réchauffer au coin d'une cheminée.

En dehors du patron, un grand rouquin jovial qui s'exprimait avec un fort accent anglais, il n'y avait qu'une vieille dame en train de feuilleter les pages d'un livre devant une tasse de thé. Dès la porte passée, on se sentait chez soi dans ce café. Il flottait une odeur de chambre close, de couette douillette. La vieille dame était impeccable, mais le patron n'était pas rasé et sa joue gauche encore marquée d'un pli d'oreiller. Depuis que Vincent était en route, il y avait de ça plusieurs mois, il en avait traversé, des villes, des grandes et des petites, des tristes et des gaies, mais toutes, à cette heure, avant que le soleil ne soit levé, avaient ce même air de famille, d'intimité. Les gens étaient encore innocents, pareils à des enfants qui frottent leurs yeux pleins de rêves. À cette heure-là, le pire des assassins n'est pas plus dangereux qu'un nouveau-né.

Vincent avait commandé un chocolat en regardant les gouttes de pluie zigzaguer sur la vitre noire. Le patron et la vieille dame échangeaient des banalités à propos du mauvais temps qui risquait de s'installer pour un bon moment. Un homme était entré, un bras plâtré en écharpe, une petite valise dans l'autre main. Il avait salué le patron et la vieille dame par leur nom (John et Mme Loïc) et s'était accoudé au bar en secouant sur sa cuisse une casquette ruisselante. Autant son visage était rouge, autant la peau de son crâne chauve était blême et luisante comme un œuf. John lui avait servi d'office un grand café.

– Alors, ton bras ?

– J'en ai pour au moins deux mois. Tu parles d'une tuile ! Juste quand je démarrais les travaux. J'ai la peinture, le papier, la colle, tout… et cette foutue échelle qui me glisse sous le pied ! Je ne serai jamais prêt pour la saison. J'ouvre l'hôtel à Pâques.

– Embauche quelqu'un.

– Qui ? Tous les jeunes sont au lycée et les autres sont occupés aux champs ou à la pêche. C'est foutu, je te dis, foutu !

– Dis pas ça, Roger, à chaque problème il y a une solution.

– Je sais ! Et pour chaque solution, il y a un problème !

Le patron s'était retourné vers la vieille dame.

– Vous ne connaîtriez pas quelqu'un, madame Loïc ?

La dame avait à peine levé le nez du livre dont elle tournait les pages en humectant son index du bout de la langue.

– La providence, John, la providence…

Vincent s'était trémoussé sur sa chaise. La conversation ne lui avait pas échappé. Il lui restait à peine huit euros en poche.

– Excusez-moi, vous cherchez quelqu'un pour faire des travaux ?

Trois paires d'yeux s'étaient braquées sur lui et il s'était senti rougir comme s'il avait dit une bêtise. L'homme au bras cassé, après avoir revissé sa casquette sur son crâne verni, était venu s'asseoir à sa table.

– Qu'est-ce que tu sais faire ?

– Un peu de tout.

– Tu viens d'où ?

– De Dunkerque.

– Pourquoi tu n'y es pas resté ?

– Envie d'autre chose, de voir le monde.

– Tu tailles la route, quoi ?

– C'est ça.

– Tu as quel âge ?

– Dix-huit ans.

– Mouais…

L'œil de Roger sous la visière de la casquette lui faisait penser à celui de son oncle Raymond, là-bas, du côté de Boulogne, une sorte de braise qui scintillait sous la cendre des sourcils broussailleux pour le jauger.

– Voilà, j'ai un hôtel sur l'île. Comme tu vois, je ne suis pas capable de faire les travaux moi-même. Un peu de peinture, un peu de plomberie, de la bricole, quoi. Mais attention, j'aime le travail bien fait ! Pas de feignant chez moi ! Tu seras logé, nourri, blanchi, mais je peux pas te payer beaucoup.

– Combien ?

– Disons… 400 pour le mois. Il n'y en a pas pour plus longtemps.

Vincent avait pris son temps, balayé les miettes de croissant sur la table pour les verser dans le cendrier. 400 euros, ce n'était pas lourd, mais il savait qu'il allait dire oui. D'abord parce qu'il avait sérieusement besoin d'argent et ensuite parce que le bonhomme lui plaisait, ainsi que la vieille dame qui faisait semblant de lire tout en les observant par-dessus ses lunettes. Mais, surtout, il y avait l'île qu'il voyait à présent émerger dans le jour naissant. Vincent n'avait jamais mis le pied sur une île et, comme tout un chacun, il en avait rêvé, un rêve de gosse peuplé de pirates, bandeau sur l'œil et jambe de bois avec peut-être un trésor à la clé.

– Bon, 500, si le travail est bon !

– D'accord.

Roger lui avait tendu la main, le visage illuminé.

– C'est la gauche, mais c'est celle du cœur. Je m'appelle Roger Guéguen.

– Vincent.

– Vincent comment ?

– Vincent tout court.

John avait fait siffler son percolateur d'un air satisfait.

– Ben, tu vois, Roger, faut jamais désespérer ! Tiens, le voilà !

Du doigt, il désignait la silhouette trapue d'un bateau venant de Batz. La vieille dame s'était levée et s'était emmitouflée dans un vaste ciré jaune, tandis que Roger et Vincent se regardaient, vaguement embarrassés, sans trop savoir qui des deux avait adopté l'autre. À la sortie du café, Vincent s'était proposé pour porter les cartons de Mme Loïc et l'avait regretté aussitôt. Ils pesaient des tonnes !

– Qu'est-ce qu'il y a là-dedans ?

– Le poids du savoir, jeune homme, des livres.

L'équipage du bateau, trois hommes guère plus âgés que Vincent, portait un grand respect à Mme Loïc. Roger lui avait expliqué que la vieille dame était la doyenne de l'île. Elle avait été maîtresse d'école et avait eu pratiquement tous les habitants de Batz comme élèves. Aujourd'hui, elle s'occupait de la bibliothèque. On l'appelait Mme Loïc, car elle avait été l'épouse d'un fameux patron du *Pilote Trémintin*, le canot de sauvetage de l'île, décédé, hélas, depuis de nombreuses années.

Malgré le froid et les embruns, Vincent avait tenu à rester sur le pont. Le jour se levait péniblement. Des traînées de lait caillé parcouraient un ciel bas hachuré d'une pluie qui semblait vouloir durer l'éternité. Même si la traversée n'avait duré qu'une quinzaine de minutes, Vincent s'était pris pour Christophe Colomb découvrant l'Amérique. À mesure qu'il s'en approchait, Batz découvrait son épaule de géant émergeant du fond d'un encrier.

Quelque chose d'humide et flasque vient lui balayer la joue. Vincent se redresse en sursaut. Le chien jaune de la ferme Katel le fixe de ses gros yeux humides, la tête penchée sur le côté, la langue pendant entre ses babines, pareille à une tranche de jambon.

– Ah, c'est toi, Flap !

Le chien pointe les oreilles et remue la queue en tirant Vincent par la manche pour l'inciter à jouer. On le rencontre aux quatre coins de l'île, toujours prêt à faire un petit bout de chemin avec quelqu'un.

– D'accord, on y va !

Tous deux courent sur la lande en suivant le chemin des douaniers. À leur approche, quelques mouettes s'égaillent en poussant des cris de vieilles filles effarouchées. En surplomb, un grand cheval bai, boulonnais ou percheron, les regarde passer, crinière au vent, ses énormes paturons vissés dans la falaise. Il y en a beaucoup sur Batz, ils font la fierté de ses habitants, qui en offrent aux filles pour leur mariage.

À une croisée de chemin, Flap et Vincent se séparent, l'un pour poursuivre son éternelle errance, l'autre pour regagner l'hôtel. Vincent ne ralentit pas sa course, bien qu'il ne soit pas si pressé. Il court parce que ça l'amuse, que le vent le pousse dans le dos, comme si sa vie était en pente. Il longe la mare de Prad ar Chanap, trébuche devant une jeune fille qui passe à vélo. Sa jupe légère flotte au-dessus de ses genoux, joli petit drapeau à pois blancs. Il court encore et dépasse un tracteur dont la remorque déborde de légumes fraîchement arrachés à la terre. Il court toujours en faisant un petit signe amical à la voiture du docteur puis au taxi qui revient de l'embarcadère. Ce sont, en dehors des tracteurs et des vélos, les seuls véhicules de l'île. Il court enfin parce que c'est si bon de sentir l'air frais de cette matinée lui gonfler les poumons, il court parce qu'il est simplement content d'être en vie. Il traverse Kénékaou, Porz Kernok, contourne l'église et le cimetière où sont enterrés bon nombre de marins que la mer, dans sa grande mansuétude, a bien voulu rendre aux siens. Enfin, à bout de souffle, il pousse la porte du petit hôtel, La Bernique Amoureuse.

Une puissante odeur de choux se mêle à celle de la peinture fraîche. Roger Guéguen est en train de regarder le sport à la télé, son bras plâtré posé sur le ventre comme un gros chat blanc.

– Te v'la enfin ! J'allais commencer sans toi.

– Fallait pas vous gêner.

– Allez, sers-nous, j'ai faim. Fernande vient de partir, c'est chaud.

Penché au-dessus de la casserole, Vincent remplit deux belles assiettes de potée fumante que Mme Fernande leur a préparée. Mme Fernande s'occupe des repas, puisque Roger est invalide. C'est une veuve de marin bien en chair et aussi appétissante que sa cuisine. Même si ça ne se dit pas, personne n'ignore qu'elle partage avec Roger un peu plus que ses talents culinaires.

La salle à manger était dans un sale état, quand Vincent a entamé les travaux. Le salpêtre cloquait la peinture et les araignées tissaient leur toile dans chaque coin. Aujourd'hui, elle est terminée et il n'en est pas peu fier. Il a tout refait, du sol au plafond, tapissé les murs d'un joli papier rayé blanc et bleu. Le parquet et les vieilles tables de bois ciré dégagent un parfum de miel qui donne envie de commander des crêpes et du cidre dès qu'on s'y installe.

Assis l'un en face de l'autre, Roger et Vincent plongent le nez dans leur assiette. Depuis qu'il est ici, Vincent a toujours faim et pourtant, la nourriture est aussi bonne qu'abondante. Le grand air, sans doute, ou le travail, ou parce qu'il se sent bien dans sa peau.

– Elle cuisine rudement bien, Mme Fernande !

– Mouais, pas mal… Mais attends que j'aie retrouvé mes deux abattis, tu verras ce que c'est que de la vraie cuisine ! Quand j'étais cuistot sur les bateaux, les capitaines me faisaient des ponts d'or pour nourrir leur équipage ! Parfaitement, des ponts d'or ! À force de bourlinguer, je connais des recettes du monde entier, curry, rougaille, bachalao… Tu verras !

Un morceau de saucisse planté sur sa fourchette, Vincent fixe un pan de mur.

– Le papier corne, là-haut, il faudra que je remette un point de colle.

– Ah oui. Mais c'est quand même bien. T'as fait du bon boulot. J'y croyais pas trop au début, avec ton profil de haricot vert… Qu'est-ce qui te reste à faire ?

– Pas grand-chose. La peinture dans la 4 et un peu d'électricité dans la 2.

– T'auras fini quand ?

– Je ne sais pas… une semaine ?

– Et après, qu'est-ce que tu comptes faire ?

– Je ne sais pas.

– C'est tout ce que tu sais répondre : « Je ne sais pas, je ne sais pas !… » Pose-toi donc un peu, bon sang, tu as le temps… T'es pas bien, ici ?

– Si, je suis bien.

– Ben alors ? Quand la saison va venir, on aura besoin de bras. Vu de l'hiver, ça paie pas de mine, d'accord, des retraités, des vieux, mais, dès le printemps, c'est Saint-Tropez, ici !

– Je ne sais pas si j'aimerais que ce soit Saint-Tropez, ici.

– Le voilà qui remet ça ! « Je ne sais pas... » Mais bougre d'âne, tu peux gagner de l'argent !

– Pour quoi faire ?

– Mais... je ne sais pas !... Oh, arrête de rigoler quand je te parle. Pour faire comme moi, tiens ! T'acheter une petite affaire qui roule et vivre peinard !

– J'ai pas encore l'âge, monsieur Guéguen. J'ai encore du chemin à faire.

– Oui, je sais, tu m'as raconté, ta promesse, le chemin de sable, Saint-Jean-de-Luz et ta chérie... Dire que j'ai été aussi crétin que toi ! Moi aussi, je voulais en croquer, du vaste monde, voir des pays ! Et j'en ai vu, ça oui, pour en arriver où ? Case départ, Batz ! Ça valait-il tout ce dérangement ?

– Mais vous l'avez fait quand même, non ?

Quand Roger ne sait plus quoi dire, ses lunettes s'embuent, son nez gonfle et ses lèvres bredouillent des choses incompréhensibles en breton.

– Va donc nous préparer un café. Et n'oublie pas ma petite goutte !

Après avoir fait la vaisselle, Vincent enfile son caban et enfonce son bonnet sur sa tête. Roger somnole auréolé d'une fumée bleue qui s'échappe de sa pipe, devant une émission débile. On dirait un gros hamster dans son nid de coton.

– Tu t'en vas ?

– Je vais chez Mme Loïc.

– Encore ! Elle te bourre le crâne avec ses bouquins. Pourquoi tu ne fréquentes pas des gens de ton âge ?

– Vous savez bien, y en a pas ici. Et puis j'aime bien Mme Loïc.

– Moi aussi, je l'aime bien, tout le monde l'aime bien, mais elle a quatre-vingt-dix ans !

– Et après ?

– Après ? Rien. Rentre pas tard. Y a *Alamo* à la télé ce soir, on a dit qu'on le regarderait ensemble.

– J'ai pas oublié. À plus tard.

C'est curieux de vivre avec tous ces vieux, Vincent se croirait seul rescapé d'une sorte de catastrophe. La plupart des jeunes de son âge sont en internat sur le continent et reviennent à Batz seulement pour les vacances et certains week-ends. Bien sûr, il n'y a pas que des retraités sur l'île, mais les autres habitants, des cultivateurs ou des pêcheurs, quand ils quittent leurs champs ou la mer, rentrent directement chez eux. On ne les voit jamais. Il ne faut pas croire que la vie avec les anciens est de tout repos. Ils se chamaillent sans cesse comme les gosses à la maternelle, pour des choses sans importance, un jardinet mieux entretenu que celui du voisin, une place resquillée dans la queue à la supérette, ou au sujet d'histoires si vieilles qu'ils ne se rappellent même plus l'origine du conflit. Jamais rien de bien méchant, juste histoire de passer un temps qui leur est chaque jour un peu plus compté. Seule Mme Loïc jouit d'un statut particulier auprès de tous. Sans doute parce que l'ombre respectable et respectée de son héros de mari plane encore sur elle, mais aussi à cause de son attitude de grande dame, tirée à quatre épingles quel que soit le temps, un peu distante, mais toujours à l'écoute des uns et des autres. On dirait qu'elle a conservé sous ses pieds la hauteur de l'estrade sur laquelle elle enseignait. C'est elle qui a créé la bibliothèque, il y a six ou sept ans, avec trois sous et une détermination infaillible. Elle a obtenu des locaux de la mairie et les a fait remettre à neuf. Depuis, chaque année, le nombre des lecteurs s'accroît et les livres s'accumulent sur les rayonnages.

Dès les premiers jours de son arrivée, Vincent est venu rôder autour de Mme Loïc et de ses livres comme la phalène attirée par une lampe. Sa rencontre avec la lecture ne date que de quelques mois, mais depuis, il lit tout, systématiquement, les affiches sur les murs, les horaires de car, le mode de cuisson sur les boîtes de conserve, juste pour le plaisir de voir les lettres s'articuler et former un mot puis entre les mots des idées. C'est devenu une véritable frénésie. Cela a quelque chose de magique, et ne cesse de l'éblouir. À dix-sept ans, il se sent comme un enfant découvrant le monde, une sorte de miraculé bondissant de sa chaise roulante. Il comprend mieux ce qui se passe autour de lui et arrive à formuler ce qu'il ressent. Quand on n'a pas les mots pour dire ce qu'on a dans le cœur, on est aussi démuni qu'un nouveau-né qui ne peut que crier ou pleurer pour se faire entendre. Dans ces HLM pourries de Petite-Synthe, à côté de Dunkerque, tout le monde était dans son cas ou presque. C'était pourtant des gens comme les autres, avec des sentiments, des émotions, mais sans les mots, comment les exprimer ?... Ça finissait toujours par des injures et des coups. Il n'y a pas de pire prison que d'être enfermé en soi-même.

En entrant pour la première fois dans la bibliothèque, il avait fait semblant de fureter en connaisseur parmi les rayonnages mais, tout au fond de lui, il se sentait aussi perdu qu'un sauvage dans Paris ou qu'un Parisien dans la jungle. Il avait beau lui tourner le dos, il était certain que Mme Loïc l'observait par-dessus ses lunettes dorées. Alors, par défi, il avait pris le plus gros livre de l'étagère sans même en avoir lu le titre. Mme Loïc avait haussé les sourcils lorsqu'il lui avait tendu l'ouvrage.

– Vous lisez le grec ancien ?

– Moi ? Non...

– C'est Hérodote dans le texte !

– Ah...

Vincent était devenu incandescent. De sa tête, son sang avait reflué jusqu'à l'extrême pointe de ses doigts de pied.

– Voulez-vous que nous parlions un peu ?

Ils étaient seuls. Petit bout par petit bout, Vincent avait détricoté son histoire, Dunkerque, sa famille délabrée, le vol de la voiture avec son copain Sélim, l'accident dans lequel celui-ci avait perdu la vie, l'oncle Raymond chez qui il s'était réfugié, sa rencontre avec Véronique, sa promesse de la rejoindre par la plage jusqu'à Saint-Jean-de-Luz, son apprentissage de la lecture en Normandie chez M. Le Person avec Sandrine et tout ce qui s'en était suivi, sa vie au jour le jour, à dormir dans les dunes, à marcher comme on respire… Vincent était devenu une rivière en crue. Un flot de paroles intarissable lui sortait de la bouche. Il aurait pu continuer des heures, des jours, des nuits, et pourtant il avait la sensation de ne pas dire l'essentiel. Les mots se bousculaient au portillon de sa mémoire dans la plus grande confusion. Toutes ses émotions, colères, peurs, amours ne formaient plus sur la table qu'une malheureuse petite tranche de vie pas plus épaisse qu'un sandwich rassis. Mme Loïc avait levé la main.

– Il est tard, mon garçon, je dois fermer. Vous devriez essayer de coucher tout ça sur du papier, cela vous aiderait à mettre un peu d'ordre dans votre tête.

– Je suis pas écrivain !

– Qu'en savez-vous ? Tant qu'on n'a pas essayé…

– Je peux lire, mais écrire… Je connais même pas l'orthographe ni la conjugaison…

– Il faut faire avec ce qu'on a. Vous avez lu *Robinson Crusoé* ?

– Non.

– Prenez-le, ça vous sera sans doute plus utile qu'Hérodote.

Vincent était ressorti groggy, avec un manège dans la tête et le livre de Daniel Defoe sous le bras. Mme Loïc ne lui avait pas fait prendre de carte, en revanche il s'était engagé à aider bénévolement à la bibliothèque. Depuis, il venait presque tous les jours et avait commencé laborieusement le roman de sa vie, qui pour le moment ne dépassait pas la première page. Il y consacrait pourtant la moitié de ses nuits, à la lueur de sa lampe de chevet.

Mme Loïc est en retard, ça ne lui arrive jamais. Assis sur les marches de la bibliothèque, Vincent a vu le temps tourner en une mauvaise mayonnaise. Le soleil a quitté le ring azuré du ciel avec un œil au beurre noir. Deux gros poings de nuages sombres viennent de prendre possession des lieux. Le vent se lève, ébouriffant les palmes en râteau d'un palmier nain. Une demi-heure passe et puis Jeannette, la boulangère, passe devant lui à vélo.

– Vous attendez Mme Loïc ?

– Oui.

– Elle viendra pas, elle est malade. Je viens de lui porter son pain.

– On peut lui rendre visite ?

– Tentez votre chance.

Mme Loïc habite une maison minuscule coincée entre la falaise et un champ de choux-fleurs. Vincent effleure la sonnette du bout des doigts.

Il fait une chaleur étouffante dans la pièce. Ça sent le biscuit et le thé. Mme Loïc, un plaid écossais drapé autour d'elle, se tasse au fond d'un fauteuil de velours grenat. On ne voit d'elle qu'une mousse de cheveux argentés et une main décharnée, dont l'index désigne une chaise.

– Assois-toi, Vincent, c'est gentil d'être venu.

Une théière fume sur une petite table. Derrière la porte-fenêtre donnant sur un minuscule jardin, le vent secoue les branches d'un pin parasol rabougri.

– Il va pleuvoir, n'est-ce pas ?

– Ça se pourrait bien.

– J'aime la pluie, j'ai toujours aimé la pluie. Sers-toi une tasse de thé.

On dirait la vaisselle des petites filles qui jouent à la dînette. Tout est riquiqui ici, une vie minimum.

– Je vous ai attendue devant la bibliothèque, et puis Jeannette m'a dit...

– Ce n'est rien, juste un petit coup de froid. On devient fragile avec l'âge, au moindre coup de vent, on s'envole. Alors, où en es-tu de ton roman ?

– Pas bien loin. Pour dire vrai, j'ai tout jeté à la poubelle.

– C'est un bon début, il faut être exigeant.

– J'arrive pas à trouver les mots justes. Plus j'essaie de dire la vérité, plus ça sonne faux.

– Alors mens ! Mais mens vrai.

– Ça veut dire quoi : « mentir vrai » ?

– Dire que tu as pêché un requin alors qu'il s'agissait d'une sardine. Mais le dire de telle façon que ta sardine se transforme en squale aux yeux du lecteur.

– Ouais… mais j'ai pas assez de vocabulaire, pas assez de mots pour bien expliquer.

– Mais si ! Qu'est-ce que c'est que la poésie ?… Deux mots qui se rencontrent pour la première fois. Il ne s'agit pas d'expliquer, mais de faire sentir. Regarde Robinson Crusoé, avec un canif et un bout de ficelle, il a créé un monde. Le livre ne t'a pas plu ?

– Si, si, mais… c'est surtout quand Vendredi débarque que ça m'a intéressé. Avant, c'est… du bricolage, quoi. Et puis je crois que de parler de moi, c'est pas un bon sujet, c'est comme si j'avais déjà vu le film. C'est la vie des autres qui me plaît, la mienne, je la connais par cœur.

– Alors, il faut patienter, attendre ton Vendredi. C'est vrai qu'un bon auteur passe plus de temps à l'affût d'un sujet qu'il n'en met à écrire. Dis-moi, y avait-il du monde à l'embarcadère ?

– J'en sais rien, je n'y suis pas allé. Sauf qu'un dimanche soir, en cette saison...

– Il y a des gens pour qui la saison importe peu, des gens de tous les vents, n'est-ce pas ?

– Moi, oh ! C'est le hasard qui m'a amené ici.

– Ah, le hasard... Et il ne s'occupe que de toi, le hasard ?

– Non... Vous attendez quelqu'un, vous ?

– Moi ? non. Mais qui sait ? Alors, je ne ferme jamais ma porte, au cas où... C'est comme ça, sur l'île. Nous ne sommes pas naufrageurs, seulement, ce qui arrive à la côte nous appartient un peu. Nous ne sommes pas riches, mais nous savons recevoir et donner.

Elle parle sans ouvrir les yeux. Son visage a l'air d'une boulette de papier froissé, aux mille petites rides racontant une très longue vie.

– J'ai connu le temps des bateaux à voiles... On manquait de tout, ici. Les bateaux étaient remplis à ras bord si bien qu'il fallait attacher les vaches et les chevaux à la poupe ! Les bêtes faisaient la traversée à la nage. Oui, j'ai connu ça ! Mais c'était dans un autre temps, une autre vie... J'étais jeune...

Elle s'est endormie ou bien elle fait semblant. On ne sait jamais avec les vieilles gens. Ils tournicotent dans leur passé comme dans leurs jardinets, sans se soucier du présent et encore moins de l'avenir. L'avenir est loin, très loin.

La pluie commence à cribler les vitres. Elle frappe à petits coups pour ne pas réveiller la vieille dame. Vincent remonte sur elle le plaid qui avait glissé. Elle sourit à des choses que Vincent ne peut voir. Sans bruit, il quitte la maison. Dehors, la nuit commence à entasser de la suie dans chaque coin d'ombre.

– Ben alors, qu'est-ce que tu fichais ?

– J'étais chez Mme Loïc, elle est malade.

– Grave ?

– Un coup de froid, elle m'a dit.

– Cette manie aussi de ne jamais fermer sa porte… J'y ferai un tour demain. Bon, ça y est, on a des clients !

– Des clients ?

– Deux, un couple. Ils sont arrivés par le dernier bateau. Je les ai fait attendre dans la salle à manger. Faut leur préparer une chambre.

– Je vais les installer dans la 2.

– Très bien. Ah, au fait, il reste de la potée de midi ?

– Oui.

– Parfait, nous, on se fera des œufs. Allez, va vite !

C'est bizarre, ce couple qui débarque un dimanche soir, hors saison. En passant devant la salle à manger, les bras chargés de couvertures, draps et oreillers, Vincent ne peut s'empêcher de jeter un coup d'œil. Ils sont jeunes, presque de l'âge de Vincent, le type grand et maigre, la fille toute petite, pas plus épaisse qu'une feuille de papier à cigarette. On dirait des décalcomanies mal foutues. Ils ont dû se prendre la pluie, leurs cheveux pendent de chaque côté de leur visage comme des spaghettis trop cuits. Ils font penser à ces oiseaux blessés qu'on retrouve sur la plage cachés dans un trou de rocher, les plumes collées, transis de froid.

La chambre 2, c'est celle dont il est le plus fier. Vincent l'a particulièrement soignée. Elle est très claire et la fenêtre donne sur l'anse. Lorsqu'ils se réveilleront demain matin, ils auront sous les yeux une des plus jolies vues de l'île.

Un bon feu pétille dans la cheminée, renvoyant l'éclat de ses flammes dans le cuivre des lampes posées sur les tables. Le couple, blotti devant, écoute sans broncher Roger énumérer les innombrables pays qu'il a visités, au temps où il naviguait. Il a profité de l'occasion pour leur offrir ainsi qu'à lui-même un petit verre de goutte, histoire de se réchauffer.

– Votre chambre est prête, c'est la 2, premier étage à droite.

Les deux jeunes gens se lèvent et lancent à Vincent un sourire plein de reconnaissance pour les avoir sauvés du flot de paroles ininterrompu dont Roger les submergeait.

Ils ont l'air si fatigué… Ils n'ont pour tout bagage qu'un sac de sport à moitié rempli.

– Le dîner sera prêt dans une demi-heure !

– Merci, mais on n'a pas bien faim. On va se coucher.

– Ah… C'est dommage, il y avait une excellente potée au menu.

– Une autre fois, merci.

Le jeune homme a un accent que Vincent connaît bien, celui des gens du Nord, qui pèse sur les *A* comme un pouce sur une mouche. Timidement, ils s'esquivent et gagnent leur chambre bras dessus, bras dessous.

Roger semble un peu déçu, pour une fois qu'il avait un public… Il vide le fond de son verre en haussant les épaules.

– Bon, eh ben, on finira la potée tous les deux. Bon sang, Vincent ! On va rater le début du film !

Roger n'a pas assisté à la fin tragique du Fort Alamo encerclé par l'armée de Santa Anna. Il ronfle copieusement, le menton sur la poitrine, les pieds nichés dans ses pantoufles informes. Vincent coupe la télé et va faire la vaisselle en ronchonnant. Faudra qu'il lui allonge une petite augmentation, le père Guéguen, parce que le service à table et la plonge ne font pas partie de ses attributions.

Les mains barbotant dans l'eau chaude pleine de mousse, il pense aux deux autres, au-dessus de lui, dans la chambre 2. Qu'est-ce qui a pu les amener dans un trou pareil en cette saison ?... Il ne saurait pas dire pourquoi, mais il se sent un peu de la même famille et pas uniquement à cause de l'accent. Peut-être est-ce cet air de rien qu'ont les gens qui se laissent porter par le vent, ceux dont la marche arrière ne fonctionne plus et qui n'ont rien d'autre à faire que de repousser l'horizon. Depuis qu'il est en route, Vincent en a croisé des centaines, de ces oiseaux de passage, dans les villes surtout, où ils se posent comme des questions sans réponse avec, dans les yeux, le vide de ceux qui ont perdu le nord. Dans les villes, oui, mais à l'île de Batz, au bout du monde ?...

Vincent en est là de ses pensées, quand on frappe à la porte de la cuisine.

– Oui ?

– Ma femme a pris froid, elle a un peu de fièvre. Vous n'auriez pas de l'aspirine ?

– Bien sûr, une seconde.

Ce type a l'air d'un grand chien triste, déjà vieux et usé dans sa peau de jeune.

– Voilà.

– Merci.

– Vous êtes du Nord ?

– Euh... oui.

– Moi aussi, de Dunkerque.

– Nous, on est de Lens, enfin, à côté.

– Vous êtes en vacances ?

– Oui… en vacances.

– Vous allez rester quelques jours ?

– Possible. Bon, faut que je remonte, bonsoir.

– À demain.

Dès qu'il a parlé du Nord, il a vu les yeux du gars clignoter, façon *warning*. Peut-être même qu'il a blêmi. Vincent se mord les lèvres. Il s'en veut d'avoir posé toutes ces questions. Au fond, c'est leur affaire, d'aller et venir où bon leur semble. Sitôt qu'on atterrit quelque part, on se croit propriétaire et en droit de demander des comptes. La terre est à tout le monde. Promis, juré, il ne les embêtera plus, ces deux tourtereaux.

Après avoir vérifié si les lumières étaient bien éteintes et qu'aucune braise dans la cheminée ne risquait de mettre le feu à l'hôtel, Vincent regagne sa chambre, se lave les dents, se couche et jette un coup d'œil sur son « roman ». C'est nul, archi-nul ! Sauf une phrase : « Demain est un autre jour. » Elle n'est même pas de lui.

Par la fenêtre ouverte, le ciel, comme le plafond de la chambre 4, semble badigeonné d'une première couche. On y voit en transparence des traces de rouleau et des taches plus sombres entre les nuages étirés. Il fait doux, cotonneux. Le visage moucheté de peinture blanche, Vincent fume une cigarette en regardant la barge accoster à l'embarcadère. Des hommes, pas plus gros que des fourmis, en déchargent des matériaux de construction, poutres, planches, sacs de ciment. Les sons lui parviennent par bouffées, au gré du vent. Sur la route, en contrebas, deux femmes pédalent côte à côte en discutant, un cageot débordant de légumes ficelé sur le porte-bagages de leur vélo rouillé. Un vieil homme assis sur un muret de pierre, sa canne entre les genoux, leur fait un petit signe de tête. Tout est mou, on se croirait dans un film au ralenti. Même les mouettes prennent leur temps, avares du moindre battement d'ailes. Une plume frissonne, coincée dans la charnière du volet. Vincent la détache et lui rend sa liberté en l'aidant d'un souffle dans le creux de sa main. Elle s'envole en tourbillonnant et disparaît au coin de l'hôtel. Vincent écrase son mégot sur le couvercle d'un pot de peinture. S'il voulait, il aurait fini dans deux jours. Roger lui donnerait sa paie, il reprendrait le bateau pour Roscoff et, de là, sa route sur le chemin de sable qui le rapproche toujours un peu plus de Véronique... Que peut-elle bien faire à cet instant précis ? Sort-elle de cours ?... Rit-elle avec ses amis ? Se souvient-elle encore de lui ?... Peut-être y a-t-il quelqu'un d'autre dans sa vie, belle comme elle est... C'est ce jeune couple, là-haut, qui lui a chamboulé le cœur. Bras dessus, bras dessous, seul au monde... Bien sûr, à présent, il pourrait prendre un train et frapper à sa porte dans deux jours. Mais pourquoi faire simple quand on peut faire compliqué ? Il aurait tant de choses à lui dire. Il a l'impression d'avoir vécu plusieurs vies en quelques mois. Pas des vies qu'on apprend à l'école, des vraies, des vies qu'on vit ! Pourtant, une petite voix lui chuchote à l'oreille : « Pas encore, poursuis ta route telle que tu l'as voulue, sois confiant !... »

Ce doit être les vieux qui lui font cet effet-là. Ces vieux qui n'en ont plus pour longtemps, mais qui font durer le plaisir, qui tètent avidement leur petit reste de vie, semblables à des bébés accrochés à leur biberon. Un jour de plus !... Ici, les vieux sont des battants, des corsaires, des pirates de la vie. S'ils la quittent, c'est en funambules. Sur l'île, le temps est suspendu, l'existence ne tient qu'à un fil, mais on s'y accroche fermement.

Des éclats de voix lui parviennent du rez-de-chaussée. À coup sûr, Fernande et Roger sont encore en train de s'engueuler. Il est midi. Vincent se lave les mains et descend l'escalier où flotte une délicieuse odeur de gratin. Guéguen se tient sur le seuil de la porte grande ouverte, un tablier plié sur son bras valide, l'air égaré.

– Un problème avec Mme Fernande.

– C'est elle qui a commencé ! Tout ça parce que je lui conseillais de mettre un peu plus de muscade dans le Parmentier !

– Vous devriez la rattraper. Comment on se débrouillerait, sans cuisinière ?... On a des clients.

– T'as raison, mais c'est bien parce que je ne peux pas faire autrement ! Sinon, la Fernande, du balai !

À peine Roger a-t-il disparu en traînant derrière lui son tablier en berne que le jeune couple arrive, les joues rouges, les yeux pleins de ciel. Ils n'ont plus rien de commun avec les deux chats de gouttière détrempés de la veille.

– Bonjour !

– Bonjour, assoyez-vous là, le patron arrive tout de suite. Vous avez faim ?

– On pourrait manger un éléphant cru !

Ce sont des gens comme lui, pas habitués au bonheur. Ça se voit à un tas de petits détails, les vêtements de Prisunic, le cheveu triste, les dents gâtées, le grain de peau des gosses mal nourris, et puis cette façon de sembler toujours s'excuser d'être là, de n'être jamais nulle part chez eux. Les amoureux finissent toujours par trouver leur île. C'était quoi cette chanson que sa mère chantait en pleurant quand elle avait trop bu ?... Ça parlait d'une serveuse qui essuyait des verres au fond d'un café... Un couple entrait... « L'air émerveillé comme deux chérubins... » C'était triste et beau. Qu'est-ce que tu deviens, maman ?... Qui garde les autres, petits frères et sœurs, quand tu vas voir papa à la centrale de Melun ?... Et Raymond ?... et Le Person, Alice, Sandrine ?... Des mois qu'il est en route, des mois à aimer et à quitter ceux qu'il aime... Son cœur se met à battre pareil à un volet mal fermé.

– Qu'est-ce que t'as, tu pleures ?

– Non, juste une poussière dans l'œil.

– Bon. J'ai réussi à convaincre Fernande. Mais ça n'a pas été sans mal ! Il a fallu que je m'excuse, moi, Roger Guéguen ! Quelle tête de pioche, une vraie Bretonne !

À la fin du repas, Roger a bien été obligé de reconnaître que le Parmentier de Fernande était irréprochable. Celle-ci est retournée à la cuisine, plus radieuse qu'une reine d'un jour. À l'autre bout de la salle, les deux jeunes se tiennent la main devant leurs assiettes vides, les yeux dans les yeux.

– Dis donc, Vincent, si on les invitait à prendre la goutte avec nous ? Pour la digestion, quoi !

Roger est beaucoup plus habile pour servir de généreux petits verres d'une seule main que pour aider à la vaisselle.

– Allez, pas de chichis ici, à la bonne franquette. Moi, c'est Roger, elle Fernande et lui Vincent. Et vous ?

– Jacky.

– Nadine.

– Eh ben, à la nôtre !

Bientôt les pupilles des uns et des autres scintillent, façon boules de Noël. Roger est intarissable, il a tout vu, tout connu, mais tout le monde s'en fout. Sans la ferme intervention de Fernande qui refuse catégoriquement une seconde tournée, on y serait encore.

– D'accord, d'accord ! Quel dragon, celle-là ! Tu finiras à Toul ar Sarpant ! Dis donc, Vincent, si tu les emmenais au jardin colonial, faut qu'ils voient ça !

– Et mon boulot ?

– Le boulot, le boulot ! Ça peut attendre demain. Et puis, c'est moi qui te paie, non ?

– Ils ont peut-être envie d'être seuls ?

Jacky et Nadine échangent un sourire et acceptent l'invitation.

– Les jeunes avec les jeunes et les vieux avec les vieux, voilà ce que je dis, pas vrai, Fernande ?

Fernande hausse les épaules et disparaît avec la bouteille d'alcool juste avant que Roger s'en empare.

Pas plus Jacky que Nadine ne sont équipés pour crapahuter sur les rochers glissants et dans les flaques d'eau qui parsèment la plage. Lui, juché sur les talons biseautés de ses santiags éculées, prend des attitudes de funambule débutant en pestant à chaque pas contre ces saloperies d'algues. Le col relevé de son perfecto étriqué constitue sa seule protection contre le vent qui souffle un crachin perfide. Elle n'est guère mieux lotie, ses tennis de toile sont déjà à l'état d'épaves, détrempées et pleines de sable humide. Son blouson de fourrure synthétique s'est métamorphosé en une sorte d'éponge orange gorgée d'eau. Vincent se sent coupable de les entraîner dans cette galère. Ça ne lui convient pas, le rôle du guide indigène, pas plus que celui de chaperon parachuté dans leur intimité.

– Si vous voulez, on rentre.

– Non, non, on continue.

Enfin, ils atteignent la pointe est et pénètrent dans le jardin Delaselle. Ici, le vent n'est pas admis, il reste à la porte pareil à ces chiens qu'on attache à l'entrée des magasins. Un calme inattendu vous tombe dessus au point qu'on se demande si on n'est pas devenu subitement sourd. C'est une île dans l'île, une parenthèse surprenante. Finis la lande nue, les rochers tourmentés, la plage déserte et les vagues échevelées. On est passé sans transition dans le rêve luxuriant de M. Delaselle. Un tigre bondirait de derrière l'un des innombrables palmiers qu'on n'en serait pas plus étonné. Un rayon de soleil perce entre les nuages et vient donner un coup de projecteur sur les feuilles luisantes des caoutchoucs, yuccas et autres plantes aux noms imprononçables : *Tritinax campestris*, *Abutillon hybridinum*...

– Ben merde, alors !...

Jacky et Nadine ont lâché cette formule d'une même voix. Tous deux portent sur le visage le sourire des enfants qu'on emmène voir les vitrines de Noël.

– Jacky, regarde !

Une sterne, hirondelle des mers, s'est posée sur une palme juste devant eux. La finesse de sa silhouette ressemble à une signature au bas d'un tableau du Douanier Rousseau. Nadine en a les larmes aux yeux.

– C'est le paradis, ici !

– Sauf qu'on n'est pas morts, c'est encore mieux. Comment ça peut pousser ici, toutes ces plantes ?

– Il y a un microclimat, à ce qu'on m'a dit. On est dans une cuvette protégée, une sorte de bulle, quoi. Ce type, Georges Delaselle, était parisien et très malade. On ne lui donnait que quelques mois à vivre. Il découvre l'île et en tombe amoureux. Il achète ce coin et décide d'en faire un jardin colonial pour y finir ses jours. Et le voilà qui remue des tonnes de terre et de rochers pour y planter ses palmiers. Ça lui fait tellement de bien, ce boulot, qu'il ne meurt plus, enfin, pas tout de suite. Il est mort trente ans plus tard.

Jacky a l'air songeur.

– J'ai écopé d'une peine d'intérêt général, une fois, à cause d'une connerie de gamin. J'ai fait le jardinier pendant trois mois pour la ville. Bien sûr, rien à voir avec ici, on plantait des pensées et des bégonias devant l'hôtel de ville, mais ça me plaisait. J'ai demandé à continuer, seulement, j'avais fini ma peine, c'était plus possible. Quand t'es libre, t'es plus gratuit.

Nadine se balade dans les allées, caressant les feuillages vernis du bout des doigts pour en lécher les perles de pluie. Assis sur la dalle d'un sarcophage, Jacky et Vincent fument une cigarette. Nadine les rejoint. On dirait trois plantes de plus dans ce jardin d'hiver, frémissantes, pleines de sève, fortes et fragiles à la fois.

– Qu'est-ce que ça sent le propre !...

– À Lens, on évite de respirer. Et puis, y a rien à voir non plus et rien d'autre à entendre que le boucan des machines qui vous pilonnent la tronche.

– Dunkerque, c'est pas mieux...

– Tu vas rester ici ?

– Non. Dès que j'ai fini les travaux de l'hôtel, je reprends la route.

– Pourquoi ? Le patron a l'air de t'avoir à la bonne...

– Il voudrait bien que je reste. Il a besoin de quelqu'un. C'est un brave type, mais je peux pas. J'ai rendez-vous, quelque part dans le Sud.

– C'est tes oignons. Nous, on resterait bien ici, pas vrai, Nadine ?

En la prenant dans ses bras, le blouson de Jacky s'entrouvre et Vincent a tout juste le temps de voir apparaître la crosse d'un revolver passé dans sa ceinture. Un frisson glacé lui parcourt l'échine comme s'il avait vu un serpent, un serpent au Paradis.

– Et vous, qu'est-ce qui vous a amenés ici ?

Nadine et Jacky échangent un regard embarrassé, Jacky détourne la tête, Nadine explique.

– Le hasard. Jacky a gagné au Loto, pas grand-chose, mais un petit peu quand même. Il était au chômage et moi j'en avais marre de servir au Perroquet Bleu. C'est un bar. Le perroquet est empaillé, le patron et les clients aussi. On avait envie de changer d'air. Un soir on a vu une émission à *Thalassa*. Voilà.

Ça pue le mensonge à plein nez, mais, parfois, la vérité sent encore plus mauvais. Vincent n'insiste pas. D'ailleurs, il s'en fout. Ils sont là, ici et maintenant. Avant n'existe plus et après n'existe pas encore.

Le vent tire sur sa chaîne. Des paquets de nuages tampons à récurer commencent à éroder sérieusement les coins de ciel bleu à coups de grandes griffures noires.

– Faudrait peut-être y aller, je crois que ça va dégringoler sévère.

Passé les grilles du jardin, ça siffle de toutes parts. L'Avel huel rassemble ses copains, des vents d'ici et d'ailleurs pour un sabbat démoniaque. Les ficelles de crachin se sont transformées en rafales de pluie, des cordes grosses comme le pouce. Vincent, Nadine et Jacky ont juste eu le temps de reprendre leur souffle à l'abri des ruines de la chapelle Sainte-Anne dont les parois ensablées, pareilles à des dents gâtées, ne peuvent pas mordre beaucoup dans ce ciel de suie. Nadine n'est plus qu'un frisson entre les bras de Jacky. Éclairs et coups de tonnerre se disputent leurs proies sous haute tension.

– C'est pas vrai ! Il n'y a pas dix minutes on était au Paradis !

– Le Paradis est aux portes de l'Enfer, c'est pour ça qu'il y fait si chaud ! Faut se grouiller, prêts ?

Ils comptent : 1, 2, 3, et se propulsent sur le chemin mitraillé de gouttes, puis atteignent la route goudronnée sur laquelle le ciel se reflète, noir et luisant. Quelques pins courageux se courbent sous la tempête, agrippés à leur lopin de terre. Un roulement de tambour parcourt l'île d'est en ouest, menaçant. Ici et là on voit un tracteur rentrer en hâte à la ferme ou quelqu'un poussant devant lui vaches et chevaux. On sent que le pire reste à venir.

Arrivé à un croisement, Vincent se sépare de Jacky et Nadine.

– Prenez à gauche, l'hôtel est à deux cents mètres. À tout à l'heure !

Le vent éparpille la moitié de ses mots, mais les deux autres semblent avoir compris le message et se précipitent dans la direction indiquée. Serrés l'un contre l'autre, ils ressemblent à une drôle de bête, deux bras, quatre jambes. En haut du sémaphore, on a hissé la boule noire qui annonce un avis de tempête. Tout le monde sur l'île a dû la voir, les gens d'ici ne la connaissent que trop bien. À bout de souffle, ruisselant, Vincent sonne à la porte de Mme Loïc.

Ici, dans cette maison de poupée, on se sent aussi à l'abri que dans le jardin de M. Delaselle, quand bien même les éléments déchaînés pourraient l'avaler d'une bouchée. Le lecteur de CD diffuse un air de piano très doux, un peu triste, qui se mêle au crépitement du feu dans la cheminée. Mme Loïc, indifférente aux bourrasques qui cherchent à s'infiltrer par les fenêtres et les portes, ne semble pas avoir bougé de son fauteuil depuis la veille.

– La boule noire est levée, ça va souffler fort, je me suis demandé si vous n'aviez besoin de rien.

– De quoi pourrais-je avoir besoin ? J'écoute de la musique, j'ai un bon feu de bois qui crépite à mes pieds et du thé chaud que Jeannette vient de me préparer. Quant à la boule noire, elle et moi on se connaît depuis longtemps ! Mais il est vrai que la tempête qui s'annonce risque de battre des records. Il ne faut pas t'attarder trop longtemps.

– Vous ne voulez pas que je vous fasse à manger ou…

– C'est très gentil, Vincent, mais je t'assure, je n'ai besoin de rien… Si ! de mes vingt ans, peux-tu me les rendre ?

– Ben…

– Je plaisantais. Sers-toi du thé.

– Je peux allumer ? Il fait noir.

– Ah… Je n'ai pas fait attention. Comment est la mer ?

– Pas fréquentable. Je vous sers ?

– S'il te plaît, merci.

Mme Loïc tend sa main. On dirait une feuille morte. Elle balaie l'air devant elle et finalement renverse la tasse. Sa bouche esquisse une vilaine grimace.

– Quelle maladroite !… Je ne t'ai pas brûlé, au moins ?

– Non, ça va.

Mme Loïc a un drôle de regard, qui ne regarde rien ou bien quelque chose très loin devant elle. Vincent éponge le thé sur le tapis à l'aide d'une serviette en papier. « Elle devient aveugle. »

– Je vous en sers une autre ?

– Non, tout compte fait, je n'y tiens pas. Alors, vos clients, comment sont-ils ?

– Vous êtes au courant ?

– C'est tout petit, ici, tu sais !

– Ils sont jeunes. Ils viennent du Nord. Ils ont l'air heureux, mais pas depuis longtemps.

– Qu'est-ce qui te fait dire ça ?

– Je sais pas. La poisse, c'est comme la poussière de charbon ou le cambouis, ça colle à la peau, on arrive plus à s'en défaire.

– Ça peut prendre du temps, c'est vrai, mais le temps a raison de tout. Ils sont en vacances ?

– C'est ce qu'ils disent.

– Tu ne les crois pas ?

– Des lascars pareils, en vacances à cette période de l'année ?… Mon œil !… Pardon, madame Loïc.

– Ne t'excuse pas, Vincent, perdre la vue à mon âge n'est pas si grave. Mes yeux en ont tant vu, ils ont besoin de repos. Et puis le noir n'est pas si noir que ça, tu sais.

C'est comme le silence total, ça n'existe pas. L'un est fait de mille petits bruits et l'autre est irisé de toutes les couleurs de l'arc-en-ciel. On s'y retrouve très bien.

– Mais… les livres ?

– Oh, les livres !… Je crois en avoir lu suffisamment pour les feuilleter en moi jusqu'à la fin de mes jours. Et il me reste mes oreilles ! Tant que j'aurai des oreilles, des mots viendront s'y prendre et ils formeront des histoires. Tu vois, celle de tes deux amoureux me passionne, j'ai hâte d'en connaître la suite.

– La suite ?… y en aura probablement pas. Dans deux jours, ils seront partis, point final.

– C'est long, deux jours. Il peut s'en passer, des choses, en deux jours !

– Ça m'étonnerait, il ne se passe jamais rien, ici.

– Veux-tu parier ?

– Parier quoi ?

– Tu m'écriras ce qui va se passer.

– Si vous voulez, mais ça ne risque pas de faire beaucoup de pages.

– Tope là !

La main de la vieille dame lui fait l'effet d'une décharge électrique.

– Et cochon qui s'en dédit ! Maintenant, file ! La tempête se lève, je n'ai pas envie qu'une ardoise te tombe sur la tête.

Il y a des mots de breton qu'il vaut mieux ne pas traduire en français, par exemple ceux que Roger éructe en secouant sa télé, dont l'écran sillonné de zébrures multicolores ne donne du monde qu'une vision très approximative.

– Pas la peine d'insister, monsieur Guéguen, l'antenne doit être déjà pliée en deux.

– Ah, te voilà, Vincent ! Je commençais à m'inquiéter. C'est pas un temps à traîner dehors.

– Les clients sont bien rentrés ?

– Oui, mais trempés comme des soupes. Demain je leur prêterai un ciré et des bottes. On a pas idée de venir ici en cette saison habillé en cow-boy de carnaval. Tu ferais bien d'aller te changer, toi aussi, t'as l'air d'un noyé.

– Qu'est-ce qu'elle nous prépare de bon, ce soir, Mme Fernande ?

– Des galettes, toujours des galettes, le lundi soir. Bon sang, t'entends cette java ? Pourvu que le toit tienne !…

Partout, dans l'escalier, dans la chambre, le vent cherche une issue pour s'engouffrer. Les vitres tremblent, les portes s'arc-boutent, les ardoises jouent des castagnettes. Au beau milieu de sa douche, clac ! la lumière s'éteint. Du savon plein les yeux, Vincent cherche à tâtons la serviette, puis, enfile en aveugle un pull et un pantalon secs, et descend les escaliers mains tendues devant lui.

Dans la salle de restaurant, les bougies ne sont plus uniquement décoratives. Tandis que Fernande s'affaire devant la cheminée, Roger tend l'oreille vers un minuscule transistor crachotant des nouvelles déprimantes : « … des vents de 150 km/heure… on déplore déjà deux morts… des arbres abattus sur la chaussée… deux navires en détresse au large de Roscoff… »

– Et voilà ! Fallait que ça nous tombe dessus ! On a pas fini de nettoyer la côte à la brosse à ongles à cause de leur saleté de fuel ! Mais où on va, où on va ?…

– À table !

Même la fin du monde ne parviendrait pas à faire varier l'horaire des repas de Mme Fernande.

– Vincent, va donc prévenir les deux jeunes que le dîner est prêt.

Vu les circonstances, on dîne tous à la même table, on a besoin de se serrer les coudes. Roger a débouché deux bouteilles de vieux cidre et les galettes – jambon, fromage – cuites sur le feu de bois sont délicieuses. Pourtant, le cœur n'y est pas. Parfois, un bruit sourd ou un craquement sinistre les fait tous se figer. Les murs de l'hôtel ont beau être solidement bâtis, on se croirait dans un tonneau dévalant les chutes du Niagara.

– J'en ai connu une pareille, en 38... restait plus grand-chose debout au matin !

Des coups sourds frappés à la porte mettent un terme aux réminiscences de Roger. La porte ouverte provoque un appel d'air dans la cheminée. Les flammes sont comme tirées par les cheveux dans le conduit, elles hurlent en crépitant des larmes de braise.

– Jean-Marie ! Mais qu'est-ce que tu fous ici par ce temps de chien ?

L'homme qui vient d'entrer, aussi ruisselant que si on venait de le pêcher en haute mer, est le pourvoyeur de crabes et d'araignées de Roger. Un pêcheur, un vrai, petit, râblé, buriné, le poil dru et l'œil bleu horizon.

– C't'un yacht anglais qui s'est échoué sur la grève blanche. Deux personnes à bord. On vient de les récupérer avec le canot. Tu parles d'une partie de plaisir ! L'instituteur les a recueillis chez lui, il parle anglais. T'aurais pas une petite goutte ?... Faut que je te cause, Roger.

Tous deux s'installent au coin de la cheminée avec des airs de conspirateurs. Ils parlent à voix basse et en breton, ce qui rend leur conversation inintelligible. Après un temps, Roger hoche la tête et se dirige vers Vincent.

– Mon gars, on a besoin de toi. Si c'était pas mon bras, j'y serais allé moi-même, tu penses bien. Bon, voilà. Le yacht des Anglais, il s'est échoué sur les rochers, juste sur la côte. Si on ne récupère pas ce qu'il y a dedans, la mer va le prendre. Ça serait dommage… Pour les Anglais, bien sûr ! Jean-Marie peut pas s'occuper de ça tout seul, il a besoin d'aide, tu te sens de le faire ?

– De la récupération… discrète, quoi ?

– Si c'est pas nous, c'est la mer, et puis ils ont risqué leur vie pour sauver ces gens, ça mérite un petit dédommagement, non ?

– Bon, j'y vais. Et moi, j'en aurai un, de dédommagement ?

– Ah ! Qu'est-ce que t'es âpre au gain ! Oui, t'auras un bonus…

Vincent est en train d'enfiler son ciré quand Jacky le rejoint.

– Vous avez besoin d'aide ? Je peux vous donner un coup de main.

– C'est que…

Jean-Marie interroge Roger du bout des yeux. Visiblement, ça ne lui plaît pas trop, ce loubard de la ville dans le secret des îliens. Roger se racle la gorge.

– C'est que le temps n'est pas sûr, il y a des risques…

– C'est pas la première fois que j'en prendrai !

Guéguen hésite, sa main droite frottant sa barbe. Jean-Marie lui fait un signe de tête.

– On sera pas trop de trois.

– Bon, allez-y, les enfants, mais faites attention à vous !

Dehors, le vent vous coupe le souffle. Le ciel entier se tasse dans la gorge dès qu'on ouvre la bouche. Faut rien dire, communiquer par signes et grimper sur le tracteur de Jean-Marie. Des ardoises, planches, plaques de tôle ondulée leur sifflent aux oreilles, aussi dangereux que des couperets de guillotine. Dans les phares bigles du tracteur se découpent la flèche du clocher de l'église et des pierres qui s'en détachent sans qu'on les voie jamais toucher le sol. Soudain, un ange vient s'écraser devant eux et oblige Jean-Marie à donner un violent coup de volant pour l'éviter. L'ange fracassé a un drôle de sourire en les voyant passer. Puis c'est la nuit, plus noire que noire, tranchée par le faisceau des phares et fouettée par les vents. Jacky et Vincent se jettent des coups d'œil, agrippés aux roues du tracteur qui avance, obstiné, sur la falaise. Ça tangue de tous côtés, les rugissements de la mer commencent à leur faire regretter d'être là. Au bout de la grève blanche, Jean-Marie s'arrête enfin. Son visage n'a pas changé d'expression depuis qu'ils sont partis. Il est en bois. Dans la lueur des phares, il désigne du doigt le bateau, coincé entre deux rochers. Des vagues lui tombent dessus à bras raccourcis. Jacky s'approche de l'oreille de Vincent.

– On va pas monter là-dessus ?

– Si, je crois. Mais t'es pas obligé.

Jean-Marie fouille dans sa trousse à outils et offre à chacun un marteau, un tournevis, un pied-de-biche. Cet homme n'a pas de mots, mais des regards et des gestes qui n'admettent aucune hésitation. Quand faut y aller, faut y aller, et on y est.

Les dents de la mer, elles sont là, écumantes, prêtes à croquer l'imprudent qui s'y aventure.

Le plus périlleux n'est pas de grimper sur le bateau, mais d'y tenir debout une fois qu'on a mis le pied sur le pont. Tout est de guingois, les objets vont et viennent, roulent sous les pieds au rythme de la houle, animés d'une vie propre. Ça n'a pas l'air de gêner Jean-Marie qui commence à piller méthodiquement le contenu des placards. Tout y passe, vêtements, livres, outils, casseroles, boîtes de conserve... Mais il ne s'arrête pas là et engage du regard Vincent et Jacky à utiliser leur tournevis pour ravir à la mer les poignées de porte, hublots et autres gadgets en cuivre.

Au bout d'une heure, il ne reste du bateau que la coque, tout ce qu'il contenait est entassé dans la remorque du tracteur qui s'achemine en bringuebalant sur la lande. Vincent et Jacky rigolent comme deux gosses rapportant des œufs de Pâques. La mer a beau faire le gros dos et les vents battre la campagne, nul ne saurait leur disputer ce butin. Celui-ci est déchargé dans le plus grand secret à la lueur des torches dans le garage de Roger, qui les attendait emmitouflé dans plusieurs épaisseurs de couverture.

– C'est beau, quand même, la solidarité ! Bon, faut faire les parts. Tu veux quoi, Jean-Marie ?

Là encore, ça discute en breton. On trie le cuivre, les bouteilles de scotch, les outils et le reste par ordre d'importance. On fait des parts égales sans oublier ceux du *Pilote Trémintin,* qui n'ont pas hésité à risquer leur peau pour sauver les Anglais. Roger est rigoureux dans ses comptes, pas question d'oublier quelqu'un.

– Bon, alors trois bouteilles de whisky pour l'instituteur. C'est lui qui recueille les naufragés, quand même. Et vous, les gars, qu'est-ce qui vous tente ?

Vincent et Jacky échangent un regard en rigolant. Que feraient-ils d'un hublot ou de dix mètres de filin ?

– Rien que la balade valait le coup, ça nous fera un souvenir, c'est bien comme ça.

Les deux Bretons hochent la tête, puis haussent les épaules en marmonnant un truc qui pourrait se traduire par : « Faut pas chercher à comprendre, c'est des terriens. »

Chacun a regagné sa chambre. Roger Guéguen compte sur ses doigts le salaire de la peur des autres et ce n'est pas si mal que ça. C'est vrai que le Vincent mérite un bonus... Mais s'il voulait rester ici, ce petit crétin, il lui ferait une vie en or ! Ah, la jeunesse, quelle maladie !

– Laisse tomber ça, Vincent, et amène-toi !

– Je viens juste de commencer la deuxième couche !...

– Viens, je te dis ! Tu vas voir un truc que t'as jamais vu !

Roger est hilare, les cheveux en bataille, le teint rougi par l'air du large.

– Prends la brouette et suis-moi.

– On retourne à l'épave ?...

– À côté. Dépêche-toi, on n'est pas les premiers !

La tempête a laissé des traces d'émeute derrière elle. Ardoises, tuiles et branches jonchent les ruelles. Le ciel est dégagé, mais les vents rôdent, encore prêts à livrer bataille à la moindre occasion. Vincent a du mal à suivre Roger, la brouette peine dans le sable mou qui s'accumule en congères dans les virages du chemin qui mène à la grève blanche. En arrivant sur la falaise, on distingue la carcasse du yacht anglais à présent immobile, abandonnée entre les rochers. Des galets aussi gros que des œufs d'autruche parsèment les champs de choux-fleurs à plus de deux cents mètres de la côte. La mer les a crachés comme de vulgaires pépins d'orange. Un vrai bombardement. Enfin, sur une hauteur, Guéguen s'arrête et tend son unique bras vers l'horizon, radieux.

– Alors, qu'est-ce que t'en dis ?

La plage est couverte de pinceaux, des milliers de pinceaux, des gros, des petits, des ronds, des plats, plantés dans le sable comme des fleurs exotiques ou par paquets dans le creux des rochers. La masse déjà rouillée d'un énorme container gît, froissée tel un kleenex au pied de la dune. Un petit groupe est déjà en train d'entasser dans des sacs cette pêche miraculeuse.

– Alors ?

– Hallucinant !

– Tu vois qu'on n'a pas le temps de s'embêter ici, c'est ça, Batz ! Un jour tu vas aux bigorneaux, un autre aux pinceaux. Allez, au boulot !

Une heure plus tard, la brouette est chargée à ras bord et Roger a rempli ses poches.

– Peut-être que ça suffit, monsieur Guéguen ?

– Attends ! Regarde celui-là, c'est un gros !

– Mais qu'est-ce que vous voulez faire avec tout ça ? On a de quoi repeindre l'île entière au moins deux fois !

– Et pourquoi pas ? Tiens, ce qui faudrait, c'est qu'un autre container vienne s'échouer, un container de peinture, de peinture bleue ! On repeint l'île en bleu et on disparaît de la carte ! Disparue, Batz ! Une île fantôme ! On serait peinard !

– Peinard, peut-être, mais pour le commerce, c'est pas folichon.

– Hum… Ouais, j'avais pas pensé à ça… Bon, allons-y. C'est dommage, t'as vu tout ce qui reste…

En arrivant, il a fallu nettoyer les pinceaux pleins de sable puis les suspendre en guirlande dans le garage pour les faire sécher. La matinée y passe.

– C'est bien joli, monsieur Guéguen, mais avec tout ça, mon boulot n'avance pas.

– Arrête de râler ! T'as tant hâte de nous quitter ? Je te paie tes heures, non ?

– C'est pas le problème, mais… va bien falloir que je finisse.

– Finir, finir ! T'es pas à un jour près ! Et puis est-ce qu'on finit un jour ? Tiens, qu'est-ce qu'ils veulent, ceux-là ?

Une voiture s'est garée devant l'hôtel. Deux gendarmes en sortent. Guéguen s'essuie les mains en grommelant.

– Sont jamais les bienvenus ici, les pandores. Nos affaires, on les règle en famille. Vincent, couvre les trucs d'hier soir avec une bâche, on sait jamais.

Vincent est assis au fond de la salle, le nez plongé dans un journal au-dessus duquel il observe Roger occupé avec les deux gendarmes.

– Pour les pinceaux, je dis pas. Vincent et moi, on en a rapporté une douzaine ce matin, comme tout le monde, en souvenir.

– Il ne s'agit pas des pinceaux, monsieur Guéguen, mais du yacht anglais. Il ne reste plus rien à bord, pas même une poignée de porte.

– Quand la mer a faim, elle dévore tout.

– Et le whisky ? Quand l'instituteur leur en a offert un verre, les deux Anglais ont tout de suite reconnu leur marque.

– Une bouteille qu'il aura trouvée sur la plage ! Ça arrive souvent, ce genre de choses, ici. Mais vous autres du continent, vous ne pouvez pas comprendre.

– Allez, ne nous prenez pas pour des bourriques ! On ne cherche pas d'histoires, mais avouez que vous y avez été un peu fort !

– Des pinceaux, je vous dis, rien que des pinceaux ! Et puis avec mon pauvre bras, vous me voyez en train de dévaliser un bateau en pleine tempête ?

– Si les Anglais portent plainte, on sera bien forcés de faire une enquête, et alors...

Jacky et Nadine entrent en coup de vent, un gros bouquet de pinceaux à la main.

– Regardez ce qu'on a trou...

À la vue des gendarmes, ils blêmissent et reculent d'un pas.

– Non, rien... on monte dans notre chambre, à plus tard.

Le brigadier les regarde sortir en se frottant le menton.

– Vous avez déjà des clients en cette saison ?

– Pourquoi pas ?

– C'est bizarre... D'où ils viennent, ces deux jeunes ?

– Qu'est-ce que j'en sais ? D'où ils veulent. Du moment qu'ils paient... On ne fait pas partie de la même corporation, vous et moi. Pour moi, c'est des clients, pas des suspects. Vous les voyez pirater un yacht ?

– Oui, bon, ça va. On a dit ce qu'on avait à vous dire. S'il y a des suites, il ne faudra pas vous étonner. Allez, on y va.

– C'est ça, bon vent !

Après leur avoir claqué la porte dans le dos, Roger s'en retourne à son bar avec sa tête des mauvais jours, l'œil en vrille et la mâchoire prognathe.

– Quel crétin, cet instit ! On a pas idée d'offrir le whisky qu'on vient de chaparder ! Ça s'apprend pas dans les livres, ce genre de savoir-vivre. Tiens, faudra que t'en parles à Mme Loïc, c'est pas elle qu'aurait fait ça ! À propos, tu vas la voir, aujourd'hui ?

– Je comptais y passer dans la soirée.

– Fernande lui a préparé une bonne soupe. Dis donc, t'as remarqué la tête des deux tourtereaux quand ils ont vu les gendarmes ?

– La même que la vôtre.

– Oui, mais moi, c'est pas pareil, c'est de famille. Depuis les galères de la Royale.

– Y a peut-être plus de Royale, mais les galères, ça existe toujours.

– T'es au courant de quelque chose ?

– J'ai pas dit ça !

– Ça m'embêterait qu'ils soient dans la mouise, ces deux-là ; sont pas causants, mais je les aime bien. Tiens, c'est eux qu'il me faudrait puisque Môssieur Vincent dédaigne le tapis rouge que je lui déroule sous les pieds.

– Faut leur proposer.

– J'y penserai. Fernande !... Bon sang de bois, Fernande ! Il est prêt ou non, ce déjeuner ?

Dès que Roger ouvre la porte de la cuisine, un tablier qui vole lui arrive en pleine figure, accompagné d'un puissant juron celtique qui rebondit comme une balle de tennis entre les quatre murs de la pièce.

– Pourquoi ne dit-on pas : « La nuit se lève et le jour tombe » ? Ce n'est pas si terrible que ça, la nuit.

– Vous n'êtes pas trop fatiguée, madame Loïc ?

– Pas du tout ! Je perds la vue, pas mes jambes. Je n'en pouvais plus de rester tassée dans mon fauteuil. Je finissais par devenir vieille. C'est très gentil à toi, Vincent, de m'accompagner dans cette promenade. C'est si bon de sentir le vent sur sa peau ! Tu entends cette rumeur ? On approche du Trou du serpent, n'est-ce pas ?

– Oui, on est tout près.

– Combien de fois l'ai-je parcouru, ce chemin ?... Des centaines, des milliers de fois... Souvent je me suis dit que je pourrais le suivre les yeux fermés. J'avais raison. Tiens, assoyons-nous sur le banc des amoureux. Là, donne-moi la main. Regarde, comme c'est beau !

La main de Mme Loïc dans celle de Vincent vibre comme un petit oiseau. On ne saurait dire qui du ciel ou de la mer se reflète dans l'autre, tels deux miroirs de nacre face à face. Vagues et nuages rivalisent de reflets argentés. Au large, un petit bateau rouge funambule sur l'horizon que le soleil couchant incendie. Des mouettes virgulent de-ci de-là en jacassant.

– C'est ici que Loïc m'a fait la cour. À sa façon. Il n'était pas très doué pour ça, le pauvre. Nous restions assis sans dire un mot, l'un contre l'autre mais sans se donner la main ! Ça ne se faisait pas en ce temps-là ! Et puis un jour, il m'a dit : « Si tu veux, Jeanne, je t'épouse. » Au même moment, une mouette a lâché une fiente sur sa casquette et je me suis mise à rire, mais à rire ! Il était furieux, il a jeté sa casquette, juste là, dans le Trou du serpent... Alors, je suis tombée dans ses bras et j'ai dit oui, bien sûr. Tu vas bientôt partir, n'est-ce pas, Vincent ?

– Je crois, oui. Mon banc est ailleurs. Enfin, je ne sais pas. C'est bizarre, depuis que je suis en route, j'aurais pu me poser plusieurs fois. Mais c'est plus fort que moi, faut que j'aille jusqu'au bout. Un jour, en Normandie, quelqu'un que j'aimais bien m'a fait cadeau d'une boussole. Elle était très belle, en or, gravée à mon nom. Ça ne m'a pas empêché de la vendre un jour où j'avais trop faim. Mais la petite aiguille aimantée m'indique toujours la direction, au fond de mon cœur. Pourquoi vous pleurez, madame Loïc ?…

– Je pleure, moi ?… Ce doit être le vent, mais ça me fait du bien, mes yeux ne sont pas aussi morts que ça. Rentrons, je commence à avoir un peu froid.

Tout est mauve autour d'eux, marbré de bleu. Mme Loïc est si légère au bras de Vincent qu'il la serre fort de peur qu'elle ne s'envole.

– Tiens, nous avons de la compagnie !

Flap, le chien jaune, leur fait la fête, se roule dans l'herbe, se cache derrière une butte pour réapparaître dans une touffe de bruyère, l'œil malicieux, la langue pendante.

– Mais c'est qu'il va me faire tomber, cet imbécile !… Et on dira que les korrigans n'existent pas ! À propos de korrigans, on m'a parlé d'un yacht anglais dont il ne resterait que les os, ça ne te dit rien ?

– Ben… J'en ai entendu causer, oui.

– Tu n'y serais pas un peu pour quelque chose ?

– Bof…

– Je ne m'en fais pas pour ce vieux pirate de Guéguen, déjà petit, il chipait les bonbons dans mon bureau. Mais fais attention à toi et aux deux jeunes qui sont à l'hôtel. Tu comprends, vous n'êtes pas d'ici. Bien, nous voici rendus.

– Vous voulez que je vous allume un feu ?

– Jeannette a dû s'en occuper. J'ai tout ce qu'il faut. Remercie Fernande pour sa soupe ! À bientôt !

– Ben alors ?

– Ben alors quoi ?

– T'es seul ?

– Oui, je viens de raccompagner Mme Loïc, pourquoi ?

– Et les deux jeunes ?

– J'en sais rien, moi ! Ils ont dû aller se balader.

– Il fait nuit. On ne les a pas vus de la journée.

– Ils sont libres, non ?

– Libres, libres... Bien sûr, qu'ils sont libres, mais quand même ! Ils ne sont pas descendus déjeuner et maintenant... Dis donc, tu crois pas qu'ils auraient déménagé à la cloche de bois ?

– Vous rigolez ?

– T'as bien vu leur tête en face des gendarmes... Y a quelque chose de pas honnête là-dedans.

– Ça vous va bien de dire ça !

– S'agit pas de moi. Je te l'ai dit, je les aime bien, ces gosses-là. Je m'inquiète, c'est tout.

– Faut pas vous monter le bourrichon, monsieur Guéguen, ils sont majeurs et vaccinés. Qu'est-ce qu'on mange de bon, ce soir ?

– Mais, ma parole, t'as un ventre à la place du cœur ! Qu'est-ce qu'on mange !... Je te dis que c'est pas naturel, cette affaire, j'ai du pif ! Monte dans leur chambre, juste pour voir.

– Allez-y vous-même ! Je suis pas flic !

– Bon, bon... On va attendre un peu. Euh... Ça te dirait, une omelette ?

– Vous vous êtes encore engueulé avec Fernande ?

– Disons qu'il y a eu désaccord sur la façon de préparer la blanquette. Moi, j'y mets toujours du citron... Et puis merde !... La journée avait bien commencé avec les pinceaux et voilà les gendarmes, Fernande et son fichu caractère, les deux autres qui ne donnent plus signe de vie et toi qui files chez Mme Loïc ! Il fait froid, un froid de tombeau, ici !

– Allez, monsieur Guéguen, faut pas le prendre comme ça. Je vous sers une petite goutte ?

– J'ai pas le cœur à ça, mais oui, je veux bien.

Le dîner est tristounet, l'omelette aux pommes de terre est sèche, légèrement cramée en dessous et la salade est insipide. La télé a beau être rétablie, elle n'annonce que des nouvelles déprimantes et offre un programme d'une médiocrité insondable sur toutes les chaînes. Il y a des jours comme ça. Guéguen n'a pas fini son verre de vin et se contente de mâchouiller sa moustache en guise de dessert. Vincent est en train de débarrasser la table quand la clochette de la porte d'entrée se met à vibrer. Roger se précipite.

– Ben alors, les jeunes !...

Vincent n'entend pas la suite, juste un murmure de conversation couvert par le jet du robinet sur les assiettes et les couverts. De retour dans la salle, il retrouve Roger mordillant le tuyau de sa pipe devant les braises mourantes du feu de bois.

– Alors, ils sont rentrés, qu'est-ce que je vous avais dit ?

– Paraît qu'ils se sont perdus... qu'ils ont dîné à la crêperie du port, ces empoisonneurs ! Sont montés se coucher. La jeunesse, maintenant, c'est toujours fatigué ! De mon temps...

– Ils font ce qu'ils veulent, monsieur Guéguen, faut les laisser tranquilles.

– Tranquilles... Je te fiche mon billet que ces deux-là, ils sont loin d'être tranquilles ! Pas méchants, ça, je te l'accorde, de braves gosses, sans doute, mais tranquilles, sûrement pas ! Pourquoi qu'ils me font pas confiance ?

– Pourquoi ils vous feraient confiance ?

– Mais parce que je suis tranquille, moi, ça se voit pas ?

– Pas ce soir. Et puis, ils n'ont peut-être pas l'habitude. « Confie-toi au curé, confie-toi à l'instituteur, confie-toi à l'assistante sociale... » Une fois, deux fois, trois fois, on se confie, mais on ne vous rend jamais. Faut comprendre, après on se méfie.

– Mais c'est pas une vie, ça ! On n'est plus en guerre, nom de Dieu ! C'est pas le paradis, mais c'est praticable, cette vie-là ! Faut se battre !

– Contre qui ?

– Contre qui ?... Contre soi, parfois.

– On fera ce qu'on pourra. En attendant, je vais me coucher.

– C'est ça, dors bien et fais de beaux rêves. Je suis bien content d'être vieux, tiens !

Vincent a beau se tourner et se retourner dans son lit, impossible de trouver le sommeil. Cette vieille crapule de Guéguen et ses inquiétudes au sujet de Nadine et Jacky ont réussi à semer le doute en lui. Il se croyait seul et peinard sur une île déserte et patatras ! Deux Vendredi déboulent et il en oublie tous les autres jours de la semaine. Ce serait tellement plus simple d'être égoïste, sourd, aveugle et muet. Simple, mais emmerdant comme la mort. Vincent rallume sa lampe de chevet. Il est à peine trois heures. C'est interminable, une nuit blanche, on tourne en rond dans sa tête sans trouver la sortie. Demain, quoi qu'il se passe, il termine sa peinture et après-demain, bonsoir tout le monde, il met les voiles ! C'est vrai, à force de s'éparpiller dans la vie de celui-ci ou de celle-là, il finit par en oublier la sienne. Le problème avec les gens, c'est qu'ils sont trop nombreux. Sur quoi, il bâille, se replonge dans l'obscurité et tire la couette sur sa tête.

Dans la chambre 2, Jacky est en train de lisser les trois derniers billets de banque qu'il leur reste, ainsi qu'un petit mot à l'intention de Roger Guéguen, et pose dessus un cendrier pour qu'ils ne s'envolent pas : « Merci pour tout. Nous avons passé ici les premières et dernières vacances de notre vie. Amitiés à Vincent et à Mme Fernande. » Puis il remplit un verre d'eau fraîche et va rejoindre Nadine dans le lit. Il vide un tube de médicaments dans le creux de sa main et en tend la moitié à la jeune fille.

– Tiens.

– Tu crois que ça fait mal ?

– Non. On s'endort.

Ils avalent les cachets.

– T'as bien laissé l'argent pour la pension ?

– Oui, avec un mot.

– Faudrait pas qu'ils pensent du mal de nous.

– T'en fais pas.

– Je ne m'en fais pas... Jacky ?
– Oui ?
– On a été heureux, ici, non ?
– Oui, dors, maintenant.

Un bruit sourd fait sursauter Vincent dans son lit. La lueur grise du petit jour s'infiltre, fumée nocive entre les lames des volets. À la hâte il enfile un jean, un pull et retrouve Roger, ébouriffé, les yeux bouffis, en robe de chambre dans l'escalier.

– T'as entendu ?

– Oui. Ça vient de la 2...

– Ben vas-y, reste pas planté là !

Vincent court jusqu'à la chambre, frappe, une fois, deux fois, trois fois. Le souffle court, Guéguen le rejoint.

– Ça répond pas.

– Enfonce la porte ! Enfonce cette foutue porte !!!

Dans les films, c'est plus facile que dans la vraie vie. Il faut s'y reprendre à plusieurs fois, de l'épaule et du pied, mais, enfin, ils en viennent à bout. Jacky est allongé de tout son long entre le lit et la porte. Dans sa chute il a renversé la table de nuit. Nadine est immobile, les mains croisées sur le ventre, une sorte de sourire aux lèvres. Il y a une grande tache de vomi sur l'oreiller de Jacky. Roger se précipite sur lui, le retourne en lui appliquant de vigoureuses claques, sans résultat.

– La crêperie du port ! Des empoisonneurs ! Qu'est-ce que je t'avais dit ?...

– Je crois pas que ce soit ça.

Vincent vient de poser le pied sur le tube de somnifères. Il le tend à Roger.

– Oh !... Nom de Dieu... Téléphone au docteur, vite !

Roger est affalé sur une chaise, perdu dans sa grande robe de chambre marron, les yeux pleins d'eau. On dirait qu'il a pris cent ans d'un coup. Entre ses doigts tremblent la lettre et les billets de banque. Fernande, alertée par Vincent, prépare du café en reniflant à petits coups. Vincent, manches retroussées, essore des serpillières au-dessus de l'évier tandis que le docteur rédige une ordonnance.

– C'était moins une. Heureusement, ils en ont trop pris, ça les a fait vomir. Bon, alors, je préviens l'hôpital de Morlaix ?

– Ils seront bien mieux soignés ici qu'à l'hôpital !

– Je ne dis pas le contraire, Roger, mais ils ont besoin d'un suivi psychologique.

– Je m'en occupe aussi !

– Bon, bon ! t'énerve pas.

– Excuse-moi, Yann, c'est l'émotion.

– Ça va. Ils vont sans doute dormir un bon moment. Je repasserai ce soir. Allez, ils sont tirés d'affaire.

Le front collé contre la vitre humide, Vincent regarde passer une paire de vaches nonchalantes qu'un paysan mène en pâture. Ce sont de petites vaches probablement d'Irlande ou d'Écosse, aux poils frisés, brun-roux. Leurs bons yeux frangés de longs cils semblent avoir tout vu, tout connu. L'homme qui les conduit marche du même pas lourd, comme si ensemble ils allaient traverser l'éternité. Le temps s'est mis de leur côté, lui aussi prend son temps. À l'étage, dans la chambre 2, un garçon et une fille ont failli perdre la vie. Ils dorment d'un sommeil épais, médicamenteux. Ils n'ont pas vu passer les vaches, ni les enfants, cartable au dos, se presser vers l'école en piaillant et sautant à pieds joints dans les flaques d'eau. Ils n'ont pas senti non plus l'odeur du pain chaud se dégageant de la boulangerie. Même si le soleil a refusé de se lever, même si un fin crachin griffe le ciel et qu'il en sera sans doute ainsi jusqu'au soir, ils ont raté tout ça, tous ces petits riens qui, mis bout à bout, font que la vie est belle. Ils se rattraperont demain.

– Vincent ?

– Oui, monsieur Guéguen ?

– Pourquoi tu crois qu'ils ont fait ça ?

– Je sais pas. Une bêtise, sans doute. La peur…

– Mais la peur de quoi ?

– J'en sais rien. Peur d'avoir peur… Bon, je vais me remettre au boulot. Pour l'instant, il n'y a rien d'autre à faire que d'attendre leur réveil.

– Oui, tu as raison, la vie continue. Mais fais pas trop de bruit !

Le travail s'est fait tout seul. Vincent n'en ressent aucune fatigue. Sa dernière chambre est impeccable. S'il voulait, il pourrait partir demain, mission accomplie et même au-delà. Distraitement, il joue avec le revolver de Jacky qu'il a trouvé sous son oreiller en nettoyant leur chambre ce matin. C'est même pas un vrai. Une belle imitation, mais un truc à plomb, pratiquement inoffensif. Ça pourrait faire rire si cela ne les avait pas conduits aussi loin. Tout à l'heure, il ira balancer ce bout de ferraille dans le Trou du serpent. La porte s'ouvre soudain, la tête hirsute de Roger apparaît.

– Vincent, ils sont réveillés ! Fernande leur a apporté un peu de bouillon... Mais qu'est-ce que tu fous avec ce truc ?

– C'est pas un vrai, rassurez-vous. C'était sous l'oreiller de Jacky.

– Quel petit con !

– On se rassure comme on peut. Regardez, j'ai fini.

Roger lève les yeux au plafond fraîchement ripoliné, inspecte portes et fenêtres, l'air ennuyé.

– Mouais, c'est pas mal, mais je me demande si on aurait pas dû la peindre en jaune.

– Vous savez bien que je dois partir. Et puis, bientôt, votre bras sera guéri, vous pourrez la repeindre en jaune, en violet ou en rouge, à votre idée.

– Quelle tête de pioche, celui-là ! Tu ne me diras pas que je ne t'ai pas tendu la perche !

– Non, je ne le dirai pas. Ça ne vous dérange pas si je reste un ou deux jours de plus ? En client, bien sûr !

– Crétin ! Au lieu de dire des bêtises, tu ferais mieux d'aller voir si les jeunes ont besoin de rien…

– D'accord, mais comptez pas sur moi pour leur tirer les vers du nez.

– Je te demande pas ça, bougre d'âne ! C'est juste pour savoir si on peut aider, quoi !

– Je peux entrer ?

On dirait deux enfants sortant d'un cauchemar, ahuris, l'œil rond, anges naufragés reposant sur un nuage de couette. Vincent s'assoit au pied du lit, un peu embarrassé comme quand on rend visite à un malade à l'hôpital. Difficile de commencer par : «Alors, comment ça va ?»

– J'ai fini mon boulot. Je vais bientôt partir, dans un jour ou deux… Paraît qu'il va faire beau, demain. Je me disais que, si vous êtes en forme, bien sûr, on pourrait faire le tour de l'île à cheval.

Les deux autres le regardent, interloqués. Lui-même est tout étonné de sa proposition, ça lui est venu comme ça.

– On sait pas en faire !

– Moi non plus. Tout seul, j'aurais jamais osé. Mais d'après ce qu'on m'a dit, les chevaux de la ferme équestre, c'est des fauteuils à pattes. C'est moi qui paie, bien sûr !

– C'est gentil, mais faut qu'on parte aussi.

– Ah… C'est dommage.

– On est tricards, Vincent. J'ai fait une connerie.

– Je m'en doutais un peu.

– J'ai braqué Le Perroquet Bleu, le bar où travaillait Nadine. Enfin, travailler, c'est un bien grand mot ! Ce salaud de Norbert, le patron, l'exploitait douze heures par jour pour une poignée de cacahuètes. Y en avait marre, tu comprends ?

– Je comprends.

– La veille, on avait vu cette émission sur les îles du Ponant, à *Thalassa*. C'est là qu'on a pris notre décision. Ça pouvait plus durer, cette vie de merde, moi au RMI, Nadine dans ce rade pourri, l'impasse, quoi… Le lendemain soir, je me suis pointé juste avant la fermeture, flingue, cagoule et tout. Le flingue, c'était pas un vrai, je suis pas un tueur. Le gros Norbert s'est mis à trembler, prêt à ramper, à me lécher les bottes. Dégoûtant. J'ai pris la caisse et je me suis tiré. Plus tard, Nadine m'a retrouvé et on a pris le premier train. Mais je suis sûr qu'il m'a reconnu. J'allais la chercher tous les soirs et puis, comme elle n'est pas revenue le lendemain, tu penses bien que…

– Il y avait beaucoup dans la caisse ?

– Pas grand-chose, dans les mille euros. *Le Perroquet Bleu*, c'est pas la Banque de France !

– Tout ça pour mille balles ? Et vous alliez vous foutre en l'air ?…

– Quand on a vu les gendarmes ici, hier matin, on s'est dit qu'on était cuits. Jamais on retournera à Lens, jamais !

En se redressant d'un bond, Jacky renverse le bol de bouillon qu'il tenait sur ses genoux. Nadine fond en larmes. Elle a l'air si fragile, une fleur de pissenlit sur laquelle on souffle pour voir s'envoler le fin duvet blanc. Bien sûr qu'il les comprend, Vincent, ils sont taillés dans le même bois, oh, pas du chêne, juste du balsa, léger, léger…

– C'est trop con… Vous êtes bien, ici, non ?

– Bien sûr ! Mais c'est petit, on est aussi repérables que si on était peints en rouge. Tu parles que le Norbert s'est pas gêné pour porter plainte ! On est bons comme la romaine, je te dis.

– Est-ce que je peux parler de tout ça au père Guéguen ?

– Au point où on en est… Mais qu'est-ce qu'il y peut, c'est pas le bon Dieu !

– C'est peut-être pas la peine d'aller chercher de l'aide si haut. Je reviens.

Les coudes sur la table, Roger a écouté Vincent sans desserrer les dents, l'œil fixe. Fernande n'en a pas perdu un mot non plus, bien qu'elle vaque à ses occupations comme si de rien n'était. Puis il hoche la tête en émettant un bruit de ballon crevé.

– J'suis bien content d'être vieux ! Quelle maladie, la jeunesse… Le Perroquet Bleu, à Lens, tu dis ?… et le patron, Norbert.

– C'est ça.

– Fernande ! Appelle les renseignements, et toi, va me chercher ces deux imbéciles.

Les deux imbéciles sont encore un peu château branlant, aussi présents que des fantômes sans suaire malgré les attentions maternelles que Fernande leur prodigue. Dans la pièce contiguë, on entend Roger marmonner au téléphone puis raccrocher. La pipe entre les dents, le ventre en avant, sans se presser, il vient s'asseoir à la table et lâche vers le plafond une grosse bouffée de fumée bleue.

– Ben voilà, c'était pas plus compliqué que ça. Entre bistrots, on s'entend toujours ! C'est vrai que ça a l'air d'une sacrée bourrique, le Norbert, mais avec trois mille balles à la clé, sa plainte est retirée.

Jacky et Nadine écarquillent les yeux.

– Mais... pourquoi vous... ?

– Holà, doucement !... Croyez pas que je fais ça pour vos beaux yeux ! Voyez-vous, cet énergumène de Vincent va lâchement m'abandonner d'un jour à l'autre. J'ai besoin de quelqu'un ici, je ne suis pas encore guéri et Fernande, quoi qu'elle en dise, n'est plus aussi vaillante que dans le temps. J'en perds un, j'en gagne deux. C'est ça, le commerce ! Alors, dès demain, boulot, boulot !

– Ah non, pas demain !

– De quoi je me mêle, Vincent ?

– Demain, on fait du cheval.

– Du cheval ?

– Ben oui, je les invite.

– Du cheval... Non mais, t'entends ça, Fernande ? Ils vont faire du cheval !

– Et alors ? C'est très sain !

– Ah ! Tu te mets de leur côté, toi aussi... Bien, si tout le monde est contre moi ! Va pour le cheval, mais après-demain, tout le monde sur le pont et que ça saute ! On mange quand, bon sang de diable ?

Il a beau être jeune et en pleine forme, ces deux heures passées sur une selle de cuir lui ont laissé au postérieur de cruels souvenirs, même s'il est maintenant assis sur le coussin moelleux d'un des fauteuils de Mme Loïc.

– Alors ?

– Ben… J'ai pas eu beaucoup de temps, j'ai écrit ça cette nuit.

– Normal, tu ne connaissais pas la fin.

– Et puis, c'est bourré de fautes d'orthographe.

– Aucune importance, je ne peux pas les voir.

– C'est presque rien, quatre pages, à peine.

– Les histoires ne se vendent pas au poids. Arrête de gigoter et lis !

– Bon… Ça s'appelle *Presqu'ils, i, l, s.*

– Pas mal !

Mme Loïc croise ses mains sur sa poitrine. Un léger sourire flotte sur ses lèvres. Vincent se racle la gorge, avale une gorgée de thé. Un vieux souvenir de cancre séchant devant un tableau noir lui revient en mémoire. Ce matin, en relisant son texte, il se sentait aussi balaise que Victor Hugo mais, à présent qu'il doit le lire à haute voix, rien ne va plus, un galimatias, un vrac de mots incohérents qui s'échappent en cohorte des feuillets pareils à une armée de fourmis en déroute entre ses doigts tremblants. Ça lui fait le même effet que s'il devait sauter dans le Trou du serpent un jour de tempête. Mme Loïc s'impatiente.

– Saute, mais saute donc ! Je n'exerce plus, ce n'est pas noté, tu ne risques que de me faire plaisir. Un peu de courage ! Et puis, un pari est un pari !

Dès les premiers mots, Vincent ne reconnaît plus sa voix.

– « Pour ces deux-là qui ne connaissaient rien d'autre que le ciel de mâchefer des faubourgs de Lens, celui de Batz s'ouvrait à eux comme les portes du Paradis... »

Il ne pourrait pas dire combien de temps a duré la lecture. Une minute ? une heure ?... Mais en arrivant au bout de la dernière phrase : « Ils avaient tellement besoin de vacances », il se sent aussi léger qu'un ballon dont on vient de lâcher la ficelle. Le silence qui suit ressemble à celui qui unit les étoiles.

Mme Loïc n'a pas bougé d'un cil, mais deux grosses larmes perlent au coin de ses yeux.

– Tu vois, Vincent, grâce à toi, mes yeux ne sont pas tout à fait morts. Tu m'as fait le plus beau cadeau que tu pouvais me faire.

– Bof, ça vaut rien.

– La vie ne vaut rien, mais rien ne vaut la vie. Elle est pleine de rebondissements, n'est-ce pas ?

Vincent acquiesce en se frottant le bas des reins.

– On peut le dire, surtout à cheval !... Au fait, M. Guéguen a accompagné Jacky au jardin colonial. Paraît qu'ils ont besoin d'un jardinier, il pourrait faire l'affaire. Quant à Nadine, elle s'est enfermée dans la cuisine avec Fernande. Elles ont l'air de bien s'entendre, toutes les deux. C'est marrant, non ? Parfois, ça finit bien.

– Disons plutôt que ça commence bien.

– Ça continue, quoi.

– Alors, tu pars demain ?

– Oui, j'ai encore du chemin à faire. Je ne suis pas arrivé.

– Tant mieux ! Les gens qui se croient arrivés sont des gens qui ne devaient pas aller bien loin. Allez, emmène-moi au banc des amoureux, je me sens rajeunir !

C'est vrai qu'il y a une jeune fille dans cette carcasse de vieille femme, une jeune fille dont les narines frémissent au premier souffle du printemps, dont les pommettes se teintent d'un rose délicat et qui abandonne son bras à celui de Vincent comme si elle voulait partir avec lui au bout du monde.

Sur Batz, le bout du monde est toujours à portée de main. Ce soir, le soleil s'est mis en tête de se transformer en perle rouge dans un écrin de nacre, un de ces couchers mégalos à faire baver d'envie le meilleur des photographes. Une vraie fanfare, cuivres et tambours, l'or dégouline de partout.

– Ah, je crois que la place est déjà prise.

Deux silhouettes assises sur le banc se découpent en ombre chinoise sur fond de ciel incendié. À mesure qu'ils s'en approchent, elles paraissent de plus en plus familières à Vincent.

– C'est Roger et Fernande !

– Le printemps est précoce, cette année ! Continuons, ils vont bien nous faire une petite place.

En les voyant arriver, Roger et Fernande se lèvent d'un bond, on dirait des enfants pris en flagrant délit de vol de confiture. Rouge de confusion, Guéguen se découvre en balbutiant :

– Bonsoir, madame Loïc, assoyez-vous !

– Bonsoir, Roger, bonsoir, Fernande. Quel merveilleux coucher de soleil, n'est-ce pas ? Vous avez fermé l'hôtel ?

– Pour une petite heure. Vincent avait disparu et les deux autres sont partis en promenade. Fernande et moi, on se sentait deux vieux croûtons. Et puis ça fait si longtemps qu'on n'était pas venus s'asseoir sur ce banc...

– La proximité de la jeunesse fait rajeunir.

– C'est bien vrai ! À présent que la relève est assurée, on va peut-être pouvoir se prendre du bon temps.

– Il n'est jamais trop tard.

Vincent s'est éloigné de quelques pas, tout au bord des rochers qui surplombent le Trou du serpent. L'écume immaculée mousse sur les galets, épaisse, de la crème fouettée. Il sort de sa poche le revolver de Jacky et le lance dans le tourbillon d'eau verte qu'on dit être la gueule du dragon. Ce qu'il y a de bien avec la mer, c'est qu'on ne peut pas faire des trous dedans. Balancez une bombe atomique sur l'océan et, au bout de quelques instants, l'eau se refermera dessus sans laisser la moindre trace. Une nappe d'oubli, on efface tout et on recommence.

– J'aurais fait la même chose. C'est bien comme ça.

Jacky est juste derrière Vincent, Nadine à ses côtés. Ils ont déjà dans les yeux cette petite vague si particulière aux îliens.

– Peut-être qu'un jour, Vincent, tu trouveras où te poser, toi aussi.

– Peut-être.

Puis, tous suivent sans un mot la lente immersion du disque incandescent derrière l'horizon. Le ciel se teinte de pourpre, de mauve et de violet, un rideau de scène dans les plis duquel les mouettes viennent se prendre. Fernande se tamponne les yeux, Roger essuie ses lunettes.

– Vous croyez pas qu'il faudrait l'agrandir, ce banc, madame Loïc ?

– C'est une excellente idée !

– Paraît qu'on doit fêter le départ d'un jeune crétin, ce soir. Vous êtes des nôtres, bien sûr ?

– Comment refuser ?…

Au fond, c'est tout petit, l'Amérique. Les silhouettes qui agitaient des mouchoirs à l'embarcadère sont bien vite absorbées par la brume, et de Batz ne subsiste qu'une ombre floue, presque un mirage. L'air sent le sel et le goudron, le ventre du bateau ronronne, repu d'immensité, le pont tangue sous les pieds.

– Un aller-retour ?

– Non, simple.

Vincent s'adosse au bastingage, le dos tourné à l'île. Le clocher de pierre de Roscoff perce un nuage.

– Oui, un aller simple, comme bonjour, comme au revoir…

Vincent & Co

– T'es viré, Mehdi, viré !

– Non, c'est moi qui me barre ! Tiens, la voilà ta saloperie de casquette, ton blouson minable et ta mob déglinguée !

– Fous le camp !

– Mon argent d'abord !

Derrière le comptoir, l'espèce de pittbull semble près d'exploser. En postillonnant d'incompréhensibles injures, il fouille fébrilement dans son tiroir-caisse tandis que le jeune homme qui lui fait face se débarrasse de son uniforme rouge. Vincent, à deux pas de lui, ne sait plus où se mettre. Le journal sur lequel il a entouré une petite annonce : « TU ES JEUNE, TU AS LA PÊCHE ! PIZZA HOT A BESOIN DE TOI ! BIEN RÉMUNÉRÉ, POSSIBILITÉ D'AVANCEMENT... » pend au bout de son bras.

– Le voilà ton fric ! Et tu remets jamais les pieds ici, même en client !

– Ça ne risque pas ! Je sais avec quoi elles sont faites tes pizzas, empoisonneur !

– Tire-toi !

Avec un geste de chat, Mehdi rafle les quelques billets. En se retournant il bute sur Vincent et aperçoit l'annonce sur le journal.

– Si tu veux mourir jeune, mon pote, vas-y, sinon casse-toi. C'est des négriers, des exploiteurs, des marchands de chair humaine !

– Tu vas dégager !!!

Le visage de Mehdi lui rappelle de façon surprenante celui de son copain Sélim. Quant à la tête du gros type, de l'autre côté du comptoir, elle évoquerait plutôt une sorte de steak haché mal reconstitué. Vincent n'hésite pas longtemps. Il lâche le journal, empoigne son sac et suit Mehdi qui, avant de passer la porte, gratifie le gorille d'un glorieux bras d'honneur.

Autant l'intérieur de la pizzeria était rouge et suffocant, autant le ciel de cette douce matinée de printemps est aussi bleu que l'idée qu'on se fait du Paradis. Mehdi ne marche pas, il rebondit sur l'asphalte, on le dirait monté sur ressort.

– Tu peux me remercier, je t'ai sauvé la vie. C'est des assassins, ces gens-là, ils te refilent des mobs sans freins pour aller livrer leurs saloperies de pizzas. Pour trois sous d'économie, ils t'envoient au cimetière. Le rendement, le rendement ! Ils n'ont que ce mot à la bouche. Le mois dernier, trois accidents, dont deux graves. Ah, il est beau le commerce ! Bon, si on allait s'en jeter un ? J'ai besoin de décompresser. Tu t'appelles comment ?

– Vincent.

– Moi, c'est Mehdi.

Le buffet de la gare de Saint-Nazaire ressemble à tous les autres buffets de gare du monde. Ça suinte l'ennui, le temps qui peine à passer. Un militaire s'endort sur sa bière, un homme et une femme s'entortillent les yeux en s'étreignant les mains, une vieille dame caresse distraitement son caniche en feuilletant un magazine. Il flotte dans l'air des odeurs de croissant, de café, de bière tiède et de frite molle.

– Qu'est-ce que tu prends ?

– Un café.

– Deux cafés ! T'es dans la marine ?

– Non, pourquoi ?

– Je sais pas, le caban, le sac, le bronzage…

– Je viens de Dunkerque, par la plage.

– Par la plage ? À pied ?…

– Oui.

– Tu veux battre un record ou tu t'es sauvé d'un asile ?

– Non.

– Et tu comptes aller jusqu'où ?

– Saint-Jean-de-Luz.

– Ben, t'es pas arrivé ! Tu serais pas une sorte de pèlerin, genre petit Jésus, vierge Marie et tout le tintouin ?

– Non. Je vais retrouver quelqu'un.

– Après tout, c'est tes oignons. Mais c'est quand même pas banal… Dunkerque-Saint-Jean-de-Luz… T'es arrivé quand ?

– Hier soir.

– Et t'as dormi où ?

– Dans une cabine téléphonique. Il pleuvait.

– Le grand luxe ! Tu tailles la route, quoi, tu zones.

– Non, je suis la côte. Sur la plage c'est propre, c'est dans les villes qu'on zone. J'essaie de les éviter, mais c'est pas toujours possible. Et puis, j'ai plus un rond.

– Ah… Désolé pour tout à l'heure, mais c'est pas des vannes, c'est vraiment dangereux ce boulot. J'ai fait ça deux mois. OK, tu peux te faire de la tune, mais faut slalomer jour et nuit sur leurs engins de mort jamais réparés. Pour tenir, les gars prennent des amphets et puis, fatalement, un jour ça casse et tu deviens le plus riche du cimetière. La bonne affaire ! Tout ça pour une prime de vingt euros, le prix d'une Margarita !… Ça me dégoûte. Ils s'en foutent, des lascars comme nous, ils en voient défiler des dizaines par jour parce qu'il faut bien bosser. Et au suivant ! T'as pas de famille ?

– Si, là-haut, à Dunkerque, mais il y a longtemps que je ne les ai pas vus. Et toi, tu es d'ici ?

– Non, de Rennes. Mais, comme tu peux le constater, j'ai pas vraiment d'origines celtes. Disons que je suis un Breton pur beur.

– Comment t'es arrivé ici ?

– Bof… J'ai suivi une fille que j'avais rencontrée à Rennes. J'étais vraiment mordu. Trois jours après être arrivés à Saint-Nazaire, elle me plaquait. Je suis resté. Ici ou ailleurs… Enfin, c'est du passé, ça date d'au moins deux ans.

Décidément, les filles, ça fait voir du pays ! Vincent racle le fond de sa tasse afin d'en extraire les derniers grains de sucre. Il n'a rien avalé depuis la veille. Un train vient d'arriver en gare. Une voix métallique crachote des informations inaudibles dans le haut-parleur. La vieille dame se lève précipitamment et se rue vers le quai, sa valise au bout d'un bras, le caniche sous l'autre. Le couple s'enlace en versant des larmes, et le militaire commande une autre bière.

– J'adore les trains, c'est pour ça que je viens ici. Et toi ?

Vincent devait avoir huit ou neuf ans la dernière fois qu'il en a pris un. Ce n'était pas un long voyage.

Dunkerque-Lille, et pourtant, sa mère avait prévu des sandwichs comme s'ils partaient pour l'Australie. Une fois de plus, son père s'était fait coincer dans une affaire véreuse et l'avocat avait insisté pour que sa mère soit présente à l'instruction. Les petits étaient en garde chez Mme Debruine, la voisine, mais elle avait tenu à ce que Vincent l'accompagne. C'était inutile, cependant, il n'avait pas eu le cœur de refuser. Et puis il y avait le voyage en train. Tout ce qui pouvait l'éloigner, ne fût-ce qu'une journée de la cité de Petite-Synthe, était bon à prendre. Pendant tout le trajet il avait dévoré des sandwichs, le front collé contre la vitre à regarder défiler le paysage comme un film muet, tandis que sa mère reniflait en se tamponnant les yeux avec son mouchoir. La campagne, morne, écrasée sous un ciel bas et gris, n'avait rien de folichon. Mais il s'en fichait. Ce qui comptait, c'était d'être en marche, en mouvement. Il aurait voulu que le train ne s'arrête jamais.

– T'as déjà voyagé en première ?

– Non.

– Moi, si. Tu verrais ce luxe ! Les sièges en velours, une tablette rien que pour toi avec une chouette petite lampe dessus, de la place pour allonger tes jambes, un vrai palace à roulettes !

– Tu allais où ?

– À Paris.

– Qu'est-ce que tu allais y faire ?

– Rien. C'était un peu avant Noël, j'étais ici, tiens, juste à la même place. Je regardais les gens monter ou descendre des trains avec leurs grosses valises bourrées de cadeaux. Je les trouvais ridicules, boursouflés comme des pommes sortant du four, et pourtant j'avais une envie folle d'être l'un d'eux. Ça a été plus fort que moi. J'ai sauté dans le premier train, il allait à Paris. Les contrôleurs m'ont fait descendre au premier arrêt. Je suis rentré en stop. Je ne regrette pas, c'était bien quand même. Pendant une heure, j'ai vécu comme un riche. Un jour je prendrai l'avion.

– Pour aller où ?

– J'en sais rien. Je prendrai l'avion pour prendre l'avion. Paraît que t'as des repas gratuits à bord, et des hôtesses de l'air belles comme des actrices de cinéma qui viennent te les servir. Et puis là-haut, t'es dans le bleu, au-dessus des nuages ! T'imagines ? Toute ma vie je les ai eus sur la tête, alors planer au-dessus, faut voir ça au moins une fois dans sa vie, non ?

– Sûrement, sûrement…

Des nuages, il commence à y en avoir quelques-uns qui rôdent autour de la gare. Vincent ne peut réprimer un bâillement. La nuit passée dans la cabine téléphonique se rappelle à lui. Des effluves de croque-monsieur lui chatouillent les narines et le font presque défaillir.

– Dis donc, t’as pas l’air dans ton assiette…

– Ben justement, ça fait un bout de temps que je n’en ai pas vu une.

– Fallait me le dire ! Allez, amène-toi, je suis le roi des spaghettis !

– J’ai pas un sou !

– Je te dois bien une bouffe, je t’ai fait perdre un boulot. C’est pas grand chez moi, mais quand y en a pour un…

Pour aller chez Mehdi, il faut traverser le chantier naval encombré de wagonnets charriant des pyramides de containers et zigzaguer entre les énormes camions qui vont et viennent en rugissant. L'agitation incessante et le vacarme du métal heurtant le métal vous donnent l'impression d'avoir fourré la tête dans une immense ruche de ferraille. Ça sent le goudron, le pétrole, le fer et le poisson. Enfin, au bout du bout, là où tout n'est plus qu'entrepôts en ruine, mikado de poutrelles enchevêtrées, Mehdi s'arrête, un sourire radieux éclairant son visage.

– Bienvenue à bord de *L'Embellie*, matelot, tu es ici chez toi.

La maison de Mehdi, ce n'est pas vraiment une maison, plutôt un bateau, ou du moins ce qu'il en reste : un amas de tôles rouillées retenu à quai par des cordages brûlés de sel, maintenu à flot par on ne sait quel miracle.

– D'accord, vu de l'extérieur ça ne paie pas de mine, mais tu vas voir dedans, c'est pas si mal. Fais attention, au milieu de la passerelle le bois est un peu vermoulu.

En trois bonds, Mehdi est déjà sur le pont. Vincent est plus prudent. La passerelle ressemble à une dentition de vieillard, une planche sur deux manque à l'appel et les autres sont aussi glissantes que des savonnettes. Entre les trous, on aperçoit une eau grasse irisée de flaques d'huile.

– C'est une question d'habitude, tu verras.

À moins d'avoir une jambe plus courte que l'autre, difficile de trouver son équilibre sur le pont incliné à 45° vers le quai. Tant bien que mal, Vincent suit Mehdi qui s'engouffre par une écoutille dans les entrailles de l'épave. Après avoir descendu un étroit escalier presque vertical, on accède à la salle des machines où subsistent encore des tuyaux, des pistons, et des manettes entre lesquelles on se faufile de planche en planche pour éviter l'eau stagnante en dessous. Mehdi pousse une lourde porte qui s'ouvre en gémissant.

– Voilà, villa « Mon rêve » ou « Mon cauchemar », selon les jours.

Tout est de guingois, mais ça ne manque pas de charme. Des tissus chatoyants masquent les quatre bannettes qui servent de lits. La table scellée au plancher est recouverte d'une toile cirée multipliant un motif de fleurs pimpantes et des coussins râpés s'alignent sur les bancs qui l'encadrent. Dans le coin cuisine (un évier métallique avec un pauvre robinet tordu) se trouvent un réchaud, trois ou quatre assiettes, des verres et des couverts rangés comme des soldats à la parade. Un grand tapis de coco éreinté recouvre le sol, et un poêle à mazout trône entre les deux hublots qui diffusent une lumière d'aquarium.

– C'est tout de la récup, pas mal, non ?

– On dirait la grotte d'Ali Baba.

– Et puis c'est pas tout, j'ai l'eau ! Quand il pleut, bien sûr, deux gros bidons fixés sur le toit, un au-dessus de l'évier et l'autre au-dessus de la douche, de l'autre côté. Je les ai peints en noir, alors, quand il fait soleil, j'ai de l'eau chaude. C'est rare. Pour le reste, lampe à pétrole et réchaud à gaz, le confort moderne, quoi. Vas-y, fais comme chez toi, choisis ton lit et pose ton sac pendant que je prépare les spaghets.

Mehdi n'a pas menti, c'est un cuisinier de première. Le ventre plein, Vincent somnole en prêtant une oreille distraite aux propos de son nouveau copain. Il lui parle de tout un tas de gens qu'il ne connaît pas. Peu importe, il se sent bien, absorbé par la contemplation du thé à la menthe qui suit le mouvement des vagues au fond du petit verre orné de dessins dorés. On se croirait en pleine mer, loin de tout.

– Excuse-moi, je te gave avec mes histoires, je suis bavard. Bon, j'ai des trucs à faire. Pique un bon roupillon, on se retrouvera tout à l'heure.

Vincent ne se le fait pas dire deux fois. À peine allongé sur sa couchette, il s'endort comme un bienheureux, le cœur en balançoire.

Un rayon de soleil filtrant du hublot vient lui chatouiller les cils. En se redressant, Vincent, les yeux collés de sommeil, se cogne la tête contre la bannette du dessus.

– Ben dis donc, j'ai cru que tu ne te réveillerais jamais !

– Quelle heure est-il ?

– L'heure de monter sur le pont. Le ciel nous prépare un coucher de soleil grandiose, une vraie carte postale ! Je finis d'éplucher mes oignons et on y va. Je ne te demande pas si tu as bien dormi.

– Comme une enclume.

– Dormir quand tu as sommeil, manger quand tu as faim, boire quand tu as soif et pisser quand tu en as envie, c'est ça, le grand luxe.

– Comment tu l'as trouvé, ce rafiot ?

– Ce « bateau » !... Par hasard. Quand ma douce et tendre m'a largué, j'ai zoné de squat en squat jusqu'à ce que j'en aie marre qu'on me taxe mes clopes et mon café, de laver la vaisselle et de balayer... Y a que ceux qui veulent rien foutre qui veulent tout partager. Solidaire d'accord, mais solitaire d'abord. Comme j'avais rien à faire de toute la journée, je traînais sur les quais. Je crois que j'avais envie de foutre le camp, de grimper sur un bateau en partance pour n'importe où, et même plus loin. Mais c'est pas comme la SNCF, c'est mieux gardé. Il n'y a que sur *L'Embellie* que j'ai pu embarquer. C'est pas un mauvais bateau, mais il n'a plus de jambes, juste des rêves. Au début, il a fallu que je me bigorne avec les rats, mais maintenant, tout va bien. Je leur donne à bouffer tout au bout, à la proue, et ils me laissent tranquille. Parfois, je les entends trotter en dessous. Sont pas méchants. D'où on est, les hublots donnent sur la mer, ce qui fait que, du quai, on ne voit pas que c'est habité. Je suis plus en sécurité ici qu'à la Banque de France. Voilà, on peut y aller.

Mehdi se lave les mains et saisit un tambour en céramique.

Le ciel a pris des teintes violines entrelardées de veines pourpres. Des lambeaux de nuages mauves s'effilochent au ras de l'eau parcourue de frissons argentés. Mehdi entraîne Vincent derrière la cabine de pilotage, et tous deux s'installent sur des rouleaux de cordages, face au soleil qui bâille à s'en décrocher les rayons. Mehdi ferme un moment les yeux, respire à pleins poumons et tire de sa poche un joint tout roulé.

– Tu fumes ?

– Il y a longtemps que je n'y ai pas touché.

– First quality !

Le pétard passe de l'un à l'autre jusqu'à ce que, d'une pichenette, Mehdi envoie virguler le filtre par-dessus bord. Puis il pose le tambour entre ses genoux et tout doucement, comme s'il caressait un chat, du bout des doigts, en tire un rythme lancinant qui semble suivre la lente immersion du soleil derrière l'horizon.

Vincent se laisse porter par la cadence des doigts, frappant régulièrement la peau tendue du tambour. Il se sent pareil aux mouettes qui inventent sur cette musique un étourdissant numéro de voltige. À cet instant précis, le monde semble parfait, hommes, choses et bêtes, à leur place. Plus de passé ni de futur, rien que du présent, bel et bon. Au moment pile où le soleil plonge telle une boule de métal en fusion dans la mer, Mehdi plaque la main sur la peau et l'écho de ce dernier son, grave et mat, ricoche à l'infini sur le glacis des eaux sombres du port. Le silence qui suit est d'une qualité rare, comme si c'était encore de la musique.

– C'est quand même mieux que la télé, non ?

– On aurait dit que c'était toi qui orchestrais l'ensemble.

– Je me contente de suivre. Cette darbouka est en peau de poisson, c'est pour ça qu'elle sonne si bien ici.

Chaque soir je monte, sauf quand il tombe des cordes. Deux-trois taffes, la darbouka, une sorte de prière. Elle me fait du bien.

– Avec mon copain Sélim, on se retrouvait le soir à côté de la station-service. On fumait un petit joint en regardant le ciel et il parlait, comme toi, de tout, de rien, des étoiles qu'on voit même quand elles sont mortes, des filles, des bagnoles, de ce qu'on deviendrait plus tard. À ce moment-là, on était immortels. Tu lui ressembles beaucoup.

– Et qu'est-ce qu'il est devenu ?

– Il est mort.

– Ah, désolé…

– Un accident de voiture. Il adorait les voitures. Il voulait devenir ingénieur chez Rolls Royce. Il aurait pu, il était premier en tout. Un soir comme ce soir, on a piqué une caisse dans la cité, une grosse Volvo. C'était trop tentant, la clé était sur le contact. On est partis droit devant nous, pareils que toi dans le train pour Paris. Sélim conduisait bien, pas moi. À un moment j'ai voulu prendre le volant et… on s'est plantés. C'est peut-être pour ça que depuis, je marche, je marche…

– Sale coup. Tu te sens coupable ?

– Des jours oui, des jours non. Ce soir, j'ai l'impression qu'il est avec nous, qu'il vit encore.

– T'es pas obligé de me répondre, mais qu'est-ce que tu vas faire à Saint-Jean-de-Luz ?

– Une fille. Je lui ai promis.

– Ah là là ! T'es encore plus crétin que moi ! Enfin, c'est tes oignons… Bon, on casse une petite graine et après je t'emmène faire un tour en ville.

La nuit, le port ressemble à une monstrueuse fête foraine, avec ses manèges de tourelles, de passerelles et de grues, ses paquebots gigantesques pareils à des villes flottantes qui vous regardent passer de toute leur hauteur, illuminés comme des sapins de Noël. Tout est démesuré, les chaînes des bateaux, les roues des camions, la taille des vis et des boulons. Seuls les hommes paraissent minuscules, fourmis laborieuses allant et venant sans cesse. Vincent et Mehdi sont assis sur le toit de la base sous-marine, une dizaine d'alvéoles datant de la dernière guerre destinées aujourd'hui à devenir un quartier chic, boutiques de luxe, galeries d'art, etc. « Un vrai décor à la James Bond », selon l'expression de Mehdi. Au loin, le pont de Saint-Nazaire enjambe l'estuaire de la Loire et plonge dans la nuit, semblable à une gerbe d'étincelles.

– Pas mal, non ?

– C'est beau, oui, et un peu effrayant en même temps. J'ai l'impression d'assister à une catastrophe naturelle.

– Y a un peu de ça, c'est vrai.

– Dis donc, doit y avoir du boulot, ici ?

– Si tu t'appelles pas Mehdi Oufkir et que tu sais faire autre chose que jouer de la darbouka, c'est possible.

– Je sais souder.

– T'as un diplôme de soudeur, toi ?

– Non, mais j'ai appris avec mon oncle. Il est sculpteur. On a fait un saint Michel rien qu'avec de la récup, des bouts de ferraille ramassés sur la plage, une vraie œuvre d'art. J'aimais bien.

– Ici, c'est des tonnes d'acier qu'il faut souder, je sais pas si c'est vraiment le même boulot. Je voudrais pas te décourager, mais sans diplôme, sans papiers, sans domicile, tu ne vaux pas mieux que moi. Peut-être pour transporter des caisses, et encore, le syndicat des dockers n'aime pas beaucoup le travail au noir. Je sais de quoi je parle, j'ai essayé. Mais toi, avec ta gueule de Gaulois, t'auras peut-être plus de chance.

– Qu'est-ce que tu vas faire maintenant ?

– Ben, j'ai pas beaucoup de choix, dealer une barrette par-ci par-là, vivoter, quoi.

– Tu ne vas pas faire ça toute ta vie ?

– Toute ma vie… T'en as de bonnes, toi ! Pour le moment, mon futur n'a pas d'avenir, faut survivre, c'est tout.

– Mais il y a bien des trucs que tu aimerais faire, tiens, de la musique, par exemple…

– Ben voyons ! Et puis gagner au Loto, aussi ! Et toi, pourquoi tu en fais pas, des sculptures ?

– J'ai pas le matos.

– T'aurais besoin de quoi ?

– Pas grand-chose, un petit fer à souder, un jeu de pinces, le reste, on le trouve partout.

– Et tu le vendrais où ?

– Sur les plages. Commence à y avoir des touristes.

– Tu transportes toute ta quincaillerie sur ton dos ?

– Non, bien sûr… Faudrait une camionnette, un truc qui fasse atelier et boutique en même temps.

– T'as pas de permis.

– Non. Et toi ?

– Moi ? oui… Enfin, un vrai faux. Bon, disons que je la conduis, la camionnette, et après ?

– On se fait toutes les plages. En quinze jours, je peux faire… disons une douzaine de statuettes. En les vendant… allez, quatre-vingts euros pièce…

– Je pourrais jouer de la darbouka pour attirer la clientèle !… et même quand tu bosses pas dans l'atelier, il peut se transformer en cuisine, alors je fais des salades,

des merguez. On est fin mai, d'ici à la fin de la saison, on peut se faire un paquet !

C'est fou ce que ça court vite, un rêve. Ça ricoche sur l'horizon et ça vous revient de plein fouet après avoir tissé sur le ciel un écran géant, où l'on voit une camionnette rutilante avec, à l'avant, deux zozos hilares chantant à tue-tête : *Ma petite entreprise*... Ça s'éteint aussitôt, en même temps que le mégot balancé d'une pichenette, et ne reste plus que du noir, bien épais, goudron mou.

– Allez viens, on rentre. On a assez déliré pour ce soir.

C'est en silence qu'ils remontent le « boulevard de la légion d'honneur », interminable. Le problème des rêves, c'est que ça laisse un goût d'inachevé dans la bouche. On se dit que c'est des bêtises, et en même temps, c'est comme une graine qui pousse une sorte d'alien bienveillant.

Ils passent devant les chantiers de l'Atlantique. Toujours le même combat de l'homme contre l'énorme.

– Tiens, regarde, qu'est-ce que je te disais ? Même les caisses c'est plus des bonhommes qui les charrient, des machines, rien que des machines. Tu parles, ils ont compris le coup, les autres, tout là-haut dans les bureaux. Une machine ne tombe pas malade, ne fait pas grève, ne se plaint jamais, broie du noir sans état d'âme. Les machines, on les entretient et c'est les hommes qui rouillent. Si c'est pas malheureux... T'es sûr que tu peux les vendre quatre-vingts euros, tes statues ?

– Même plus.

– Et si je t'apportais le matos, tu pourrais en faire une, rien que pour voir ?

– Je crois, oui. Avec ce qui traîne comme ferraille autour de *L'Embellie*, ça ne devrait pas poser de problème.

Dans le halo d'un réverbère, Mehdi se plante devant Vincent et le prend par les épaules. C'est bizarre de lui voir un air aussi sérieux.

– Écoute, Vincent, on ne se connaît que depuis ce matin, on a sans doute fumé un pétard de trop, mais j'ai envie de bouger, moi aussi. Tout seul, j'aurais pas eu l'idée. J'ai un petit magot, pas grand-chose, si on s'associait ?

– Mais j'ai pas un sou !

– J'avance l'argent, tu me rembourseras au fur et à mesure. Qu'est-ce que t'en dis ?

– Ben...

– Attends, c'est pas des trucs abstraits, tes sculptures, ça ressemble quand même à quelque chose. Parce que si t'es l'artiste, moi, je suis le sponsor, alors faut vendre.

– Elles ressemblent à quelque chose.

– Alors, on le fait ?

– On le fait !

La plupart du temps, ce genre de projet fumeux ne tient pas la nuit, mais chez Vincent et Mehdi il prend racine. Tôt le matin, après le café avalé, Mehdi disparaît avec un air mystérieux, laissant à Vincent le soin d'aller glaner dans les environs tout ce qui lui semble bon pour se mettre à l'œuvre.

– La vérité si je mens ! Ce soir tu l'auras, ton machin à souder.

Quelqu'un qui suivrait Vincent sans connaître ses motivations le prendrait sans doute pour un dingue. Ce qu'il entasse dans un grand sac, même le plus pauvre des ferrailleurs n'en voudrait pas. Mais dans la nature, le plus pur diamant ne ressemble jamais qu'à un vulgaire caillou. Après avoir déversé le contenu du sac sur le pont de *L'Embellie*, Vincent se dit qu'il faudra un sacré boulot pour transformer tout ce tas de métal rouillé en or. Il se met à regretter de s'être autant avancé auprès de Mehdi sur ses talents de sculpteur. En fait, en dehors du coup de main qu'il donnait à l'oncle Raymond, il n'a jamais exécuté que sa petite statue de l'homme en marche, et il y a de cela des mois… Sera-t-il capable d'en refaire une autre sans l'aide du tonton ? Voilà ce que c'est, le pétard, on rêve, on rêve et puis… on se réveille devant une montagne de cochonneries rouillées aussi inutiles qu'encombrantes. S'il était seul dans cette affaire, probable qu'il balancerait le tout à la flotte et qu'il retournerait à la pizzeria, mais après s'être engagé auprès de Mehdi, ce serait une sorte de trahison. C'est bien beau de faire planer les gens, après on n'a pas le droit de leur lâcher la main en plein vol. Le poids de la responsabilité pèse sur ses épaules aussi lourd qu'une enclume. Les bras ballants entre les genoux, Vincent considère d'un œil vide les vieux ressorts, la roue de bicyclette pliée en huit, les tuyaux tordus, le tambour de machine à laver et les bouts de tôle de toutes tailles qui s'amoncellent devant lui. Même Picasso ne pourrait rien en tirer.

– Mais qu'est-ce qui m'a pris d'imaginer ce délire ? C'est la dernière fois que je fume un pétard ! Et ces imbéciles de mouettes qui se foutent de moi…

Le bout de bois qu'il leur balance ne fait que renforcer leurs ricanements. L'air semble crépiter de paires de claques.

– Vincent, oh, Vincent !

Sur le quai, Mehdi s'éponge le front, appuyé à une charrette à bras recouverte d'une bâche.

– Viens m'aider, c'est lourd !

Dès que Vincent a posé le pied sur le sol, Mehdi, rayonnant, avec un geste de matador, soulève la bâche et découvre un poste à soudure entier, presque neuf : bouteilles, chalumeau, boîte à outils, et même les lunettes.

– Qu'est-ce qu'on dit ?

– Où t'as trouvé ça ?

– T'occupe, c'est de la récup. Des trucs qui traînaient dans un hangar. C'est ce que tu m'as demandé ?

– Oui, mais…

– Mais quoi ?

– Rien.

– Alors, on le monte. Fissa, fissa, les gens sont tellement jaloux qu'ils iraient inventer n'importe quoi.

C'est du matériel de professionnel, lourd mais en parfait état, ne manque plus qu'une allumette pour faire siffler le chalumeau. Mehdi se laisse tomber sur le pont les bras en croix, le sourire aux lèvres.

– T'y croyais pas, hein ?

– C'est-à-dire que… Je pensais à un truc plus modeste.

– Faut aider les artistes. Et toi, t'as trouvé ce qu'il te fallait ?

– Bof, deux trois bricoles, là.

Mehdi se soulève sur un coude et fronce les sourcils à la vue du tas d'ordures rapporté par Vincent.

– Tu vas faire des œuvres d'art avec ça ?

– Là, on peut pas se rendre compte. Tu verras…

– Après tout, c'est toi l'artiste.

– Je peux essayer le matos ?

– Et comment ! Ah, pendant que j'y pense, quand tu te mettras au boulot, tu pourrais me faire un barbecue ?

– Un barbecue ?

– Oui, pour les merguez, les brochettes !

– Pas de problème.

– Super. Je vais prendre une douche et après faudra que j'aille rendre la charrette. Possible que je rentre tard, ce soir. Tu t'occupes pas de moi, y a du thon, des tomates et du pain dans le placard. Tu sais, Vincent, j'ai pas dormi de la nuit, et pourtant je me sens une pêche d'enfer ! J'y crois à ton truc. T'as raison, faut pas attendre d'aide, faut s'aider soi-même. Si ma petite affaire de ce soir marche, dans une semaine on taille la route !

– C'est quoi, cette affaire ?

– Ben, une affaire, c'est une affaire. T'en fais pas, chacun son boulot, et à nous le grand loin !

Le chalumeau marche du feu de Dieu et dans la trousse, il ne manque aucun outil. Le problème, c'est l'inspiration. Il y a une heure, Mehdi est parti avec un paquet enveloppé de papier journal sous le bras. Depuis, Vincent patouille dans son bric-à-brac, aussi paumé que devant les pièces éparpillées d'un puzzle incompréhensible. Il a beau invoquer tonton Raymond de toutes ses forces, rien ne vient, ou alors des idées lamentables, pareilles à celles d'un gosse de maternelle préparant la fête des Mères. Faute de mieux, et pour tester le matériel, il s'attaque au tambour de machine à laver. En le coupant en deux et en lui soudant quatre vieilles manivelles en guise de pieds, avec une grille dessus, ça fera un barbecue d'enfer.

Manque de pratique ? Méconnaissance des nouveaux outils ? Le fait est que cet exercice très basique donne un résultat surprenant : une sorte de grenouille en armure près de bondir. C'est effrayant, surtout sous la clarté pâle de la lune. Accablé, Vincent se laisse tomber devant ce monstre issu d'un cerveau fêlé, la tête entre les genoux.

– Je suis nul, archinul ! Je n'aurais jamais dû foutre les pieds ici, je n'aurais jamais dû rencontrer Mehdi et encore moins l'avoir entraîné dans cette galère. Saloperie de ferraille !

D'un grand coup de pied, il envoie le batracien chromé rejoindre la pyramide de ressorts et de tôles froissées. Après le bruit de poubelle renversée suit un silence de mort qui donne envie à Vincent de s'attacher le poste de soudure autour du cou et de passer l'éternité avec les poissons. Indifférente, la lune décline. Il doit être au moins quatre heures du matin. Le ronronnement d'un moteur sur le quai et des claquements de pas sur la passerelle viennent mettre un terme à ce projet sinistre.

– Vincent, t'es là ?

– Mehdi ?

– Viens voir, viens voir !

La masse sombre d'un véhicule non identifiable est garée devant le bateau. S'il n'y avait pas les roues, on croirait un taureau broutant les pavés.

– C'est quoi, ce machin ?

– *L'Embellie II*, c'est du solide, un Ford !

– Mehdi ! Tu vas pas me dire que c'est de la récup aussi ?

– Non ! Je l'ai acheté, tiens, regarde, j'ai les papiers. Tout est en règle, parole d'honneur !

– Tu l'as acheté avec quoi ?

– Je t'ai dit que j'avais un petit magot. Et puis, j'ai fait une affaire. Seulement, faut partir maintenant.

– Maintenant ? Là, tout de suite ?

– Oui, là, tout de suite.

– Mais pourquoi ?

– Écoute, j'ai pas le temps de t'expliquer. On prend le minimum et on se casse. Au lever du soleil, on sera loin.

– Ça sent l'embrouille...

– Qu'est-ce que tu vas chercher ? On perd du temps. On y va ou quoi ? Allez, fais-moi confiance !

– J'y crois pas à ton histoire, mais bon, allons-y.

– Voilà, matelot, faut savoir prendre la vague ! Oh, mais tu t'es déjà mis à l'œuvre ! Pas mal... pas mal... C'est quoi ? Une soucoupe volante ?

– Ton barbecue.

En une demi-heure, la camionnette est pleine comme un œuf de tout et de n'importe quoi ramassé à la hâte et à la lueur vacillante des lampes à pétrole. Même si le temps est plus clément, Vincent ne peut s'empêcher de penser au naufrage du yacht anglais sur l'île de Batz.

Décidément, c'est sa destinée. Mehdi est en nage, on dirait une divinité indienne, il a dix bras, dix jambes qui s'agitent dans tous les sens.

– Paré ? T'as bouclé ta ccinture ? Alors, comment on dit ? 5, 4, 3, 2, 1 : Adieu *L'Embellie I* ! Bonjour *L'Embellie II*, c'est parti !

Le Ford émet deux ou trois hoquets avant de démarrer.

– Ben oui, je ne l'ai pas encore bien en main. Mais tu vas voir, c'est de la mécanique increvable !

Les phares du petit taureau balaient la carcasse des entrepôts aux vitres brisées avant de s'engager sur la route. *L'Embellie I* sombre dans le rétroviseur.

– Plein sud ?

– Plein sud, oui.

– Fais pas cette tête-là, tu vas la revoir, ta Véronique, et plus tôt que tu ne le penses !

Le Ford fonce droit devant lui, tête baissée, comme si l'aube qui pointe agitait devant lui un chiffon rouge. Dès la sortie de la ville, Vincent est soulagé. D'abord parce que Mehdi nc conduit pas si mal et qu'à sa gauche les plages se succèdent, Port Charlotte, Bonne Anse, Villès-Martin, La Roche-du-Lion, L'Ève, Porcé... Par la vitre ouverte, il respire à pleins poumons les parfums de résine et de genêts. Ça sent les vacances. Les immenses pins maritimes et les chênes verts qui se découpent sur le ciel de plus en plus clair font penser à ces cartes postales qu'on reçoit en été, quand certains sont partis et qu'on est resté. Ce serait bon d'écouter de la musique, une chanson, même bête.

– Y a pas la radio ?

– Ben non, évidemment !

– Pourquoi « évidemment » ?

– Parce que, avant de se transformer en roulotte, ce véhicule était un corbillard. T'imagines le mort dans sa boîte en train de se trémousser sur du reggae ? Ça ne se fait pas. Cela dit, puisqu'il entame une nouvelle carrière, on pourrait y remédier. On en trouve, des autoradios pour pas cher.

– Récup ?

– Il tourne comme une horloge ce moteur, non ? Faut dire qu'il n'a pas grand-chose au compteur, Borniol-cimetière, cimetière-Borniol, de la promenade ! Personne en voulait, superstition. C'est bête, on n'a jamais vu un accident de corbillard...

– Tu l'as vraiment acheté ?

– T'es lourd ! Regarde dans la boîte à gants, tous les fafiots sont en règle.

– Il a dû te coûter bonbon.

– Bof ! Un kilo de shit.

– T'avais un kilo de shit ?

– Pas tout à fait, disons cent grammes et neuf cents de henné.

– D'accord, je comprends le départ précipité. Escroc !

– Quoi, escroc ? C'est des petits cons de bourges qui veulent jouer les dealers, papa avocat, maman toubib, tu vois le genre. C'est bien fait pour leurs pieds. Et puis le henné n'a jamais fait de mal à personne, c'est bon pour les cheveux. T'en fais pas pour eux, c'était leur argent de poche. Tiens, le soleil se lève... Je commence à avoir des papillons plein les yeux. Dès qu'on trouve un petit coin sympa on fait une pause, d'accord ?

Des levers de soleil, il y en a tous les jours depuis la nuit des temps et pourtant, chaque fois qu'on y assiste, on a l'impression que c'est le premier.

Les petits coins sympas pour se reposer ou pique-niquer, on les rate toujours. Il y avait bien ce chemin sur la gauche, mais on l'a dépassé. Alors on fait marche arrière en prenant le risque de se faire emboutir et on s'aperçoit qu'il débouche sur une décharge. On repart en râlant, on en essaie d'autres et finalement, à bout, on s'arrête n'importe où. De toute façon, le chauffeur comme le véhicule ne peuvent pas aller plus loin. L'un parce qu'il bâille à s'en décrocher les mâchoires, l'autre parce qu'il a du sable jusqu'à mi-roue.

– Excuse-moi, Vincent, c'est pas le Pérou, mais faut vraiment que je roupille une heure ou deux.

– T'inquiète pas. c'est bon. On a la mer, le sable, tout va bien.

Mehdi croise les bras sur le volant et s'endort aussitôt.

C'est vrai, il y a le sable, le soleil et la mer, mais aussi un tas d'immondices et une sortie d'égout. Pourtant ça a dû être une jolie petite plage, autrefois, au temps des dinosaures. Les humains ne respectent plus rien, même pas eux-mêmes. Dans la cité de Petite-Synthe, beaucoup de gens jetaient leurs ordures par la fenêtre, juste au pied de chez eux, sacs poubelle, vieux frigos, télés pourries. Un jour, on a même retrouvé un nouveau-né dans un sac en plastique... On se demande comment c'est possible. La fatigue ? L'impression d'être soi-même un déchet ?

C'est dommage, elle pourrait être jolie, cette petite crique. Le sable mousse aux orteils, le silence pétille aux oreilles... S'il n'y avait pas cette odeur de toilettes bouchées, en fermant les yeux, on se croirait aux Maldives.

Il ne fait pas encore très chaud, mais cet océan qui fredonne une petite chanson du bout des vagues donne envie de piquer une tête dedans. Vincent quitte ses vêtements, entre lentement dans l'eau, s'asperge les épaules et plonge. Il en ressort galvanisé. Ruisselant, bouche ouverte, il éclate de rire, pour rien, juste parce qu'il est là, au milieu de tout, du ciel, de la mer, au centre de l'univers. Il écarte les bras, pareil à un Christ joyeux.

– Je te salue, vieil océan et toi, vieille terre…

En se retournant vers la plage, les mots se coincent dans sa gorge. Un gnome est en train de lui voler ses vêtements.

– Hé, ho !…

La course-poursuite ne dure pas bien longtemps. Le bonhomme n'est pas un champion. Ce n'est qu'un pauvre clodo que Vincent n'a aucune peine à prendre au collet. Le vieux se couche sur le sable en se protégeant la tête avec ses bras.

– Alors, pépère, t'as plus l'âge de jouer aux sauvageons !

– Excuse ! Excuse ! Je t'ai pas vu… juste les habits oubliés… alors je prends.

– Relève-toi. Je ne te veux pas de mal.

Chez les marchands de souvenirs en bord de mer, on vend des pipes en bois sculpté représentant des têtes de marins burinés. Le vieil homme a la même, hérissée de poils drus et blancs. Il pue comme s'il avait passé sa longue existence dans un baril de harengs. Pas l'air méchant, juste perdu, on dirait un Robinson oublié.

– T'as faim ?

– Toujours !

– Fallait demander.

– Demander, c'est mendier. Je suis pas mendiant. Je travaille dur toute ma vie.

– T'es pas français.

– Portugais.

– Tu viens du Portugal ?

– Non, je retourne. J'ai pas vu le Portugal depuis…

Le vieux compte sur ses doigts, mais il n'en a pas assez, alors il laisse tomber.

– … longtemps.

– Allez, viens. On doit bien avoir quelque chose à grignoter dans la voiture. Je m'appelle Vincent.

– Manuel Da Silva.

Marcher à côté de lui, même en plein vent, c'est comme danser un slow avec une méduse crevée.

– Qu'est-ce que tu fais ici, Manuel ?

– Je rentre chez moi.

– Au Portugal ?

– Oui. Je veux mourir au pays.

– Tu n'as pas de famille ?

– La famille !… Si, j'ai un fils à Pantin, à côté de Paris. Je travaille là-bas très longtemps. (Là encore, il manque de doigts.) Comme maçon, bon maçon ! Travail dur mais bon. Et puis, trop vieux. J'habite chez mon fils. Tous les jours, je lui dis : « Miguel, il faut que je retourne au pays pour finir la vie », et lui répondre : « Demain, demain », mais demain jamais venir. Alors je pars. Je sais pas lire les lettres, mais je connais les pays. Je vais jusqu'à la Normandie et là, je suis la côte, à pied, jusqu'en bas. Pas possible de se tromper !

Vincent s'arrête net, estomaqué.

– Toi aussi !

– Comprends pas ?

– Moi aussi, Manuel, moi aussi je descends au sud par la plage !

– Tu veux mourir au Portugal, si jeune ?...

– Non ! Je m'arrête avant. Tu pues comme un bouc, Manuel, mais tu me plais. Dis-moi, tu ne te laves jamais ?

– Jamais ! Crasse tient chaud la nuit, et protège du soleil le jour.

Mehdi dort toujours, la tête sur le volant.

– Mehdi, réveille-toi, je te présente un copain !

Mehdi ouvre un œil, puis fait un bond en arrière en grimaçant.

– Qu'est-ce que c'est que cette épave ?

– Je te présente Manuel, Manuel Da Silva.

– Qu'est-ce qu'il schlingue ! D'où tu le sors ?

– Il a faim.

– Pas moi, il couperait l'appétit à une armée en déroute. Qu'est-ce qui t'a pris de le ramener ?

– Il descend la côte à pied, comme moi, jusqu'au Portugal !

– Vous êtes nombreux comme ça ? Tu m'étonnes que les plages soient polluées !

– On n'a pas quelque chose à manger ?

– Je vais voir, mais éloigne-le, il va attirer les bêtes.

Manuel s'est écopé une boîte de sardines et la moitié d'un paquet de biscottes sans un mot. Après un rot sonore, il demande d'une petite voix flûtée :

– Vino, no ?

– Mehdi, t'as pas une bière ?

Mehdi se tient à une dizaine de mètres d'eux, l'air sombre. D'un geste las, il envoie une canette rebondir entre les pieds du vieux, qui l'ouvre et se la vide cul sec.

– Je te préviens, Vincent, pas question de trimballer ce… bonhomme dans ma bagnole.

– À moins de lui faire prendre un bain…

– Faudrait le passer au karcher, et encore ! J'y toucherais pas.

– Très bien, je m'en occupe. Ça va, Manuel ?

– Bien, bien. Tu es bon garçon.

– Alors, suis-moi, n'aie pas peur.

Docile, le vieux se laisse guider jusqu'au bord de l'eau, puis s'arrête en tournant vers Vincent un visage vaguement inquiet.

– On fait quoi, là ?

– Mais on va prendre un bain !

– Non ! Pas après manger !

– Mais si, mais si !

Manuel n'a pas le temps de se dérober. Vincent l'attrape par un bras et l'envoie rouler dans les vagues.

Le vieux se débat comme s'il était tombé dans les flammes de l'enfer, mais Vincent n'a aucun mal à prendre le dessus. Une à une, il lui arrache ses hardes et frotte vigoureusement son pauvre corps malingre avec des poignées de sable. Au bout d'un moment, trop faible, le vieux se laisse faire en pleurnichant.

– Mehdi, balance-moi le shampooing, tu vas voir, il va être méconnaissable !

Effectivement, une demi-heure plus tard, vêtu d'un jean de Vincent et d'un pull de Mehdi, Manuel Da Silva a retrouvé figure humaine, même s'il ronchonne encore en reniflant.

– La jeunesse ! Pas respecter les vieux, mauvais, mauvais.

– Allez, Manuel, tu ne pouvais pas rentrer chez toi dans l'état où tu étais ! Tiens, reprends un biscuit.

Le vieux hausse les épaules et mâchouille le Granola avec ce qui lui reste de dents en lançant un regard noir à Mehdi.

– Et celui-là aussi, il descend la côte à pied ?

– Ça va pas, la tête ? Je suis pas aussi barge que vous deux ! Vincent et moi on est en affaires. Vincent c'est l'artiste et moi je suis son manager, manager et musicien !

– Ah... et ça paie bien ?

– On commence juste.

– Tu connais le fado ?

– Le quoi ?

– C'est la musique de mon pays. Écoute.

C'est comme une plainte, déchirante. La voix de Manuel s'envole, vibre au point que sa poitrine creuse et bosselée de côtes saillantes semble près d'exploser. La voix a oublié l'âge de son propriétaire, elle jaillit, claire comme le jet d'eau d'une fontaine. Mehdi a bondi sur sa darbouka et, de ses doigts légers, il l'accompagne dans ses méandres. Ces deux-là se sont trouvés. Mehdi le Breton pur beur et Manuel le vieux Portugais fugueur. Bien sûr, ni Vincent ni Mehdi ne comprennent un mot de la chanson, mais c'est sûr, elle parle de larmes et de rires, de peines et de joies, de la vie.

Le soleil est au zénith, la flamme du chalumeau rivalise d'ardeur avec Vincent. Derrière ses lunettes de protection, il voit la vie en bleu. Les deux « M », Manuel et Mehdi, sont partis au ravitaillement à Saint-Jean-de-Monts, la ville la plus proche. Lui s'est mis au travail et, contrairement à la veille, l'inspiration est au rendez-vous. C'est bizarre, l'inspiration, ça va, ça vient, comme un chat passant de toit en toit, libre, presque indifférente. On ne l'apprivoise jamais, c'est elle qui prend possession de vous. Suffit d'attendre et d'être disponible. L'ange qui naît de ses mains est un bébé ange, un chérubin constitué d'une théière retournée sur laquelle Vincent a fixé, en guise d'ailes, des rayons de roue de bicyclette harmonieusement déployés. La paille de fer qui lui sert de chevelure ferait pâlir d'envie bien des coiffeurs pour dames. Il semble prêt pour son premier vol. Vincent est heureux de travailler pieds nus dans le sable avec le dais du ciel au-dessus de sa tête et le ressac des vagues en fond sonore. Il en oublie la sortie d'égout. Il est ce qu'il est, ce petit coin, mais il a l'avantage d'être tranquille, à l'abri des regards. À part de vieux Portugais oubliés du genre humain, on ne risque pas de croiser grand monde. Sacré Manuel, tout vieux, tout déglingué, pas plus épais qu'un peigne, qui descend bravement rencontrer sa mort au Portugal. Cependant, après avoir chanté sa chanson, on le sentait moins pressé d'y parvenir… Il a embrassé Mehdi et Vincent, a essuyé les larmes qui perlaient à ses yeux et a souri de toutes ses trois dents en écartant les bras vers le ciel. On aurait dit un gosse perdu retrouvant ses parents. Ça paraît fragile, ces petits vieux-là, mais c'est planté dans la vie comme un pied de vigne, comme une racine d'olivier. Faut voir comment il a aidé Vincent à sortir son matériel ! C'est lui qui lui a conseillé de s'installer dans cette enclave abritée du vent par la dune. En connaisseur, il a passé chaque outil en revue, mais, devant le tas de ferraille, il s'est gratté la barbe, dubitatif.

– Et tu fais les statues avec… ces vieux machins ?

– Oui.

– Ah… Et tu en vends ?

– Parfois.

– Ah… Je préfère maçon, un « vrai » métier !

Après un petit ponçage, l'angelot dodu brillera comme de l'or au soleil. Pour un coup d'essai, c'est un coup de maître.

– Mon vieux Raymond, tu serais fier de moi !

Il repense alors à tous les autres, à tous ceux qui ont croisé sa route… et à Véronique.

Vincent coupe le chalumeau et se laisse tomber sur le sable. Il en ramasse une poignée qu'il fait couler entre ses doigts.

La mer se retire avec un petit rire. Elle n'y croit pas beaucoup à ces grands serments de petits hommes, elle qui va et vient depuis si longtemps sans bouger de place.

Le papier de verre fait des merveilles, le métal prend des teintes irisées, du cuivre rouge au bleu acier. En à peine deux heures, un ange est né. Le Bon Dieu peut aller se rhabiller. Posée sur un rocher, la petite statuette renvoie au soleil ses propres flèches. Vincent est en train d'y faire les dernières retouches quand le ronronnement du petit taureau se fait entendre. Les portes claquent, accompagnées d'éclats de rire.

– Vincent ! Oh, Vincent !

Les deux « M » apparaissent, hilares.

– Dis donc, le vieux, c'est une épée ! T'aurais vu comment il a marchandé les deux kilos de sardines fraîches ! Tout juste si le pêcheur nous a pas filé son bateau en prime… Oh, t'as fait ça ce matin, pendant qu'on était partis ?

– Oui.

– Merde, alors !…T'es un vrai artiste ! Manuel, amène-toi ! Regarde ! Qu'est-ce que je t'avais dit ! Il a des doigts en or !

Pour se protéger du soleil, Manuel s'est confectionné un coquet chapeau de gendarme en papier journal. Devant l'ange, il l'enlève et fait un signe de croix sur ses lèvres.

– C'est le petit Jésus qui apprend à nager. Ave Maria ! Il ira loin.

– Et Vincent aussi ! Tu me la coupes, vraiment ! C'est pas que je doutais, mais… Faut pas vendre ça quatre-vingts euros, ça vaut dix fois plus ! J'irai voir des galeries, on va se faire une fortune, mon petit pote !

– En attendant, je crève de faim.

– Alors là, pas de problème ! C'est un vrai pro, le Manu ! On a juste acheté le pain, le vin et les clopes, tout le reste, c'est de la…

– Récup.

– Exact ! On a attendu la fin du marché pour… comment il dit ? glaner ! Deux cageots remplis à ras bord de tomates, d'aubergines, de courgettes, de fruits… pas pourris ! juste un peu tachés. Ça partait à la poubelle. Et y a des gens qui crèvent de faim… Il y aurait de quoi se tordre, si c'était pas si triste…

Sardines grillées, tomates juteuses, un peu de rosé frais, trois amis qui font la sieste, il ne faut pas grand-chose pour faire un monde, alors que bien souvent on se fait un monde de tout. Un rat, attiré par l'odeur des reliefs du repas, sort de l'égout. Méfiant, il s'approche par petits bonds. Il sait bien que la plupart des humains ne sont pas fréquentables, mais ces trois-là qui ronflent n'ont pas l'air agressifs. Un petit coup de patte dans le sac poubelle et il repart à fond de train, une belle arête entre les dents. Certains jours, il y a du bonheur pour tous.

Les jours qui suivent s'enfilent aussi simplement que des perles sur le fil blanc du temps. Sans concertation, chacun s'est trouvé une fonction qui lui convient parfaitement. Manuel s'est mis en tête de construire une cabane et il s'y emploie avec autant d'ardeur qu'un enfant à un concours de châteaux de sable. Pour le moment, ce ne sont que deux murets de pierre surplombés d'un treillage de branches de pin, mais il y apporte chaque jour une petite amélioration. C'est là qu'ils se retrouvent le midi quand le soleil tape trop fort. Car depuis leur arrivée, le temps est au beau fixe et même presque caniculaire. Mehdi, lui, disparaît pendant de longues heures au volant du Ford, « en repérage », comme il dit. Il en revient chaque fois avec un petit quelque chose, à manger, à boire, parfois... un autoradio. Vincent ne voit pas ça d'un très bon œil. Pas par morale ni par vertu, simplement, c'est que, s'il se fait piquer, les gendarmes vont rappliquer et c'en sera fini de leur belle vie. Bien sûr, Mehdi jure ses grands dieux que tout ce qu'il rapporte a été dûment payé, mais en croisant ses doigts derrière son dos.

– T'as qu'à me donner des trucs à vendre, tu as déjà quatre pièces magnifiques, qu'est-ce que tu attends ?

– Je sais pas... Je peux faire mieux.

– Bien sûr ! Et encore mieux que mieux ! Mais à ce train-là, on aura une grande barbe blanche le jour où tu te décideras.

Mehdi a raison, mais Vincent n'arrive pas à se séparer de ses œuvres. C'est un peu comme ses enfants, il a besoin de les avoir sous les yeux. À l'angelot dodu ont succédé une tête de chèvre aux cornes en guidon de vélo, un chat famélique monté sur ressorts et un poisson-lune dont le panier à salade qui lui sert de corps deviendra lampion. C'est venu tout seul, sans forcer. On dirait que les bouts de ferraille sont aimantés et qu'ils s'assemblent naturellement les uns aux autres. Vincent voudrait que cet état de grâce ne s'arrête jamais. Ses mains sont devenues une source intarissable. Plus rien ne compte que cette frénésie d'accumuler des pièces de plus en plus compliquées.

– De toute façon, demain on n'aura plus un rond. Alors, si tu veux pas qu'on vole et si tu veux pas vendre, il ne nous restera plus qu'à bouffer du sable et à boire de l'eau de mer.

Devant le barbecue, Manuel ne dit rien, mais semble approuver Mehdi en hochant la tête coiffée de son chapeau en papier journal. Au menu, pain de la veille grillé, tomates écrasées dessus, arrosées d'un filet d'huile d'olive. Eau claire. Pas de quoi pavoiser.

– Bon, d'accord. Je finis le poisson-lune et tu fais les galeries demain. Mais je peux faire mieux !

– Aucun doute ! Le jour où tu feras la tour Eiffel grandeur nature en boîtes de conserve, je te fiche la paix... Mais... regarde-moi ce vieil abruti, il prend feu !

À force de se pencher au-dessus des braises, le chapeau de Manuel s'est enflammé. Le vieux se met à danser en se tapant sur la tête, comme un pantin de bois entre les doigts d'un marionnettiste dément. Un seau d'eau plus tard, il se dégage de lui une odeur de cochon grillé épouvantable. Une partie des cheveux et de la barbe est partie, mais pas de brûlure grave. Passée la stupeur, Vincent et Mehdi s'écroulent de rire dans le sable. Manuel, torse nu, tout rachitique dans son grand short, ressemble à une allumette à demi consumée.

– Pas drôle ! Petits imbéciles ! Je peux mourir !

– T'es increvable, pépé !

– Tu ris, Mehdi, mais moi j'ai vu la mort, souvent ! Une fois, j'ai été très malade. Le curé était là, à côté de

Maria. Je vois très bien l'ange de la mort, oui, comme je vous vois, avec son grand manteau ouvert pour moi. Alors je renvoie le curé et je dis à Maria qui était une très belle femme : « Maria, va mettre tes plus beaux habits, tes plus beaux bijoux, maquille-toi, fais-toi belle comme quand on s'est mariés. – Mais pourquoi, Manuel ? Tu vas mourir, je n'ai pas le cœur à ça ! – Fais ce que je te dis ! Fais-toi désirable, s'il te plaît, pour moi. » Elle l'a fait et on a attendu toute la nuit que l'ange de la mort vienne me chercher, enfin, elle surtout, parce que moi, je me suis endormi. Le matin j'étais guéri. Ensuite, elle m'a demandé pourquoi je lui avais demandé ça. « Parce que je pensais que l'ange de la mort te trouverait plus séduisante que moi. »

– Sacré Manu, t'as pas honte ?

– Un peu. Mais c'est pas facile, tu sais. Quand Maria est morte, toute la nuit j'ai demandé à l'ange qu'il vienne me prendre, moi. Mais il en a décidé autrement.

– Bien sûr, tu pues trop ! Oh, merde ! Le pain est cramé ! On est bons pour les tomates au sel…

Tel un pendule, la lune se balance très haut dans le ciel. On y voit presque comme en plein jour. Dans un trou d'ombre, on entend les rats grignoter les croûtes de pain calciné. Les vagues ne sont plus qu'une rumeur lointaine, la nature chuchote. Mehdi a sorti sa darbouka, mais Manuel ne semble pas en train pour pousser sa chanson.

– Ça va pas, Manuel ? T'as pas envie de chanter ?

– C'est pas un soir à chanson, c'est un soir à lire.

– Mais tu sais pas lire !

– Et alors ? J'ai quand même un livre. Un jour, j'ai été à l'hôpital. Une jeune infirmière s'occupait de moi. Chaque soir, elle me lisait un poème avant de dormir. J'attendais ce moment toute la journée, c'était ma récompense. Un jour, elle n'est plus venue, mais elle m'avait laissé le livre. Vincent, tu voudrais m'en lire un ce soir ?

– Bien sûr.

Manuel part fouiller dans le baluchon qui lui sert de bagage et revient avec un bouquin écorné aux pages graisseuses, qu'il remet religieusement entre les mains de Vincent.

– Tiens, fais comme elle, ouvre à n'importe quelle page et lit.

Vincent se rapproche des flammes :

C'est un trou de verdure où chante une rivière
Accrochant follement aux herbes des haillons
D'argent ; où le soleil, de la montagne fière
Luit : c'est un petit val qui mousse de rayons.

Un soldat jeune, bouche ouverte, tête nue...

Vincent lit lentement, maladroitement, et pourtant la magie naît des mots même s'ils n'en comprennent qu'un sur deux. Des images fortes, précises, s'impriment sur l'écran bleu de la nuit. On le voit, le jeune soldat, gisant dans le frais cresson bleu, on l'aime comme son propre frère, on voudrait lui tenir la main.

– *...Tranquille. Il a deux trous rouges au côté droit.*

Vincent referme le livre, Manuel essuie une larme au coin de son œil et Mehdi hoche la tête.

– Les bouquins, c'est pourtant pas mon truc, mais là, c'est comme de la musique. C'est qui, l'auteur ?

– Arthur Rimbaud.

– Connais pas. C'est fou ce qu'il y a de trucs que je ne connais pas... Tiens, le vieux s'est endormi. Je crois que je vais en faire autant, je voudrais démarrer de bonne heure demain matin. Tu sais pas, demain soir, quand j'aurai vendu tes œuvres, on se paiera un bon gueuleton dans un grand restau, qu'est-ce que t'en dis ?

– J'en dis qu'on n'est pas encore demain soir.

– T'as pas assez confiance en toi, c'est ça, ton problème. Heureusement que je suis là !

Mehdi est déjà parti quand Vincent se réveille. Il a mal dormi. Des rêves idiots l'ont tourmenté toute la nuit : Manuel en uniforme de la guerre de 14, couvert de sang, gisant sur un lit de cresson. Mehdi, à son côté, berçant dans ses bras un obus qui se mettait à vivre, à grogner et se transformait en nouveau-né. Au-dessus d'eux apparaissait dans les nuages le visage de sa mère, mais de sa mère jeune, sans une ride, souriante, telle qu'on la voit avec son père sur la photo posée sur la commode, celle du carnaval de Dunkerque. Elle l'appelait : « Vincent !… Vincent !… » Mais il ne pouvait pas la rejoindre, ses pieds étaient pris dans le sable comme dans un bloc de béton. Impuissant, il la voyait disparaître, pareille à un ballon dont on a lâché le fil. Oui, des rêves idiots, comme tous les rêves.

Pas envie de travailler ce matin. Il fait lourd et blanc. Le ciel pèse sur la mer de tout son poids. Pas un filet de vent, du coton plein les poumons. Manuel a mauvaise mine, les yeux cernés, le souffle court et sifflant. Il reste allongé, l'œil fixe, la bouche ouverte.

– Vincent ?

– Oui ?

– Je voudrais que tu rases mes poils qui restent. Je ne peux pas rentrer chez moi comme ça.

– OK.

Après le passage du rasoir, la tête de Manuel n'a rien à envier à celle d'une tortue bicentenaire ou d'un ballon dégonflé.

– C'est mieux, non ?

– Sans comparaison.

À deux heures, Mehdi n'est toujours pas de retour. Vincent et Manuel ont grignoté les derniers Granola du paquet, arrosés d'un verre d'eau tiède. On dirait deux naufragés en fin de parcours. Une armée de nuages se rassemble à l'horizon, reléguant le soleil au fin fond de l'univers. Le ciel affûte ses armes, des éclairs court-circuitent l'atmosphère. Les mouches sont prises de folie, elles se jettent sur eux comme des kamikazes. Emmailloté dans un tissu, Manuel a tout de la momie. Ils attendent Mehdi, l'orage ou n'importe quoi d'autre, mais ils attendent fiévreusement qu'il se passe quelque chose. Les minutes semblent des heures.

– Mais qu'est-ce qu'il fout ?

– Inutile de s'agiter, fais comme moi, fais le mort, il ne peut plus rien arriver aux morts…

– Pour me faire boulotter par les mouches ? Merci !

Après un flash fulgurant qui les aveugle quelques secondes, le tonnerre lance l'assaut, et les premières gouttes s'écrasent sur le sable, aussi lourdes et brillantes que des billes de mercure. Le rythme s'accélère, et bientôt la pluie s'abat pendant une heure sur le frêle toit de branchage de la cabane. C'est Waterloo, là-haut, ça tonne, ça crépite d'étincelles d'est en ouest. La mer ressemble à une couverture de survie agitée par les bourrasques. Les nuages sont bourrés de poudre noire. Derrière le rideau liquide qui tombe devant l'entrée de la hutte apparaît soudain un curieux animal, le dos rond, quatre pattes et deux têtes, dont l'une est celle de Mehdi.

– Qu'est-ce qui tombe ! C'est la fin du monde ou quoi ?... Euh... je vous présente Mado.

La fille rejette ses cheveux dégoulinants sur sa nuque et offre son visage, le menton haut, le regard plein de défi. Elle n'est pas belle, mais il se dégage d'elle quelque chose qui impose le respect. Une cicatrice au coin de sa bouche lui fait une sorte de rictus ironique, l'air de se foutre de tout.

– Salut.

– On s'est rencontrés au supermarché... Ça serait un peu long à vous expliquer. Bref, elle ne savait pas où aller, alors j'ai pensé que...

Vincent et Manuel échangent un regard ponctué de points d'interrogation. Sans plus s'occuper d'eux, Mado s'empare d'une serviette et se sèche les cheveux.

– Elle est la bienvenue. Et les statues ?

– Ben... J'ai pas trop eu le temps. C'est que Mado n'est pas seule, il y a le bébé.

– Quoi ?

– Sa fille, Lola. Elle dort dans la camionnette, vu ce qui tombe...

Manuel s'extirpe de son cocon et s'appuie sur un coude.

– Et le manger ? T'en as rapporté, du manger ?

– Bien sûr ! De quoi faire une bombe d'enfer ! J'avais gardé un billet au cas où... Tu viens m'aider, Vincent, je vais te raconter.

Il semble y avoir une accalmie au-dessus de leurs têtes. Le ciel reforme ses légions d'éléphants noirs, et les éclairs émoussés se refont du tranchant sur la cime des vagues. Le sable colle aux pieds.

– Allez, raconte !

– Tu vas pas me croire.

– Ça commence mal.

– Mado, c'est la fille avec qui je suis venu de Rennes.

– Celle qui t'a plaqué ?

– Tout juste ! C'est quand même pas banal, la vie... Je croyais que depuis, elle était au moins en Australie ! Ben non, elle était là, à même pas cent bornes ! Bon, je commence par faire mes courses à ATAC, histoire d'avoir des vivres à rapporter au cas où je ne vendrais pas tes sculptures, question de garder le moral. Je remplis mon caddie, et qui je vois à la caisse ?

– Mado.

– Exact ! Mado en veste rouge avec son nom dessus. Ça m'a foutu un coup, tu sais. J'ai pensé à changer de file, mais il y avait cinq personnes devant moi et autant derrière. Pris au piège, quoi. C'est alors qu'un petit chef avec un petit costume, une petite cravate et une petite voix perçante vient lui chercher des noises à cause qu'elle porte pas un ridicule petit chapeau canotier comme toutes les autres caissières, parce que c'est les vingt ans d'ATAC et que tout le monde doit être heureux et rigolo. « Jamais je porterai ce truc ! Je fais mon boulot correctement, vous n'avez rien à me reprocher. » Le petit chef s'étrangle, devient tout rouge. « Mademoiselle, vous devez faire comme vos collègues, comme tous les employés d'ATAC, vous devez porter ce chapeau ! – Ben, vas-y, mets-le, toi, t'es le chef, à toi de donner l'exemple ! », qu'elle lui répond aussi sec. Le ton monte, la file s'allonge. Certains prennent parti pour Mado, d'autres pour le petit roquet, et la plupart, pour eux-mêmes. « Pour la dernière fois, je vous ordonne de... » Ni une ni deux, Mado lui envoie un direct en pleine poire qui l'envoie valdinguer dans les gondoles. Elle balance sa veste et fout le camp. Dans la bousculade, je la suis avec mon caddie gratos et je la retrouve au coin de la rue. J'étais garé là. Inutile de te dire qu'on n'a pas fait comme dans les films, genre retrouvailles larmoyantes : c'est que ça grouillait sévère devant le supermarché ! On est partis, qu'est-ce que je pouvais faire d'autre ? En chemin, elle m'a dit de passer au foyer où elle habitait pour prendre ses affaires. Dedans, il y avait un bébé. Et voilà.

– Et voilà... T'es pas rancunier, toi. Et il est à qui ce bébé ?

– Ben, à elle !

– Je m'en doute, mais le père ?

– J'ai pas pensé à lui demander. C'est une jolie petite fille. Fais gaffe à pas la réveiller en ouvrant la porte !

Lola dort sur la banquette arrière, coincée entre les pochons de plastique frappés du sigle ATAC. On dirait un gros bonbon rose.

– Qu'est-ce qu'on va en faire ?

– J'en sais rien, moi... L'aimer ?

À cet instant, la petite bouillotte se met à gigoter, à remuer les bras en crispant ses poings. Ses lèvres roses tètent le vide, et un cri déchirant s'échappe de sa poitrine. Vincent et Mehdi ont un mouvement de recul.

– Poussez-vous de là, tous les deux.

Mado s'empare de l'enfant et la colle contre sa poitrine.

La petite Lola et le vieux Manuel communiquent avec les yeux. Un mètre à peine et soixante-dix-neuf ans les séparent. Vincent donnerait cher pour savoir ce qu'ils se racontent. Manuel a vomi toute la nuit, alors qu'il n'a presque rien mangé la veille. Sa peau, sèche et craquante a pris l'apparence d'un vieux parchemin. À part ce regard brûlant et le sifflement de ses bronches, tout est immobilité et silence chez lui, comme dans le désert. Lola repose en pacha sur une pyramide de coussins. Elle-même a l'air d'un coussin, bien rebondi, satiné. Chaque pore de son épiderme absorbe goulûment la vie. Ses pieds et ses mains ne cessent de remuer, mais son visage est aussi impassible que celui du vieillard. Une bonne heure que cela dure. Mehdi et Mado sont partis placer les « œuvres » de Vincent en laissant à ce dernier le soin d'assumer la double charge de garde-malade et de baby-sitter. Mehdi et Mado sont dans un bateau... Tu parles d'un équipage !

– Mado connaît plein de monde aux Sables-d'Olonne, des super-relations !

– Ça a dû lui servir pour entrer à ATAC !

– Fais confiance ! Tu sais, c'est mon intérêt aussi, parce que j'ai une famille à charge maintenant.

Mehdi a prononcé ces derniers mots avec la solennité d'un jeune père accédant soudain à de lourdes responsabilités. Pendant ce temps, Mado s'impatiente dans la camionnette en pianotant nerveusement sur la portière.

Pas causante, Mado, juste ce qu'il faut, « oui, non », pas plus. Elle semble perpétuellement sur ses gardes, une vraie louve. Cela dit, elle s'occupe bien de sa fille et s'est même proposée pour faire la vaisselle tout en précisant que, à l'avenir, ce serait chacun son tour. C'est à ce moment-là que Manuel se sent mal. La lune fait comme une brûlure de cigarette dans le ciel, roussie sur les bords.

– Vincent, j'ai soif... Merci. Tu sais, moi aussi j'ai été un beau bébé. Ma mère était fière de moi. C'était il y a longtemps... C'est bien qu'elle soit là, la petite, ça me fait plaisir. On est un peu en famille. Je crois que je vais dormir. Je suis si fatigué... La vie me tombe des mains.

Alors il croise les doigts sur son ventre et ferme les yeux en souriant. Du trou d'ombre qu'est devenue sa bouche s'échappe une petite chanson, avec presque pas de notes, presque pas de mots.

– Viens, Lola, faut le laisser se reposer, on va faire un tour.

L'enfant se laisse aller, poupée molle, sur l'épaule de Vincent. Il n'est pas si loin le temps où il trimballait petits frères et petites sœurs dans les allées de la cité à Dunkerque. Cela ne lui déplaisait pas sauf que, invariablement, l'un ou l'autre faisait dans sa couche et qu'il fallait les doucher pour se débarrasser de l'odeur pestilentielle.

Il ne fait pas trop chaud. Le ciel hésite, marbré de blanc et de bleu.

– Lola, regarde la mouette ! On va la faire s'envoler, rien que pour toi, comme un cerf-volant.

C'est une vieille mouette. Cela fait longtemps qu'elle n'a plus peur des humains, mais si c'est pour amuser la petite… Nonchalante, elle déploie ses ailes et pousse deux ou trois piaillements pour la forme avant d'aller se poser quelques mètres plus loin sur un rocher. L'enfant est ravie. Sur ses lèvres éclate une bulle irisée. Vincent lui fait faire l'avion, à bout de bras. Lola est aux anges.

– C'est pas beau, tout ça, ma petite grenouille ? Et si on s'arrêtait là, CLIC ! CLAC ! Arrêt sur image, Lola et Vincent for ever !

Pour toute réponse, Lola pète et il s'ensuit un gargouillement prévisible. Elle éclate de rire.

– D'accord, j'ai compris, on redescend sur terre.

Vincent ne s'en est pas trop mal sorti. La couche n'est peut-être pas assez serrée, mais c'est difficile avec ce petit corps qui remue sans cesse.

– Vincent… On est le jour ou la nuit ?

– Le jour, bien sûr, il doit être autour de midi.

– Ah. Tout est si blanc, tout le temps…

– Tu as besoin de quelque chose ?

– Non, je ne crois pas.

– La petite a faim.

– Vas-y, vas-y.

Lola s'est mise à grogner en se mordant les poings et en se tortillant sur les coussins. Vincent fait chauffer au bain-marie le biberon que Mado a préparé. L'eau met un temps fou à bouillir. Lola s'énerve, Manuel respire bizarrement, à petits coups, pareil à un chiot assoiffé. L'eau bout, le biberon tressaute, agité par les bulles. Vincent teste la chaleur du liquide sur l'intérieur de son poignet comme il a vu sa mère le faire tant de fois. C'est bon. Le bébé ventouse se jette sur la tétine avec autant de puissance qu'un aspirateur industriel.

– Ce sera une belle fille, forte comme sa mère, mais plus douce… C'est bien d'entendre un enfant manger… Tant qu'on a faim, on est en vie, et, même la plus moche de la plus moche des vies, c'est quand même beau.

Une quinte de toux fait se cabrer Manuel comme s'il s'était fourré les doigts dans une prise de courant.

– Tais-toi, Manuel, tu te fatigues !

– On arrive à Lisboa, Vincent ! Tu vois la ville blanche ?... Comme c'est bon de rentrer chez soi. Toi aussi, un jour, tu reviendras.

– Manuel ! Fais pas le con, Manuel !

Les grosses pupilles rondes et noires de Lola se rivent sur le moribond, mais sa bouche reste scotchée à la tétine. Plus le vieux s'étouffe, plus l'enfant s'acharne à sucer jusqu'à la dernière goutte de lait. C'est une course entre eux deux, une course à la vie pour l'une, à la mort pour l'autre.

– Manuel...

Un dernier soubresaut et Manuel retombe à plat dos, bras ballants, paumes ouvertes.

Lola se dégage du biberon avec un bruit de succion.

– Manuel, tu peux pas me faire ça !...

Manuel n'est plus qu'une chose, un morceau de bois flotté dont le regard se voile d'une taie blanche. Une mouche vient se poser sur son nez, elle tâte le terrain. Vincent tend la main pour la chasser, mais c'est Lola qui, en rotant, la fait fuir.

La petite s'est endormie dans les bras de Vincent. Son souffle régulier est le seul signe de vie alentour, en dehors du vrombissement des mouches qui commencent à s'énerver au-dessus du corps sans vie de Manuel pourtant recouvert d'un tissu. Manuel est tellement maigre qu'on a peine à croire qu'il y a quelqu'un en dessous. À part le nez qui pointe, il ne fait pas plus de relief qu'un parapluie fermé.

– Vieux filou, tu as trouvé la combine pour rentrer chez toi sans te fatiguer…

Il faut dire qu'elle a été longue, sa route, personne ne lui en voudra d'avoir triché un peu sur les derniers mètres.

Lola gigote dans son sommeil. Ses minuscules doigts roses semblables à des crevettes décortiquées s'ouvrent et se referment sur un invisible biberon.

– À quoi tu peux rêver, toi qui connais encore presque rien ?

Mais à l'instant, Lola la débutante et Manuel le déserteur lui paraissent aussi loin de lui l'un que l'autre.

Trois joyeux coups de klaxon le font sursauter.

– Vincent ! Vincent !... Champagne pour tout le monde !

Le visage radieux de Mehdi s'encadre dans l'entrée de la cabane.

– On est riches, mon pote, riches ! Regarde-moi ça, t'en as déjà vu autant ? Et c'est pas fini !

Mehdi balance une poignée de billets qui retombent en pluie sur le sol.

– Eh ben, dis donc, tu caches bien ta joie... Qu'est-ce qui se passe ? Lola est malade ?... Où est Manuel ?

– Fais gaffe, tu vas t'asseoir dessus. Il est mort.

– C'est pas vrai...

Mado les a rejoints. D'instinct, comme si la mort de Manuel mettait sa fille en péril, elle l'arrache des bras de Vincent et la serre contre elle. Mehdi soulève un coin du tissu. Le visage émacié du vieillard apparaît souriant, comme après une bonne blague.

– Merde... Pauvre vieux. Il est mort comment ?

– Comme une bougie qui s'éteint. Il n'a pas souffert. Il m'a dit qu'il était content d'avoir fait la connaissance de Lola.

– Il ne l'aura pas revu finalement, son Portugal.

– Maintenant, pour lui, c'est partout le Portugal.

Mado chasse les mouches qui, faute d'avoir accès au cadavre, se rabattent sur le visage de Lola.

– Qu'est-ce que vous allez en faire ? Il commence à sentir.

Vincent et Mehdi se regardent, perplexes. Prévenir les autorités, la famille ? En principe, c'est ce qui se fait en de pareilles circonstances. Mais ce serait pire que les mouches.

– Au fond, sa famille, c'est nous. La sienne n'a pas eu l'air de s'inquiéter de lui. Quant aux autorités, il avait plutôt tendance à les fuir.

– Alors ?

– On pourrait l'enterrer là-haut, dans la pinède, face à la mer. C'est un chouette coin. Je crois que c'est ce qu'il aurait souhaité.

– D'accord. On attend la nuit et on le couche là-haut.

Mado est entrée dans la mer jusqu'aux genoux. Elle joue avec Lola, lui trempe le bout des pieds dans le froufrou des vagues et la lance en l'air, du rire plein la bouche, auréolée de gouttelettes scintillantes. Le soleil maquille l'horizon de rouge baiser.

– Bon, alors, je te raconte ?

– Vas-y.

– L'acheteur, c'est un Américain, une relation d'un ami d'un ami de Mado, un collectionneur, quoi. Il a une villa au-dessus des Sables, tu verrais la baraque ! Un parc avec des massifs de fleurs qu'on croit pas qu'elles existent, des pelouses que tu pourrais jouer au golf dessus et des arbres impeccables, bien dégagés au-dessus des oreilles, au garde-à-vous, comme les serveurs en veste blanche qui servent des cocktails de toutes les couleurs à des nanas rissolées à point au bord de la piscine. Comme à la télé, caméra vidéo dans tous les coins, du délire ! Et la villa, un vrai musée, du marbre partout, poignées de porte en or, et des tableaux en veux-tu en voilà, j'y connais pas grand-chose mais j'ai repéré les noms : Renoir, Picasso…

– Et le type, comment il est ?

– Bizarre. Pas vieux, la trentaine peut-être, mais usé, chauve comme mon genou, l'œil terne, la bouche triste, bronzage lavabo, habillé comme au ski. Paraît que c'est l'héritier d'une immense fortune, mais tu lui filerais cent balles dans la rue.

– Qu'est-ce qu'il a dit ?

– Rien. Il nous a vaguement salués, puis il a tourné un bon quart d'heure autour de tes sculptures sans moufter. Mado et moi, on était assis du bout des fesses au bord d'un canapé en peau de je ne sais quoi, et on n'en menait pas large. C'est le genre de type, tu sais jamais à quoi il pense. Enfin il a tiré de son bureau une sorte de cercueil de première classe, un chéquier, et il m'a demandé :

– Combien ?

– Pour laquelle ?

– Les quatre.

« J'étais un peu emmerdé, j'avais pas prévu d'en vendre quatre d'un coup. J'ai fait un rapide calcul. Pour les quatre fallait lui faire un prix, non ?

– Six cents euros.

– Non.

– Ce sont des pièces uniques !

– Justement. Je n'achète rien à moins de mille euros pièce. Question de standing.

« Si Mado ne m'avait pas bourré les côtes à coups de coude, je serais encore en train de le fixer la bouche ouverte. Mais je me suis ressaisi.

– D'accord, mille pièce, ça fait quatre mille. Vous faites une affaire, mais je préférerais du liquide.

– En voici la moitié, l'autre, je la donnerai à l'artiste, disons demain, dix-neuf heures. Au revoir.

– Et voilà. Si c'est pas un conte de fées, ça ?

– Pourquoi il veut me rencontrer ?

– J'en sais rien, moi, pour te féliciter, te serrer la louche, te présenter au monde comme un phénomène.

– J'ai pas trop envie d'être un phénomène.

– Merde ! Quatre mille euros, tu réalises ?... Tu vas pas faire ta coquette ?... N'oublie pas que je suis ton impresario et que j'ai...

– Une famille à charge, je sais. T'angoisse pas, on ira demain, promis. Regarde comme c'est beau ici, on se croirait dans un tableau. Tout est en paix.

Assise au bord de l'eau, Mado donne le sein à Lola enveloppée dans une serviette-éponge orange. Une mouette, peut-être celle de ce matin, se gratte sous l'aile, en équilibre sur une patte. L'étoile du berger vient de s'allumer. Le soleil ronfle déjà sous sa couette argentée.

– Tu crois pas que c'est assez grand ?

– Allonge-toi pour voir.

– Pourquoi pas toi ? Ça va aller, je te dis, il est tout rabougri, il tiendrait dans une boîte à chaussures.

– D'accord, sortons de là.

Une haleine maritime agite mollement les branches du grand pin au pied duquel ils viennent de creuser la tombe. La flamme des bougies posées aux quatre coins esquisse une sorte de danse du ventre. Lola, nichée dans le giron de sa mère, suit des yeux leurs ondulations. Le ciel et la mer rivalisent de sérénité, se renvoyant l'un l'autre des poignées d'étoiles sous l'œil bienveillant de la lune.

– Il va être bien, là, pépère. Vue imprenable sur l'éternité. On y va ?

Les deux garçons saisissent les extrémités de la dépouille si légère de Manuel, roulée dans le tissu bariolé, et la déposent doucement au fond de son dernier asile.

– Impec, du sur-mesure ! La racine de l'arbre lui fait même un repose-tête. Bon, qu'est-ce qu'on fait, maintenant ?

– Je vais lui lire un poème.

Vincent ouvre le livre de Manuel au hasard et s'approche d'une bougie :

Par les soirs bleus d'été, j'irai dans les sentiers,
Picoté par les blés, fouler l'herbe menue :
Rêveur, j'en sentirai la fraîcheur à mes pieds.
Je laisserai le vent baigner ma tête nue.

Je ne parlerai pas, je ne penserai rien :
Mais l'amour infini me montera dans l'âme,
Et j'irai loin, bien loin, comme un bohémien,
Par la nature, heureux comme avec une femme.

Vincent referme le livre et le dépose sur la poitrine de Manuel. Derrière lui, Mado s'approche et jette une brassée de genêts jaunes qu'elle a cueillis sans rien dire à personne. Mehdi ouvre la bouteille de champagne et en verse quelques gouttes sur le corps avant d'en avaler une rasade au goulot.

– À toi, Manuel Da Silva ! Bon voyage, et fais nos amitiés à Maria.

La bouteille circule de main en main, puis chacun jette une poignée de sable.

Une fois la tombe comblée et le sol recouvert de branches et d'épines de pin, il ne reste plus de Manuel qu'un secret que la nature promet de conserver motus et bouche cousue.

– Peut-être qu'un jour des gens viendront pique-niquer ici.

– Peut-être. Ça lui fera de la compagnie.

Ils ont quitté la crique en fin d'après-midi. Il ne subsiste de leur passage que la cabane à présent aussi vide qu'un coquillage blanchi et l'écho de la voix de Manuel chantant le fado. Un rat s'y est aventuré en quête d'un reste de nourriture, mais il n'a rien trouvé. Dépité, il regarde la camionnette remonter le chemin de sable et disparaître derrière les pins. À part Lola qui gazouille dans les bras de sa mère, chacun, le cœur serré, garde le silence. Ils n'ont passé que quelques jours ici, et pourtant, cela leur semble des mois parce qu'ils y ont espéré, rêvé, chanté, ri et pleuré, parce qu'un enfant est arrivé et qu'un vieillard s'en est allé. Un concentré de vie. Tout change, et se transforme, même si, par la fenêtre ouverte, le décor paraît immuable. Quelques vers du livre de Manuel papillonnent dans la tête de Vincent :

Elle est retrouvée.

Quoi ? L'Éternité.

C'est la mer allée

Avec le soleil.

– Mehdi, on a combien d'argent ?

– Je t'ai dit, quatre mille, moins la bouteille de champagne, les courses d'hier soir et un plein d'essence.

– Tu pourrais m'en donner la moitié ?

– Là, maintenant ?

– Oui. Tu t'arrêteras au premier bureau de poste. Je voudrais envoyer un mandat à ma mère.

Ça a été un peu compliqué parce qu'il a fallu présenter des papiers que Vincent n'avait pas. Mais Mehdi s'est débrouillé comme un chef et l'argent s'est envolé pour Petite-Synthe.

– Tu veux pas mettre un mot avec ?

– Non. Juste mon nom.

– Comme tu veux.

En sortant de la poste, Vincent s'est senti soulagé d'un gros poids. Pour la première fois depuis leur rencontre, Mado lui a souri, pas de son sourire cicatrice, un sourire de mère, celui qu'elle garde pour Lola.

– Bon, les enfants, on a du temps devant nous. C'est plouc d'arriver en avance. Si on allait manger une glace ? C'est Mehdi qui régale, bien entendu !

La terrasse du glacier donne sur la plage, tables rondes, parasols. Devant chacun d'eux, les glaces les plus chères, dégoulinantes de chantilly et piquetées de petites ombrelles en papier multicolores. Lola est barbouillée de chocolat jusqu'aux sourcils. Radieuse, elle sourit aux anges qui virevoltent au-dessus d'eux, à moins que ce ne soit des mouettes, mais quelle différence ?

Mehdi ne tient plus en place, excité comme une puce sur un lévrier afghan.

– On a la baraka, je vous le dis ! Finis les embrouilles, la dèche et les plans foireux. On y a droit, merde, on y a droit !

– T'emballe pas, Mehdi. Faut pas vendre la peau de l'ours avant de l'avoir tué.

– Fais pas l'abat-jour !

– Le rabat-joie.

– Si tu veux. J'y crois, moi. Ma grand-mère lisait l'avenir dans le marc de café, j'ai hérité de ses dons. C'est grand bleu pour nous, plein soleil, grâce à toi, Vincent.

– Arrête, c'est un coup de bol, c'est tout.

– Coup de bol toi-même ! On l'a attrapée, la queue du Mickey, et tu peux être sûr que je ne suis pas près de la lâcher ! Au fait…

– Au fait, quoi ?

– On est sapés comme des blaireaux… On peut pas aller à une soirée mondaine attifés en SDF ! Garçon, l'addition !

La notion d'élégance est relative selon les individus. Si Vincent s'est dissimulé dans une sobriété passe-partout, veste et jean noir, tee-shirt et baskets blanches, Mehdi, lui, a endossé sans complexe la tenue d'un crooner sud-américain : chemise bariolée, large pantalon blanc, mocassins vernis et lunettes Ray-Ban, qu'il porte négligemment sur le front. Mado s'est moulée dans une robe à peine plus large qu'une bande Velpo qui fait rebondir ses fesses et ses seins comme des ballons de plage. Juchée sur des hauts talons rose fuchsia hyper pointus, elle dépasse Mehdi d'une bonne tête. Quant à Lola, elle pourrait trôner dans la devanture d'une pâtisserie tant elle est appétissante dans ses volants de dentelles bleus et jaunes. Mehdi a pensé à tout, même à l'appareil photo jetable.

– Mettez-vous devant la camionnette…

– Tu seras pas dessus.

– Ah, c'est vrai... Monsieur, s'il vous plaît ?... Japonais ?... Bien, bien, vous photo de nous, clic clac ? Sank you !

Elle restera gravée dans les annales, cette photo prise à cinq heures du soir sur un parking des Sables-d'Olonne. Un instant volé, un défi au destin, une preuve que la vie parfois n'est pas si moche.

Le petit taureau s'est fièrement garé parmi les Mercedes, Porsche et autres bolides à l'entrée du parc.

– Alors, qu'est-ce que je t'avais dit, c'est la classe, non ?

Effectivement, on se croirait à Versailles, au temps des rois. De chaque côté de l'allée centrale, des jets d'eau à tourniquets diffusent un spray rafraîchissant en formant des arcs-en-ciel au-dessus des pelouses et des massifs de fleurs. On a dû apprendre aux arbres à faire des courbettes aussi déférentes que celles du personnel en veste blanche qui accueille les invités. Des accords de musique latino mêlée au chant des oiseaux bourdonnent au bord de la piscine où se pressent une centaine de silhouettes qu'on croirait découpées dans les pages d'un magazine people. Les invités sont tous beaux, élégants, bronzés, l'air un peu idiot.

– Tiens, c'est lui le boss !

– C'est quoi son nom ?

– Je ne m'en souviens plus… Mel… quelque chose ?

Le petit homme s'approche, curieusement emmitouflé, malgré la chaleur, dans un grand col roulé de laine blanche et coiffé d'un bonnet de marin rouge. De loin, on le prendrait pour une allumette. On dirait un môme perdu dans un marché, un môme qui aurait lâché la main de sa mère. Celle qu'il tend à Vincent est blanche, molle et froide comme un poisson mort.

– Ashley Melville Jr. Vous êtes l'artiste ?

– Euh… Oui.

– Enchanté.

Il n'en a pas l'air. Ses yeux délavés reflètent une telle détresse qu'on a envie de lui jeter une bouée.

– Si vous n'y voyez pas d'inconvénient, j'aimerais bien discuter un peu avec vous, au calme. Pendant ce temps, vos amis pourront prendre un rafraîchissement.

Vincent se sent perdu à son tour, mais Mehdi le pousse d'une bourrade dans le dos.

– Bien sûr, vas-y, ne t'occupe pas de nous ! (Et en aparté :) Tu parles pas de fric surtout, c'est mon affaire. À tout à l'heure.

Le petit homme précède Vincent à l'intérieur de la villa, les mains dans le dos, voûté, tête basse, ignorant le majordome qui ouvre les portes devant lui. Peut-être n'en a-t-il jamais ouvert une de sa vie ? Couloirs et salons démesurés se succèdent. On passe du marbre lustré aux moquettes si épaisses qu'on ne voit plus ses pieds. Enfin, ils pénètrent dans une pièce lambrissée dégageant une odeur de miel, de bois ciré.

– Assoyez-vous. Vous désirez boire quelque chose ?

– Non, merci.

Ashley Melville Jr ferme les portes-fenêtres et prend place derrière un bureau monumental, aux quatre coins duquel trônent les sculptures de Vincent. Ça lui fait un drôle d'effet de les voir là, elles ont l'air mortes. Rires et musique sont restés dehors. Le petit homme enlève son bonnet, dévoilant un crâne rutilant, et pousse un profond soupir.

– Je n'aime pas trop ces fêtes, mais cela fait partie de mes obligations. C'est si doux, le silence... Vous êtes très jeune...

– Pas tous les jours. Parfois, je me sens très vieux.

– Ah, vous aussi... J'ai vingt-neuf ans et j'en parais quarante... Où habitez-vous ?

– Euh..., un peu partout.

– Vous n'avez pas d'atelier ?

– Le dernier, c'était sur une plage, pas bien loin d'ici, une petite crique avec une sortie d'égout, un endroit merveilleux, tranquille.

– Ah... Vous sculptez depuis longtemps ?

– Non. À peine un an, c'est mon oncle Raymond qui m'a appris.

– Vous avez du talent. À vrai dire, vos œuvres sont un peu trop… naïves, à mon goût, mais elles m'ont fait sourire et cela ne m'était pas arrivé depuis une éternité. C'est la raison pour laquelle je les ai achetées. Toutefois, vous avez oublié une chose.

– Ah ?

– De les signer. Comment vous appelez-vous ?

– Vincent, Vincent Houadert.

– Vincent… C'est un nom d'artiste, j'ai un Vincent Van Gogh dans ma chambre. Dites-moi, j'ai une proposition… Je viens de me faire bâtir un petit mausolée dans un coin de ma propriété, car c'est ici que j'aimerais être enterré. Quelque chose de très simple, une pyramide. J'aimerais qu'elle soit surmontée d'une de vos sculptures afin qu'on sourie quand on viendra s'y recueillir, si jamais quelqu'un vient, bien sûr. Qu'en dites-vous ?

– On peut toujours essayer.

– Il y a un petit pavillon au fond du parc, très confortable, avec une serre mitoyenne qui pourrait vous servir d'atelier. Vous et vos amis pouvez vous y installer le temps qu'il faudra, dès ce soir si vous le souhaitez.

– Faut que je leur en parle. Pourquoi pas ?

– Bien. Je vais donner des ordres en ce sens.

Ashley appuie sur un bouton, et une seconde plus tard apparaît un gorille à poil ras, boudiné dans un smoking bleu nuit.

– Syd, vous accompagnerez monsieur et ses amis au petit pavillon quand ils le désireront. Veillez à ce qu'ils ne manquent de rien.

– Yes, sir.

– Voilà, à présent je vais me coucher. Amusez-vous, nous nous verrons demain. Ah, j'oubliais ! L'argent que je vous dois.

– Merci. Excusez-moi, mais vous parlez très bien le français…

– Ma mère était française. J'ai fait une partie de mes études en Suisse, puis en Angleterre et en Amérique. Vous voyez, moi aussi je suis d'un peu partout. À demain.

À nouveau, sa petite main se glisse dans celle de Vincent. Elle n'est pas aussi froide que la dernière fois.

En sortant de la maison, un rythme familier guide Vincent jusqu'à la terrasse qui surplombe la piscine : Mehdi et sa darbouka magique font un tabac. La foule des invités se presse autour de lui, battant des mains en cadence. Des starlettes filiformes s'essaient maladroitement à ce qu'elles pensent être une danse orientale, sous le regard allumé de sexagénaires ventripotents. Mehdi se démène comme un beau diable, on dirait qu'il lui a poussé deux paires de bras et de mains supplémentaires. La peau de la darbouka est sur le point d'éclater. À l'écart de cette agitation, Mado agite ses doigts de pied dans l'eau turquoise en berçant Lola qui, malgré le bruit, dort à poings fermés.

– Dis donc, il en met un sacré coup, Mehdi, quel triomphe !

– Tu parles d'un cabot ! Enfin, il est heureux.

– Et toi, Mado ?

– À part tous ces ringards friqués, c'est pas mal, ici.

– Justement, il est question d'y passer un moment. Le proprio m'a proposé un job. On serait logés dans un pavillon, au fond du parc. Qu'est-ce que tu en dis ?

– Pourquoi pas ? Des vacances à l'œil, c'est toujours bon à prendre. Dis-moi, c'est vrai ce que m'a raconté Mehdi, que tu descendais la côte à pied pour retrouver une fille ?

– Oui.

– C'est pas lui qui ferait une chose pareille !

– Je crois que si. Seulement, il n'a pas eu besoin de faire autant de chemin pour te retrouver. Vous comptez beaucoup pour lui, toi et Lola.

– Pour moi aussi il compte beaucoup. Mais avec lui, c'est embrouille sur embrouille, plans de deal à la noix et combines vaseuses. Il n'est pas fait pour ça, je sais que c'est un type bien, mais il ne peut pas s'en empêcher. C'est pour ça que je suis partie. Il n'y avait pas deux jours qu'on était à Saint-Nazaire que deux types lui couraient après. On s'était barrés de Rennes pour la même raison. Je suppose qu'il t'a donné une autre version ?

– Un peu différente, oui.

– J'ai vingt-quatre ans, j'ai passé l'âge de ce genre de trucs. Après l'avoir quitté, j'ai rencontré un homme, la trentaine, salarié, normal quoi, la sécurité. J'avais besoin de poser mes valises. Seulement il avait oublié de me dire qu'il était marié. Alors, quand je me suis retrouvée enceinte, il s'est volatilisé. Je ne regrette pas parce qu'il m'a laissé Lola et puis, pour dire vrai, je ne l'aimais pas. Si seulement Mehdi voulait arrêter ses conneries, on pourrait être heureux… Qu'est-ce que tu vas faire, toi, quand tu auras rejoint ta copine ?

– Je ne sais pas. Il s'est passé tant de choses… Je ne sais même pas si elle se souvient de moi… Parfois, je me demande si elle a vraiment existé, si je ne l'ai pas rêvée. J'ai un peu peur de la rejoindre. C'est fragile, les rêves, dès que tu mets le doigt dessus, ils disparaissent.

– Qu'est-ce que vous êtes compliqués, vous, les mecs, on ne vous en demande pas tant !

Quelqu'un vient de plonger tout habillé dans la piscine, bientôt suivi par d'autres. Tout ce petit monde barbote à présent en riant comme des otaries de cirque. Mado bougonne en protégeant Lola des éclaboussures.

– La viande saoule, même riche, ça me dégoûte. On y va, à ce pavillon ?

– D'accord… Ah, voilà Mehdi !

Chemise largement ouverte, chaussures dans une main et darbouka dans l'autre, il rayonne.

– Alors, qu'est-ce que vous dites de ça ? Vous avez vu comment je les ai envoyés en l'air ?

Mado hausse les épaules et s'éloigne en direction du parking.

– Ben quoi, qu'est-ce que j'ai fait de mal encore ?…

– Rien, Mehdi, rien. Elle est un peu jalouse à cause de toutes ces nanas qui se trémoussaient devant toi…

– Jamais contente !

– Mais si, elle est contente. Dis donc, on reste ici. Ashley m'a proposé du boulot, il nous loge dans un pavillon le temps que ça prendra, t'es partant ?

– Tu parles, Charles ! On tient le bon bout, mon frère ! T'as pas parlé pognon ?

– Non, à toi de le faire.

– Je le sens, ce coup-là, je le sens ! Tu crois qu'elle était vraiment jalouse, Mado ?

– Comme une tigresse.

– Super !

Le pavillon au fond du parc a ceci de supérieur à la maison d'Ashley Melville Jr qu'il est à taille humaine et bien à l'écart des regards indiscrets. Trois chambres confortables, un séjour lumineux, une salle de bains, une cuisine équipée et cette serre adjacente dans laquelle Vincent, dès l'aube, a commencé à déployer son matériel. Les murs et la toiture de verre donnent l'impression d'être au cœur d'un bloc de cristal. La lumière tamisée par les feuillages rebondit et se fragmente sur les parois. À part le chant des oiseaux, le silence est total. Vincent a dispersé devant lui tous les bouts de ferraille qu'il a glanés sur la plage : tuyaux tordus, grille de radiateur, plaques de tôle, un bon mètre cinquante de chaîne rouillée... « Quelle drôle d'idée de se faire construire un mausolée à vingt-neuf ans quand on est bourré de fric et qu'on vit déjà au paradis. Faut être un peu givré... », pense-t-il.

– Je ne vous dérange pas ?

La petite pomme fripée qui sert de tête à Ashley Melville Jr apparaît dans l'encadrement de la porte.

– Non, entrez.

Il est tôt, mais déjà le soleil brandit fièrement ses rayons. Vincent est en short, torse nu. Ashley porte une doudoune, une écharpe et son bonnet rouge enfoncé jusqu'aux yeux.

– Vous êtes bien installés, vous n'avez besoin de rien ?

– Jusqu'ici, ça va. Vous ne savez pas s'il y a une décharge dans le coin ? Je manque de matériaux.

– Une quoi ?

– Une décharge, là où on balance les vieux trucs.

– Je ne sais pas, aucune idée. Mais nous pouvons acheter ce dont vous avez besoin.

– Non. Ce dont j'ai besoin ne s'achète pas, ça se trouve, je me débrouillerai. Faudrait peut-être que je le voie, votre… mausolée.

– Bien entendu, allons-y tout de suite si vous voulez.

Il fait bon marcher dans les allées ombragées. Ça sent le sous-bois, la résine de pin, le champignon. Ashley n'a pas l'air de s'en rendre compte, il respire à petits coups comme si l'oxygène et la chlorophylle étaient des poisons. Il ne voit pas non plus les oiseaux qui s'échappent des buissons à leur approche, ni les rayons du soleil entre les feuillages qui sèment des pièces d'or sous leurs pas.

Il marche, muré en lui-même, déjà préparé à l'éternité de son caveau de luxe.

– Voilà, nous y sommes.

C'est une jolie clairière où pousse une herbe drue, un de ces endroits idylliques pour un pique-nique, une sieste tranquille. Une fontaine de pierre moussue représentant un triton fredonne une chanson rafraîchissante. Ce pourrait être parfait sans cette stupide pyramide de marbre noir posée au beau milieu comme un cheveu sur la soupe, une espèce d'ovni incongru.

– Vous aimez ?

– La clairière, oui, c'est un endroit charmant. Mais la tombe… je ne suis pas vraiment connaisseur.

– C'est ici que ma mère m'emmenait quand j'étais petit. Nous y passions des heures. Elle me racontait des histoires. J'y ai vécu les plus beaux moments de ma vie. Ils ont été très courts. Ma mère et mon père sont morts dans un accident d'avion. J'avais six ans.

À cet instant-là, Ashley n'a pas l'air d'en avoir beaucoup plus, juste un môme, froissé Kleenex, un peu trop penché au bord de lui-même.

L'œil vide, il regarde fixement son nom gravé en lettres d'or, suivi de sa date de naissance.

– J'essaierai de faire de mon mieux… Ce serait bien de donner un peu de vie à tout ça, non ?

Devant le pavillon, une table est dressée pour le petit déjeuner. Mehdi est en train de se débattre avec un parasol. Lola fait des bulles en faisant la grenouille sur une couverture à l'ombre.

– Tiens, M'sieur Melville ! Vous tombez à pic, j'allais servir le thé.

– Merci, j'ai déjà déjeuné.

– Allez, pas de chichis ! Un bon thé à la menthe, et pas n'importe lequel, celui de Mehdi ! Vous ne pouvez pas refuser. Mettez-vous à l'aise, faites comme chez vous. Voilà ! Il n'avait pas servi depuis des lustres, ce parasol. Le soleil va cogner aujourd'hui, je le sens. Vous n'avez pas trop chaud, habillé comme vous l'êtes, M'sieur Melville ?

– Mehdi, ça sent le brûlé.

– Merde, le pain ! Vincent, sers M'sieur Melville, j'arrive tout de suite.

Les mains posées à plat sur ses genoux serrés, Ashley regarde autour de lui comme s'il découvrait l'endroit pour la première fois. Il est vrai que, depuis la veille, le pavillon aux volets clos a quelque peu changé, du linge de bébé sèche à la fenêtre, des effluves de menthe et de pain grillé flottent dans l'air, et on entend Mado chanter sous la douche.

– Il y a très longtemps que je ne suis pas revenu ici. C'était la maison du jardinier. Ma mère et lui s'entendaient très bien. À sa mort, il est parti. On a transformé la maison pour y accueillir des amis, ce qui fait que personne ne l'a encore habitée. Merci, pas trop de thé ! C'est un excitant, j'ai le cœur fragile.

Lola pousse des grognements de petit cochon qui se transforment bientôt en cris stridents de plus en plus insistants. Drapée dans un paréo multicolore, Mado se précipite vers elle, un biberon à la main.

– Chaud devant !

Mehdi dépose sur la table un plateau débordant de tartines grillées et couvertes de miel doré.

– Servez-vous, M'sieur Melville, vous gênez pas. Dites donc, quelle fête, hier soir ! Vous savez recevoir vos amis.

– Ce ne sont pas mes amis, des relations, tout au plus.

– Ah... On s'est bien marrés quand même. Alors le boulot, ça avance ?

– Monsieur Melville m'a montré l'endroit. Seulement, je n'ai pas assez de matériaux, faudrait trouver une décharge.

– Pas de problème, il y en a une à la sortie de la ville, je suis passé devant l'autre jour. Si tu veux, on y va après le petit déj.

– OK.

– Vous allez voir, M'sieur Melville, Vincent va vous faire une tombe à la Victor Hugo ! Elle va faire des envieux ! Si vous mettez pas des barbelés autour, y aura autant de monde devant que dans votre piscine hier soir.

– Mehdi !

– Je sais ce que je dis ! Vincent, tu es trop modeste. C'est que j'ai tout laissé tomber pour m'occuper de sa carrière ! Je suis quelqu'un comme vous, moi, M'sieur Melville, pour ce qui est des affaires, j'ai le nez creux ! À ce propos, qu'est-ce que vous faites ce soir ?

– Euh… rien.

– Au lieu de parler contrat dans votre bureau, si on le signait autour d'un bon couscous maison ? C'est pas que je l'aime pas, votre bureau, mais ici, ce serait plus convivial, on peut joindre l'utile à l'agréable, pas vrai ?

– C'est que…

– Dites pas non, vous nous feriez offense ! Le couscous de votre vie !

– Mehdi, tu crois pas que tu y vas un peu fort ?

– Ben quoi, une invitation, ça se rend, pure politesse ! J'ai pas raison, M'sieur Melville ?

– Je ne dis pas non. Mais à mon tour de vous demander quelque chose, j'aimerais vous accompagner à la… décharge.

– Si vous voulez, mais c'est pas vraiment un endroit pour vous, c'est assez dégueulasse.

– Aucune importance, j'ai envie de voir comment vous procédez.

– Si ça peut vous faire plaisir… Le temps de passer un jean et des godasses, et on y va.

Ne restent sur la terrasse que Mado, Lola et Ashley, englués dans un silence embarrassant. Soudain, Mado se redresse.

– J'ai oublié de débrancher le sèche-cheveux ! Vous pouvez me la prendre cinq minutes ?

Repue, les yeux mi-clos, Lola dévisage ce drôle de petit bonhomme qui la tient si maladroitement sous les bras. Un rot, puis un gargouillis et le jogging d'Ashley s'auréole d'une tache jaunâtre malodorante.

La décharge ressemble à une pyramide tronquée, un volcan d'où s'échappent d'âcres fumerolles qu'un vent léger disperse au-dessus de leurs têtes. Une armada de mouettes en blanchit le sommet, piquetant de leurs cris pointus le ciel bleu, blanc, gris. Vincent, Mehdi et Ashley pataugent depuis une bonne heure dans la puanteur sans rien trouver de bien intéressant. Chiner, c'est comme pêcher à la ligne, ça mord ou ça mord pas. Mehdi a laissé tomber, il fume une cigarette, assis sur le marchepied de la camionnette. Vincent trie les trois ou quatre bricoles qu'il a récoltées : un gros ressort, des copeaux de cuivre, une paire de ciseaux de couture, un lot de fourchettes dépareillées, deux passoires cabossées. Ashley, lui, persiste avec acharnement, dur à la tâche, souillé de détritus des pieds à la tête.

– Vincent, faudrait peut-être lui dire d'arrêter. C'est pas un bon jour, aujourd'hui, on reviendra demain.

Je voudrais faire les courses, il faut du temps pour préparer le couscous.

De derrière un vieux sommier apparaît, hilare, la bouille maculée de Melville Jr.

– Vincent, Mehdi, venez, je crois que j'ai trouvé quelque chose !

À flanc de décharge surgit une épaule de coffre-fort avec une sorte de volant sur la porte et des pieds en pattes de lion.

– Magnifique, non ? Aidez-moi à le dégager.

Ils creusent avec ce qu'ils ont sous la main et le coffre bascule, porte béante. Mehdi le retient avant qu'il ne glisse plus bas.

– Il y a quelque chose dedans !

Ashley farfouille et en tire une boîte à cigares vermoulue qui cède entre ses doigts, libérant sur ses genoux une liasse de billets épaisse comme un millefeuille. Vincent et Mehdi se regardent, incrédules.

– T'y crois ?

– Non.

Ashley passe du visage de Vincent à celui de Mehdi, terrifié, pareil à un enfant surpris en plein chapardage.

– Je vous jure que…

– Font chier, les riches !

– Attendez, attendez, c'est de l'emprunt russe, ça ne vaut rien !

Par poignées, il jette autour de lui les billets fripés qui viennent se coller ici et là, aussi anodins que des prospectus de supermarché. Tous trois éclatent de rire, provoquant un envol de mouettes qui fait neiger sur leurs têtes un tourbillon de duvet blanc.

– M'sieur Melville, c'est vous le plus fort ! Allez, on se le ramène, ce coffre.

– Tout le secret est dans le roulage de la semoule. Vas-y, Ash, tu permets que je t'appelle Ash ?

– Euh, oui.

– Malaxe bien le beurre avec la graine et verse un peu d'eau chaude, pas trop !

– Avec mes mains ?

– Évidemment, pas avec tes pieds ! Voilà, très bien, ensuite tu la roules entre tes paumes ouvertes, en fine pluie, et tu recommences jusqu'à ce qu'elle soit bien aérée… parfait ! Continue, je vais m'occuper des brochettes.

De la serre, on entend tout ce qui se passe sur la terrasse, le feu crépitant sur le barbecue, Lola réclamant à grands cris sa pitance, Mado qui fredonne pour la faire patienter et les conseils culinaires de Mehdi à Ashley. Ça ronronne comme une partition bien ficelée, chacun tenant son rôle à la perfection. Accroupi devant le coffre-fort ouvert, le menton dans une main, Vincent rassemble dans sa tête les pièces du puzzle qui vont constituer le mausolée d'Ashley. Les deux passoires soudées l'une sur l'autre formeront le corps de l'oiseau, les ciseaux, son bec, deux grandes fourchettes tordues, ses pattes, et les copeaux de cuivre, les plumes de ses ailes. Il tiendra parfaitement dans l'embrasure du coffre. Un drôle de piaf s'échappant d'un coffre-fort, ça ne peut pas mieux représenter Ashley Melville Jr.

– Vincent, qu'est-ce que tu fiches dans le noir ?

– Je travaille.

– Les artistes, on ne sait jamais quand ils glandent ou quand ils travaillent...

– Il n'y a pas que les artistes ! Tu as besoin d'un coup de main ?

– Non, c'est prêt. Tu vas lui faire, son truc ?

– Bien sûr ! Je suis payé pour.

– Ça sera bien ?

– J'espère. Pourquoi tu me demandes ça ?

– Parce qu'il est sympa, Ashley, j'aimerais pas qu'on l'arnaque, ce serait moche.

– Ce n'est pas mon intention.

– Tout à l'heure, dans la décharge, on aurait dit un gosse qui s'amuse pour la première fois de sa vie.

– C'est peut-être vrai.

– Je ne savais pas qu'il existait des pauvres riches. Pour un peu, je l'adopterais.

– Entre les riches et les pauvres, il n'y a que l'argent qui fait la différence.

Ashley a constaté que son ulcère à l'estomac supportait allègrement la harissa et le ras el hanout. Deux assiettes de couscous et trois brochettes plus tard, repu, serein, il berce Lola qui bavote dans son cou.

– C'est une merveilleuse soirée, vous savez, la meilleure depuis...

– En tout cas, vaut mieux t'avoir en photo qu'en pension ! T'avais pas mangé depuis combien de temps ? Encore un peu de thé ?

Mado découpe la pastèque, de larges tranches de sourire bien rouge. La lumière tremblante des bougies projette sur chacun d'eux des masques fugitifs. À cette heure, on peut tout se dire, comme des voyageurs dans un train qui n'arriverait jamais. Tour à tour, les uns les autres y vont de leur petit bout de vie. Paradoxalement, celle d'Ashley est sans doute la plus triste, la plus vide. D'accord, il n'a pas connu les galères des autres, mais il n'en a pas goûté non plus tous les petits plaisirs, ces trois fois rien qui, mis bout à bout, esquissent un semblant de vie. Jamais de virée en scooter avec des copains, jamais embrassé une fille dans les caves, jamais traversé en dehors des clous, quoi.

– Bien, je vais me coucher, je n'ai pas l'habitude de veiller si tard. Je crois que je vais dormir aussi profondément que Lola. Merci encore !

– À demain, Ashley, dors bien.

Sa frêle silhouette disparaît entre les buissons, pareille à un feu follet.

– Dis donc, Mehdi, t'as oublié de lui parler contrat ?

– Marre-toi ! Y a pas que le fric dans la vie !

Ashley a pris l'habitude de venir chaque matin dans la serre. Il s'assoit dans un coin, toujours le même et, silencieux, il regarde Vincent travailler. Puis il s'en va sur un mot d'encouragement, pour ne réapparaître qu'en fin de journée avec une corbeille de fruits ou un jouet pour Lola. Mehdi lui apprend à cuisiner, il commence à bien se débrouiller. Parfois, accompagnés de Mado et de la petite, ils partent faire le marché, occupation qui le ravit et dont il ne soupçonnait même pas l'existence. Jour après jour, il s'épanouit, blague avec Mehdi, fait sauter Lola sur ses genoux, confie des secrets d'enfance à Mado. Il a troqué bonnet, écharpe et gros pull pour un tee-shirt, un jean et des tongs. Il mange de tout avec un appétit féroce, bref, il redécouvre la vie comme quelqu'un qui sortirait de vingt ans de prison.

– Encore un petit coup de ponçage et l'oiseau sera prêt à s'envoler.

Vincent tourne autour du coffre qui, docile, accepte sans broncher sa nouvelle fonction. C'est sans doute sa plus belle œuvre, sûrement la plus criante de vie. Tout juste si on n'entend pas le coassement du volatile jaillir de son bec ciseaux et le souffle du vent dans ses ailes de limaille déployées.

– Mehdi, viens voir ! Qu'est-ce que t'en penses ?

– Super ! Enfoncés, les Suisses, avec leur coucou, celui-là donnera toujours l'heure juste. Dis donc, tu l'as fait exprès ?

– Quoi ?

– Ton piaf, c'est le portrait d'Ashley tout craché.

– Tu crois ?

– Regarde de profil, ce crâne d'œuf, ce pif, ces yeux écarquillés !

– Maintenant que tu me le dis... Tu crois qu'il va se vexer ?

– Au contraire ! C'est exactement lui en ce moment : « Ouvrez la cage aux oiseaux ! »

– Demain, tu m'aideras à le transporter jusqu'à la pyramide.

– Déjà !

– Oui, j'ai fini.

– Tu bosses trop vite. On était bien ici...

Ce n'est pas une soirée comme les autres, bien qu'on ait sablé le champagne pour inaugurer « l'oiseau qui sort du coffre ». Le cœur n'y est pas, il flotte dans l'air comme un début de fin. Chacun fait de son mieux pour sourire à l'autre, sauf Lola qui se montre particulièrement grognon. Ashley a retrouvé son masque d'avant, la bouche en chapeau de gendarme, l'œil terne, l'air ailleurs. Les mouches butinent les assiettes presque intactes.

– Ça sent l'orage.

– Peut-être bien, oui.

– Je vais essayer d'endormir Lola, je ne sais pas ce qu'elle a ce soir !

– Je vais faire du café.

Vincent et Ashley se retrouvent seuls sur la terrasse.

– Ashley, qu'est-ce qui ne va pas ? Si c'est la sculpture, faut me le dire, je ne t'en voudrai pas, je ne te demanderai rien.

– Ce n'est pas le problème, Vincent. Elle me plaît beaucoup, tu as fait du beau travail. C'est juste que… Tout va trop vite ! On a à peine eu le temps de se dire bonjour, qu'il faut se dire au revoir.

– C'est la vie, Ashley. Je t'ai raconté l'autre jour ce qu'est la mienne depuis un an, on se rencontre, on partage, on se quitte.

– C'est différent, Vincent. Toi, tu sais où tu vas et pourquoi tu y vas. Pas moi. Je n'ai que mon nom, Ashley Melville Jr, héritier d'une des plus grosses fortunes des États-Unis, et pourtant je ne suis qu'un pion entre les mains d'hommes d'affaires véreux, d'avocats marrons.

– Eh bien, va-t'en ! Achète-toi une fausse barbe et disparais !

– Ce n'est pas aussi simple. Et puis, tout seul, je n'y arriverai pas. Vincent, ne dis rien aux autres... Dans deux jours, je dois repartir en Amérique.

– Pour combien de temps ?

– Je ne sais pas. Longtemps... Vous allez me manquer.

La nuit tourne en eau de boudin, épaisse, moite, pareille au café qu'apporte Mehdi.

– Café bouillu, café foutu, désolé. Il y a des soirs comme ça...

– Merci, Mehdi, mais je n'en prendrai pas. Excusez-moi, je suis fatigué, bonsoir.

– Bonne nuit, Ash, à demain... Ben dis donc, c'est pas la joie ! Qu'est-ce qu'il a ? On dirait qu'il a perdu quelqu'un...

– On dirait, oui. Moi aussi je vais me coucher. Je compte sur toi demain matin ?

– Bien sûr.

La brouette chargée du coffre tangue dangereusement sur le chemin caillouteux.

– Mehdi, fais gaffe, retiens-le !

– Je fais ce que je peux, mais ça pèse un âne mort, ton machin ! Écoute, t'entends pas comme des coups du côté de la clairière ?

Le grincement de la roue de brouette cesse quand Vincent la repose pour s'éponger le front et tendre l'oreille.

– Tu as raison…

Il est à peine sept heures. La nature s'ébroue, mal réveillée, les feuillages ébouriffés encore collés de nuit. Ici et là, on entend des bruissements de bestioles affolées par le martèlement sourd et régulier.

– Avance, on va voir.

La scène qu'ils découvrent à l'orée de la clairière les laisse sans voix. Ashley, torse nu, est en train de démolir la pyramide de marbre à grands coups de masse.

– Il est fou !... Il va se blesser.

– Non, laisse-le faire.

Difficile de concevoir d'où le petit bonhomme malingre tire une telle énergie, mais force est de constater que du mausolée ne reste plus qu'un tas de cailloux.

– Alors, Ashley, on fait le ménage ?

– Ah, vous voilà !

Écarlate, il ruisselle de sueur, mais un franc sourire lui fend le visage d'une oreille à l'autre.

– Je voulais faire un peu de place. C'est mieux, non ?

– C'est parfait ! On n'a plus qu'à déposer le coffre au milieu des gravats, on ne pouvait imaginer meilleur socle. On y va ?

Une demi-heure plus tard, l'oiseau trône sur le monticule d'éclats de marbre, magnifique, attirant à lui les rayons du soleil.

– C'est moins classique, mais ça a de l'allure ! Dans ces conditions-là, on envisage mieux l'éternité.

– C'est le phénix !

– C'est quoi, un phénix ?

– Un oiseau qui renaît de ses cendres. À ce propos, j'ai beaucoup réfléchi cette nuit. Je voudrais vous proposer quelque chose. Hier soir, j'en ai parlé à Vincent :

après-demain, je dois retourner aux États-Unis, je ne peux pas faire autrement. Mais je n'ai pas envie qu'on se sépare. Alors, si vous êtes d'accord, je vous emmène avec moi.

– En Amérique ?

– Je donne quelques instructions et, dans la journée, vous avez vos billets d'avion et vos visas.

– Pour Mado et Lola aussi ?

– Évidemment ! Vous êtes ma seule vraie famille.

– T'entends ça, Vincent ? Je t'avais pas dit qu'un jour je prendrais l'avion ? Et comment qu'on est d'accord ! Vincent ? Pourquoi tu fais la gueule ?

– Je ne fais pas la gueule, mais je ne pars pas.

– T'es cinglé, ou quoi ? Tu ne vas pas me dire que...

– Si, je continue.

– À marcher sur la plage, comme une pauvre cloche ?

– Oui.

– Ash, dis-lui quelque chose !

– Je m'en doutais. Je te comprends, Vincent.

– Pas moi ! Faut aller consulter, mon vieux ! Tu laisses passer la chance de ta vie pour une nana que t'as vue qu'une fois et qui t'a sûrement oublié !...

– Tu n'aurais pas fait la même chose pour Mado ?

– Je ne sais pas... Peut-être... Mais merde, l'Amérique sur un plateau !

– Tu ferais mieux d'aller lui annoncer la nouvelle.

– Oui, j'y vais. Quand même, réfléchis !

– C'est tout réfléchi.

Après le départ de Mehdi, une pie vient se poser sur la tête du phénix, sans doute attirée par l'éclat du métal, qu'elle teste du bout du bec.

– C'est un beau cadeau que tu m'as fait là, Vincent.

– Je suis content pour toi, pour Mehdi, Mado et Lola aussi. Tu pourras compter sur eux.

– J'en suis certain. On se reverra ?

– Oui, j'espère ? Ce n'est pas si loin l'Amérique, la banlieue de Saint-Jean-de-Luz, tout au plus !

Vincent s'est assis sous un pin. Il vide le sable de ses baskets. De son sac, il sort le livre qu'Ashley lui a offert quand ils se sont quittés, un vieux bouquin écrit par quelqu'un de sa famille. Ça s'appelle : *Moby Dick*. C'est l'histoire d'un capitaine qui poursuit une baleine blanche sur toutes les mers du globe. Dommage que ce soit écrit en anglais. Il y a une dédicace de l'auteur, Herman Melville, sur la page de garde, signée à l'encre violette délavée. Un jour, quand il aura le temps, c'est sûr, il apprendra l'anglais.

Les mains sous la tête, Vincent s'allonge, face au ciel. Une minuscule flèche d'argent trace dans l'azur un sillage blanc. « Un jour, je prendrai l'avion. Paraît que t'as des repas gratuits à bord et des hôtesses de l'air belles comme des actrices de cinéma qui viennent te les servir.

Et puis là-haut, t'es dans le bleu, au-dessus des nuages !... »

« Bon voyage, Mehdi, Mado, Lola, Ashley et à toi aussi, Manuel. Bon voyage, et qu'il ne cesse jamais. »

Le sablier retourné

«Voilà près de huit jours que je suis à Biarritz et je n'ai pas encore osé parcourir la dizaine de kilomètres qui me sépare de Saint-Jean-de-Luz. J'ai peur qu'en touchant au but mon rêve n'éclate comme une bulle de savon.

« Un an, Véronique, un an que j'arpente cette plage depuis Dunkerque. Pas un instant tes yeux n'ont cessé d'éclairer mon chemin, malgré les épreuves, les doutes, les tentations, la pluie, le froid, parfois la faim, et c'est maintenant, dans la dernière ligne droite, que je m'écroule lamentablement.

« Si tu savais comme elle me paraît loin, notre première rencontre, là-haut, dans le Nord, au creux des dunes de sable. Tant de choses se sont passées... Un an aussi rempli qu'une vie. S'il était possible de revenir en arrière, je ne suis pas sûr que je reconnaîtrais ce gamin de Petite-Synthe débarquant un beau matin dans le blockhaus de l'oncle Raymond, perdu, vulnérable, ignorant. Je m'en souviens comme d'un autre, une sorte de petit frère. J'ai beaucoup changé. Toi aussi, sans doute.

« Le petit bout de papier sur lequel tu m'as écrit ton adresse est toujours là, au fond de ma poche, presque illisible tant je l'ai plié et déplié. Je la connais par cœur, j'ai même repéré sur un plan où se trouvait ta rue et déniché ton numéro de téléphone dans l'annuaire. Mais… imagine que je sonne à ta porte, que tu m'ouvres et qu'il ne se passe rien, qu'on se retrouve comme deux étrangers face à face, sans rien trouver d'autre à se dire que :

– Ça va, toi ?

– Oui. Et toi, ça va ?

– Oui, ça va.

« Je n'aurais plus qu'à aller me pendre. Tu comprends, Véronique, pourquoi je n'arrive pas à parcourir ces derniers kilomètres ? Non, il faudrait qu'on se retrouve comme on s'est rencontrés, par hasard, au coin d'une rue. Mais le hasard n'en fait qu'à sa tête…

« Huit jours que je pèse le pour et le contre, incapable de me décider. C'est à devenir dingue. Ce matin, j'ai bien failli aller jusqu'à l'arrêt du bus, mais, quand il est arrivé, je me suis dégonflé. Tête basse, j'ai repris le chemin de ma chambre en me traitant de tous les noms. Le soleil était doux et sucré, la mer bouillonnait, sûre de sa force et fière de l'exhiber. Des jeunes gens de mon âge partaient à sa conquête, une planche de surf sous le bras. Ils avaient du rire plein la bouche et de l'or dans les cheveux. Le monde offrait ce qu'il avait de mieux et moi, je n'en voulais pas. Je me sentais terriblement coupable. Tout ce bleu pour rien ! Je suis entré chez un coiffeur dans l'espoir de me faire couper la tête probablement et je me suis fait tondre la boule à zéro. J'ai l'air d'un bagnard ou d'une tête de veau, au choix. Bien fait pour moi. Je suis rentré m'enfermer dans ma chambre, j'ai tiré les volets et me suis écroulé sur le lit. Je n'ai même pas envie de mourir, je voudrais ne jamais avoir existé. »

La bouche pâteuse, Vincent s'extirpe d'un de ces mauvais sommeils dont on sort encore plus fatigué qu'en y sombrant. Lorsqu'il se lève, les pages de sa lettre à Véronique sont éparpillées sur le sol, semblables à des feuilles mortes. Sans même les relire, il les froisse et les tasse dans la poubelle qui en est déjà remplie.

– Y en a marre !

D'un coup de poing, il ouvre en grand les volets. Les rayons du soleil couchant lui enflamment le visage. Un cri aigu monte du jardin.

– Qu'est-ce qui vous prend de surgir comme un diable de sa boîte, vous m'avez fait peur !

– Excusez-moi, madame Etchégaray. J'ai cru qu'il faisait déjà nuit.

– Et après ? Ça ne doit pas vous changer, vous passez vos journées dans le noir. Venez donc m'aider à éplucher mes haricots verts. Si ça ne vous fait pas de bien, ça ne vous fera pas de mal.

– J'arrive.

Hannah Etchégaray, sa propriétaire, est une ancienne artiste lyrique. Elle a fait carrière au Châtelet, à Paris, dans des opérettes : *Violettes impériales, Les cloches de Corneville, L'auberge du Cheval Blanc, Le chanteur de Mexico*, etc. Malgré son âge certain, elle ne s'est pas résolue à cesser toutes activités vocales, si bien que, faute de public, elle fait généreusement profiter son voisinage de l'étendue considérable de son répertoire, à n'importe quelle heure du jour ou de la nuit. Et, quand elle ne chante pas, elle cause des innombrables procès que lui valent ses vocalises intempestives : « Tous des ignares ! Tous des brutes ! »

Sa retraite de cantatrice ne lui suffisant pas, ou bien tout simplement pour ne pas se sentir trop seule, elle loue deux chambres d'un petit pavillon au fond de son jardin et prépare à l'occasion les repas. L'une est occupée par Vincent, l'autre attend l'arrivée imminente d'une certaine demoiselle Guitton.

Drapée dans un vaporeux déshabillé bleu turquoise, Mme Etchégaray effile du bout de ses faux ongles laqués rouge sang un monceau de haricots verts sur une table de jardin protégée des derniers rayons du soleil par un parasol à tranches multicolores. La couche de fond de teint qui lui plâtre le visage commence à craqueler et il se dégage d'elle un puissant parfum de patchouli.

– Assoyez-vous et piochez dans le panier. C'est un admirateur qui me les apporte de son potager. Il y en a au moins cinq kilos ! Je ne sais plus quoi en faire. Enfin, c'est la rançon de la gloire. Hier des gerbes de roses, aujourd'hui des haricots verts ! Comme le temps passe… Alors ?

– Alors quoi ?

– Eh bien, qu'avez-vous fait de votre journée ?

– Je suis allé chez le coiffeur.

– Ça se voit ! On dirait Chéri Bibi. De quoi vous punissez-vous ?

– De rien, c'est la mode.

– Tu parles ! Et puis ?

– Rien, je suis allé me promener.

– Pas bien loin. Je vous ai entendu rentrer, il était à peine une heure.

– J'étais fatigué.

– Fatigué… À votre âge, on n'est jamais fatigué ! Je parie que vous n'avez même pas déjeuné. Si c'est pas malheureux ! Vos vacances vont vous passer sous le nez sans même que vous vous en aperceviez. Avec un temps pareil, c'est du gâchis ! Mon mari était un peu comme vous, un rêveur, un doux, un romantique, mais tous les jours que le bon Dieu fait, il plongeait nu dans les vagues, avant que le soleil se lève et quelle que soit la saison.

– De quoi est-il mort ?

– Noyade. Je vous aime bien, monsieur Vincent, mais avouez que vous n'êtes pas très rigolo. J'espère que la nouvelle locataire sera différente, sinon je vais devenir neurasthénique. À propos, elle arrive par le train de vingt heures. J'ai prévu un rôti de veau. Tout le monde aime le veau. Avec des haricots verts, bien sûr.

Un petit balcon fait la jonction entre les deux chambres. Accoudé à la rambarde, Vincent fume une cigarette. Il avait arrêté, mais le stress de ces derniers jours l'a ramené chez le buraliste. Il se raccroche à ce qu'il peut… Le ciel se pare de toutes les couleurs de l'arc-en-ciel, de l'orange sanguine au violet violent. Comme c'est bête de se sentir triste devant un spectacle pareil. Mme Etchégaray entame un de ses succès : « Cahin caha, de-ci de-là, va tranquille, va, chemine… », accompagné par le grésillement du four.

Parfois, sa mère aussi chantait dans la cuisine en préparant le déjeuner. Ce n'était pas le même répertoire, plutôt Johnny, Dalida, Adamo… Le dimanche matin… Ça sentait le poulet rôti dans toute la maison. Son père rentrait vers une heure. Il sentait l'after-shave et l'apéro. L'œil allumé, il tenait à bout de bras une boîte à gâteau toute cabossée et dégoulinante de crème, qu'il avait dû lâcher. Ça faisait rigoler tout le monde. Les petits grouillaient dans l'appartement comme des jouets mécaniques. Après le repas, quand tous ronflaient devant Drucker, il allait retrouver son copain Sélim à côté de la station-service et ils jouaient à : « Qu'est-ce que tu ferais, si tu gagnais au Loto ? » Certains jours, c'était bien…

Et s'il rentrait ? La gare le matin, un aller simple pour Dunkerque, il y serait le soir même… Avec ce qui lui reste d'argent, il ferait des cadeaux à chacun, il leur raconterait ses aventures, il trouverait du boulot, reprendrait tout en main. Il sait lire et écrire à présent, il a appris à manier un chalumeau, à travailler le métal. Seulement… seulement tout au fond de lui subsisterait l'échec, la désagréable sensation de n'avoir pas été jusqu'au bout.

« Oh ! Véronique, et si c'était toi qui venais à ma rencontre ? Pour une fois ! J'ai fait tant de chemin pour te voir… »

Un taxi vient de se garer devant la grille. À cause du feuillage de la glycine, on distingue mal la personne qui en sort, mais, du moins à ce qu'il paraît, il s'agit d'une forte stature. Mme Etchégaray a dû entendre la voiture, car elle se catapulte hors de sa cuisine en sautillant sur la pointe de ses mules dorées ornées de cygnes roses. La femme à qui elle cède le passage fait son bon mètre quatre-vingts, une carrure de déménageur, et elle porte une énorme valise avec autant d'aisance qu'un sac à main.

– Monsieur Vincent, c'est Mlle Guitton, vous pouvez descendre nous aider pour les bagages ?

Mlle Guitton a un très joli visage, enfantin, mais comme enchâssé dans un corps qui ne serait pas le sien, une sorte d'armoire de campagne en bois brut. Avec un timide sourire, elle tend à Vincent une main aussi large qu'un gant de base-ball.

– Maryse Guitton. Il ne fallait pas vous déranger, je n'ai que ce petit bagage.

– Vincent, enchanté. Je vous en prie.

Le bras de Vincent semble se détacher de son épaule en soulevant la valise. Ça lui rappelle celle de Mme Loïc, bourrée de livres, quand il a débarqué à l'île de Batz. Mâchoires crispées, le menton haut, il parvient en titubant à transbahuter le fardeau jusqu'à la chambre de Mlle Guitton qui, derrière, subit sans broncher l'étourdissant babil de Mme Etchégaray.

– Eh bien voilà, vous êtes chez vous. Vous devez avoir besoin de vous rafraîchir. Prenez votre temps, nous dînerons quand vous serez prête.

– J'en ai pour une dizaine de minutes, merci beaucoup.

Quelle drôle de petite voix pour un si grand corps ! On dirait qu'elle s'épuise en faisant le parcours de sa poitrine à ses lèvres. Une voix qui vient d'ailleurs.

– Alors, qu'est-ce que vous en pensez, Vincent ?

– Elle a l'air très gentille.

– Bien sûr, mais sa voix, vous avez remarqué ?

– Elle est toute petite.

– Toute petite ! Ignorant ! Mais c'est une soprano ! De l'eau la plus pure ! Des cordes vocales de cristal, et je m'y connais !... Allez, venez m'aider à mettre la table.

– Vous reprendrez bien des haricots verts ?

– Merci, sans façon.

– Allons donc, ça ne fait pas grossir ! Enfin, je voulais dire que ça se mange sans faim. Et vous, Vincent ?

– Merci, j'en ai pris deux fois.

– Qu'est-ce que je vais faire de tout ça, moi ? Faudrait pas que ça se perde.

Mme Etchégaray s'éloigne vers la cuisine, laissant à Mlle Guitton et à Vincent le répit de quelques minutes de silence. La nuit est douce, un vrai velours. Tous deux se sourient, un peu gênés.

– Elle est gentille, mais très bavarde.

– Elle est seule, il faut comprendre.

– Sauf quand elle chante, tout le quartier est à la fenêtre. On va sûrement y avoir droit au dessert.

– C'est une nature généreuse.

C'est drôle, on a vraiment l'impression que ce corps de bûcheron est habité par quelqu'un d'autre, comme un arbre creux par un écureuil. À cause de l'incontinence verbale de Mme Etchégaray, elle n'a pas eu le loisir de s'exprimer beaucoup, mais il se dégage de sa voix un charme particulier, et de son regard, une douceur inflexible qui fascine. On se croirait devant une de ces statues qui ornent les squares et dont on attend qu'il tombe de leur bouche d'ombre quelques miettes de savoir.

– Alors vous êtes bibliothécaire, à Rennes.

– Je l'ai été, pendant une dizaine d'années.

– Moi aussi, j'aime les livres. J'ai commencé tard, mais je ne peux plus m'en passer. C'est une bibliothécaire, en Bretagne justement, qui m'en a donné le goût. L'île de Batz, vous connaissez ?

– J'en ai entendu parler, il paraît que c'est très beau. J'ai emporté quelques livres avec moi, si vous voulez, je vous en prêterai.

– Avec plaisir !

Mme Etchégaray réapparaît et dépose sur la table une sorte d'autoportrait pâtissier.

– Charlotte aux fraises !

– C'est trop, madame Etchégaray, vous allez nous faire exploser !

– Trop, ça n'existe pas. Quand on a manqué comme j'ai manqué, on ne dit pas « trop », on dit « encore ».

Et puis, ne m'appelez plus Mme Etchégaray, mais Hannah, tout court.

– Alors, appelez-moi Vincent.

– D'accord. Et vous, mademoiselle Guitton, c'est comment déjà, votre petit nom ?

– Maryse.

– Eh bien servez-vous, Maryse, et vous, Vincent, débouchez le champagne.

Deux coupes plus tard, comme Vincent l'avait prévu, Hannah se lève et entame à pleins poumons *La Vie parisienne* d'Offenbach : « Je suis Brésilien, j'ai de l'or, j'arrive de Rio d'Janeiro, Paris, je te retrouve encore... »

Une à une, les fenêtres avoisinantes s'allument, dévoilant en ombres chinoises des silhouettes en pyjama.

– C'est pas fini, non ?

– Change de disque !

Outrée, Hannah se campe face à eux, les mains sur les hanches.

– Bonnets de nuit ! Mauvais coucheurs ! Vous ne comprenez rien à la vie et la vie vous le rend bien... espèces de... fonctionnaires !

C'est sa pire insulte. Vincent lui prend des mains la coupe qu'elle s'apprêtait à briser contre le mur.

– Laissez, Hannah, ça ne vaut pas le coup. Et puis, il est plus de minuit.

– À Paris, la vie commençait à minuit.

Dans un claquement de volets, une voix éructe :

– Eh bien, retournes-y !

– Bande de ploucs ! Pourquoi sont-ils si méchants, Vincent ? Vous qui êtes un peu artiste comme moi, pourquoi nous font-ils ça ?

– Ils ne sont pas méchants, ils veulent juste dormir.

– Dormir… Ils auront l'éternité pour se reposer !

– On va tous aller dormir, pensez à Maryse, elle a fait un long voyage.

– C'est vrai, excusez-moi. C'était une belle soirée quand même, non ?

– Très. Allez vous coucher, je débarrasserai.

Maryse et Vincent la regardent partir. Elle traîne les pieds, pareille à une petite fille réveillée en pleine nuit par un vilain cauchemar.

– Eh bien, bonne nuit à vous aussi, vous devez être fatiguée.

– Un peu, mais je peux vous aider.

– Laissez, je connais la maison. Dormez bien.

– Alors, à demain.

– À demain.

Quand la ville dort et qu'on n'entend plus que le murmure des rêves flottant au-dessus des toits, Vincent aime bavarder avec son copain Sélim. Sélim a beau être mort depuis un an, Vincent et lui n'ont jamais perdu contact. Les morts sont des gens comme les autres, moins voyants mais plus fidèles. Les roses du jardin de Mme Etchégaray exhalent un parfum de jeune fille. La chaise longue sur laquelle il s'est étendu grince chaque fois qu'il tend le bras pour atteindre le cendrier, une sorte de refrain au cœur du silence.

– Sélim, les morts rêvent aussi ?

– Bien sûr ! On n'a même que ça à faire. On rêve tout le temps.

– Et tu rêves de quoi ?

– De la vie, bien sûr ! Je prépare mon come-back.

– Tu vas revenir ?

– Tu sais, l'éternité, c'est provisoire, là-haut c'est comme en bas, on n'est que de passage. Oh, faut pas t'attendre à me voir débouler avec un drap sur la tête en agitant des chaînes, c'est pour les gogos de vivants, ces trucs-là. Non, c'est comme un grand jeu de cartes étalé devant toi, suffit d'en tirer une, et hop ! tu fais le voyage dans l'autre sens.

– Tu as choisi ?

– Pas encore. J'hésite. C'est idiot parce que toutes les cartes ont la même valeur. Je ne suis peut-être pas encore mûr.

– Pareil pour moi, impossible de me décider.

– Tu penses trop, c'est ça qui te bloque. T'es devenu intelligent, t'as pas l'habitude. Faut pas chercher, faut trouver. Agis, tu réfléchiras après. De toute façon, tu ne peux pas rester à tourner en rond dans ta tête. Lâche-toi, dans toute fin il y a l'annonce d'un début.

– Mais alors, on n'arrive jamais ?

– Tout juste. Il n'y a que le voyage qui compte. Reste en marche, tiens, intéresse-toi à Mlle Guitton, c'est quelqu'un de rare. Sûr que vous avez des choses à vous apprendre, tous les deux.

– Elle est très gentille, mais... physiquement, c'est pas mon genre.

– Je ne te parle pas de ça, crétin ! T'empêtre pas dans les apparences. Pourquoi crois-tu que les crapauds ont inventé ces histoires de princes charmants ? Simplement pour pouvoir rouler des patins à ces petites gourdes de princesses ? Occupe-toi d'elle, ça t'évitera de te regarder le nombril et de pleurer sur ton sort.

– Tu crois ?

– Certain. Bon, faut que j'y aille. Dis donc, tu ne pourrais pas dire à ta tôlière de baisser le volume, tout le monde n'apprécie pas l'opérette, là-haut.

La douche de Vincent donne sur le jardin. Il est en train de se sécher. Par la fenêtre ouverte lui parviennent les voix d'Hannah et de Maryse.

– Vous avez une mine d'or dans la voix ! C'est une professionnelle qui vous l'affirme. Ne me dites pas que vous n'avez jamais chanté ?

– Eh bien, petite je faisais partie du chœur, à l'église…

– Je le savais ! Il suffirait de travailler un peu, une petite heure de vocalises chaque jour, et de choisir un répertoire à votre mesure. Tenez, si vous voulez, je vous donne des cours, gratuitement !

– C'est bien aimable à vous, mais…

– Ça ne me dérange pas ! En deux semaines, je fais de vous un rossignol.

– J'y réfléchirai, merci beaucoup.

– Alors, où allez-vous par ce beau temps, à la plage ?

– Non, au cimetière.

– Au cimetière ? Mais qu'allez-vous faire là-bas ?… Pardon, vous y avez peut-être des parents ?

– J'aime les cimetières, ce sont des endroits très calmes, très reposants.

– Certainement… Chacun ses goûts. Enfin, bonne journée quand même.

– À vous aussi.

« Je vais suivre Maryse Guitton au cimetière. » Cette idée saugrenue surprend Vincent au point qu'il en rougit en s'extirpant un point noir devant la glace. Ce n'est pas pour l'espionner, c'est... un jeu qu'il pratiquait étant gosse, avec Sélim. Ils repéraient quelqu'un qui leur paraissait bizarre et le suivaient en se cachant. À chaque fois, ce n'était qu'un brave homme ou une brave femme regagnant son foyer, mais, tant que durait la filature, le mystère les tenait en haleine. Bien sûr, aujourd'hui, à son âge, c'est un peu débile. Seulement, la solitude, l'ennui dans lesquels il patauge depuis huit jours poussent à ce genre d'activités. Une fois habillé, il fourre une serviette-éponge dans un sac de sport et descend l'escalier.

Hannah a l'air perplexe. Drapée dans un coquet kimono rouge à ramages dorés, elle tripote une rose fanée entre ses doigts.

– Bonjour, Hannah, bien dormi ? Vous semblez toute chose.

– Non, moi, ça va. C'est Mlle Guitton, Maryse, vous savez où elle va pour son premier jour de vacances ?

– Non.

– Au cimetière.

– Chacun ses goûts.

– Le goût des autres, quand même... Mes locataires, ce mois-ci, c'est pas de la franche rigolade. Avec mes Belges, en juillet, c'était autre chose !

– Désolé.

– Ah non, ça suffit d'être désolé ! Et vous, où allez-vous comme ça ?

– Je suis vos conseils, je vais à la plage.

– À la bonne heure ! Dites-moi, vous ne finiriez pas les haricots verts avec moi, ce midi ?

– Je ne pense pas.

– Alors profitez bien, et si je ne vous vois pas revenir avec un coup de soleil sur le nez je vous tire les oreilles !

Avenue du Maréchal-Foch, il tourne à gauche après la gare du midi, direction le cimetière du Sabaou. Contrairement à l'idée qu'on s'en fait, toutes les grilles de cimetière n'émettent pas des grincements lugubres. Celle-ci est parfaitement huilée et s'ouvre sur un havre de paix. Il est à peine dix heures, mais on sent déjà que la journée sera chaude. On n'entend que le pépiement des oiseaux et le crissement des pas sur les graviers. Ça lui rappelle le bruit du moulin à café, une boîte en bois avec une manivelle que son père serrait entre ses cuisses. « Pour faire un bon café, fils, faut le moudre à la main, rien de tel que l'huile de coude ! » Ça sentait bon. Çà et là, des vieillards courbés, tordus comme des pieds de vigne, arrosent des géraniums anémiés. Le « pchtt pchtt » régulier d'un tourniquet d'arrosage règle la cadence de cet univers entre parenthèses.

C'est au détour d'une allée qu'il tombe nez à nez avec Maryse. Elle est assise sur un banc, vêtue d'une ample robe grise et coiffée d'un chapeau de toile informe, ombre parmi les ombres, presque une tenue de camouflage. Elle lève sur Vincent un regard sans surprise et accompagné d'un de ces sourires qu'on arrache parfois aux grands malades.

– Vous aussi, vous aimez les cimetières ?

– Euh… Oui, ce sont des endroits très calmes et reposants.

Une pointe d'ironie éclaire son regard. De toute évidence, elle a compris que Vincent a surpris sa conversation avec Hannah. Il se sent mal à l'aise. Mais Maryse ne semble pas s'en formaliser.

– Assoyez-vous. J'adore les cyprès, on dirait le pinceau de Van Gogh, des flammes noires.

– Ça pousse bien, dans ces coins-là. Ça doit venir du terrain.

– Vous voulez dire, à cause de l'engrais naturel ?

– Oui. Enfin, j'imagine, je n'y connais rien en jardinage.

– Vous avez sans doute raison. La mort se nourrit de la vie et réciproquement.

Un petit vent vient de se lever. Des branches d'un arbre tombe un ballon de caoutchouc crevé, rouge avec des étoiles jaunes. Ce ballon, qui n'est plus rond, roule devant eux, dans une trajectoire imprévisible. Sa déchirure lui donne l'apparence d'un potiron de Halloween. Après avoir heurté un pot de chrysanthèmes défraîchis, il vient se caler entre la famille Borotra et la famille Atalaye. Il a l'air si vivant qu'on a envie de l'adopter.

– C'est bien que des enfants viennent jouer ici. Les petits défunts aussi ont besoin de jouer avec des enfants de leur âge.

Un tracteur passe, tirant une benne chargée de terre et de racines. L'homme qui la conduit, casquette au ras des yeux, mégot au coin des lèvres, a l'aspect tranquille d'un vigneron. Maryse soupire, balaie d'un revers de main une feuille morte échouée sur ses genoux.

– ... Bien, à ce soir, Vincent, bonne journée.

Elle se lève, tend à Vincent une main ferme mais glacée. Il attend qu'elle disparaisse pour se lever à son tour. Du bout du pied, il dégage le ballon entre les deux tombes. La famille Atalaye est constituée de trois sépultures : Raphaël Atalaye 1950-1990, Benjamin Atalaye 1985-1990 et Élodie Atalaye 1987-1990.

C'est un cri, un cri à déchirer le cœur de la nuit, qui réveille Vincent en sursaut. Il vient de la chambre de Maryse. Vincent manque s'étaler en enfilant son jean à la hâte. Puis il traverse le balcon et frappe à la porte de sa voisine. La lune et les étoiles sont immobiles, pareilles à des stalactites tombant de la voûte noire du ciel. Une lumière s'allume chez Hannah. Elle retient son peignoir d'une main et traverse le jardin en trébuchant sur ses mules dorées.

– Qu'est-ce qui se passe ?

– J'en sais rien, elle ne répond pas.

Alentour, d'autres fenêtres s'allument.

– Alors, après l'opérette, la tragédie ? Il est deux heures du matin, ça suffit !

Vincent insiste. Pas de réponse.

– Essayez d'ouvrir la porte.

La pièce est plongée dans l'obscurité. On perçoit des gémissements et des grincements de ressorts. Vincent s'approche, une main tendue devant lui, jusqu'à ce que sa paume effleure une épaule secouée de sanglots.

– Ça ne va pas, Maryse ?

– Je… J'ai crié ?

– Euh… oui.

– Excusez-moi, j'ai fait un cauchemar.

– Vous n'avez besoin de rien ? Vous voulez que j'allume ?

– Non !… non, ça va mieux maintenant, merci.

– Essayez de vous rendormir. Vous n'avez rien à craindre. Je suis à côté, n'hésitez pas à m'appeler, au cas où.

Sur la pointe des pieds, Vincent quitte la chambre et referme doucement la porte. Hannah lève vers lui un visage de chouette égarée.

– Alors ?

– Alors rien, c'était juste un cauchemar.

– Fallait donc que ce soit bien horrible pour pousser un cri pareil !… J'en ai les sangs tout retournés. Je ne vais pas pouvoir refermer l'œil de la nuit. Ça ne vous ennuie pas de me tenir un peu compagnie, cinq minutes ?

Comment refuser ? Le salon d'Hannah est à sa mesure, bibelots, fanfreluches, coussins de dentelles, abat-jour à froufrous. Ça sent le poudrier et la cuisine à l'huile d'olive, le patchouli et le passé décomposé. Les murs sont couverts de photos dédicacées d'artistes dont plus personne ne connaît les noms, hommes aux cheveux gominés façon Mickey triste, femmes trop blondes débordant de leur robe moulante.

– Vous prendrez bien un petit verre d'Izarra ?

– Non, je...

– Mais si, mais si ! Ça fait digérer.

Vincent n'a pas la force de refuser. Il se contentera d'y tremper les lèvres pour ne pas la vexer. Hannah lui tend un verre rempli de liqueur verte, avale le sien et s'en sert un autre aussitôt.

– Ça m'arrive rarement, mais vous savez, ce cri...

Son visage se crispe soudain et deux grosses larmes perlent au coin de ses yeux.

– C'est le cri d'une mère à qui on arrache ses enfants.

– Qu'est-ce qui vous fait dire ça ?

– C'est celui de ma mère. C'est tout ce qui me reste d'elle. Mon nom de jeune fille est Blumenthal. À une époque que vous êtes trop jeune pour avoir connue, il ne faisait pas bon s'appeler ainsi. C'était la guerre, avec ces convois de trains qui ne reviennent jamais. Je déteste les trains, je n'en ai jamais repris. Ce cri, je le porte en moi comme une blessure toujours ouverte. Mlle Guitton est trop jeune pour avoir vécu cela, pourtant, c'est le même cri, je le reconnaîtrais entre mille.

Le visage d'Hannah, d'habitude si plein de vie, de rires et de chansons, semble à présent dévasté par une armée de souvenirs en déroute. Le petit verre tremble entre ses doigts.

– Excusez-moi, je vous embête avec toutes ces vieilleries. Avez-vous dîné ? Je ne vous ai pas entendu rentrer, voulez-vous que je vous fasse réchauffer...

– Non, merci, j'ai dîné.

– Ah... Alors dans ce cas, vous devez être fatigué. Allez donc vous coucher, tout va bien, à présent. C'est gentil de m'avoir tenu compagnie. À demain.

– Bonne nuit, Hannah.

« Les gens, mon gars, c'est comme les coffres-forts, tous ont les mêmes numéros, mais pas un n'a la même combinaison. » Il n'avait pas tort, l'oncle Raymond. Tant de secrets, tapis au fond de nous, peuvent resurgir à tout moment. Depuis un an, à force de se frotter aux uns et aux autres, Vincent finit par se sentir plus chez eux que chez lui. Il est devenu une sorte de poisson soluble. Cela ne peut plus durer. Il a besoin d'un monde à lui. Il a pris sa décision aujourd'hui en s'éreintant à plonger dans les vagues qui le refoulaient sans cesse sur la plage comme un fétu de paille. Dès demain, il prend le car pour Saint-Jean-de-Luz, et, si ça ne marche pas avec Véronique, il s'embarquera sur le premier bateau venu, quelle qu'en soit la destination. Avec un peu de chance, il fera naufrage sur une île déserte.

D'un pouce rageur, il éteint la lampe de chevet. Plongé à nouveau dans le noir, il goûte un semblant de paix jusqu'à ce que le vrombissement pugnace d'un moustique vienne troubler le silence.

– Do, ré, mi, fa, sol, la, si, do…

– Do, ré, mi, fa, sol, la, si, do…

– Très bien ! On reprend un ton au-dessus. Do, ré, mi…

Vincent ouvre un œil, se redresse dans son lit et se passe une main sur la tête. Ça lui fait l'effet de caresser un œuf dur. Par terre gît la serviette grâce à laquelle il a fini par avoir raison du moustique. Cette saloperie de bestiole s'est défendue jusqu'à l'aube. Par la fente du volet, il aperçoit Hannah et Maryse en train de rire et de vocaliser en mordant à belles dents dans des tartines. Du terrible cri de la nuit il ne reste plus rien, pas le moindre écho. Les humains sont vraiment de drôles de bêtes. Une fois douché et habillé, il les rejoint dans le jardin.

– Bonjour, Vincent, bien dormi ?

– Bof…

– Installez-vous, je vous sers une tasse de thé ?

– Merci, Hannah, je suis pressé, je dois prendre le car pour Saint-Jean-de-Luz.

Maryse l'invite à s'asseoir.

– J'ai loué une voiture hier. Je vais de ce côté. Prenez votre temps, je vous déposerai.

– Dans ce cas…

Il aurait préféré y aller seul, mais comment refuser ? Un jour il faudra qu'il apprenne à dire non. Hannah est toute guillerette, elle s'affaire autour de la table comme une abeille au-dessus d'un pot de miel.

– Tenez, goûtez-moi ça, Vincent, confiture de griottes et fromage de brebis, c'est une spécialité. Fameux, non ?

– Délicieux.

– Dites-moi, qu'est-ce que vous pensez de ma grille ?

– Votre grille ?

– Oui, mon portail d'entrée.

– Il grince un peu.

– Il grince beaucoup et il est moche. Je voudrais en changer.

– C'est une idée.

– Vous pourriez vous en charger ?

– Moi… ?

– Oui, c'est votre métier. Votre prix sera le mien.

– Mais… Je suis en vacances…

– Pour ce que vous en faites !

– Et puis, il faut des outils, du matériel..

– Mon admirateur aux haricots verts, Raoul, a tout ce qu'il faut, c'est un très bon bricoleur.

– Alors, c'est à lui qu'il faut demander.

– Il n'a aucun goût, ce n'est pas un artiste. Je pensais à des dragons…

– Des dragons ?

– Des dragons ou des paons, comme ceux de mon peignoir, ça ferait cossu, surtout peints en or.

– Certainement, je peux y réfléchir.

– C'est ça, réfléchissez-y. Je vais préparer un peu de thé.

Elle s'éloigne en chantonnant : «Va, petit mousse, le vent te pousse…» Maryse étouffe un rire.

– Qu'est-ce qui vous amuse ?

– Hannah. Elle a le chic pour embobiner les gens. Des dragons dorés, pourquoi pas, elle m'a bien fait faire des vocalises ce matin. À propos de vocalises, je suis désolée pour cette nuit.

– Un cauchemar, ça arrive à tout le monde.

– C'est quand même gentil d'être venu. Au fait, pourquoi m'avez-vous suivie au cimetière, hier ?

– Je ne sais pas… par curiosité sans doute, juste pour voir.

– Et qu'avez-vous vu ?

– Rien. Je regrette, c'était idiot.

– Je ne vous en veux pas. Il n'y a pas de mal à se pencher sur les autres. Seulement, il faut prendre garde à ne pas se tenir trop près du bord.

Le vent du large s'engouffre par la fenêtre de la voiture, ébouriffe les cheveux de Maryse et dévoile à la base de son cou la cicatrice d'une vilaine brûlure. Par pudeur, Vincent détourne le regard. À sa droite, la mer fouette ses rouleaux d'écume dans une charge héroïque contre les rochers. De grands hôtels à tours pointues hérissent les falaises sur lesquelles le soleil se fracasse en mille éclats de rire. Le bleu du ciel, le vert des terrains de golf, la blancheur des maisons couvertes de longs toits rouges, toutes ces couleurs sont si intenses qu'on les croirait fausses. Bidart, Guéthary, les villages de la côte se succèdent. Dans la tête de Vincent rôdent les paroles d'une chanson de Bashung : « C'est comment qu'on freine, j'voudrais descendre de là... », et pourtant Maryse conduit avec prudence.

– Ça ne va pas, Vincent ? Je vous sens crispé, nerveux, comme si vous aviez peur d'arriver.

– Partir, c'est facile, mais tout le monde a peur d'arriver.

– Et revenir, si vous saviez, c'est encore pire. Eh bien, nous y voilà ! Saint-Jean-de-Luz. Où dois-je vous déposer ?

– Je ne sais pas, n'importe où.

– J'ai envie d'un café, pas vous ? Si vous avez le temps, bien sûr.

– Oui, un café me fera du bien.

Ils s'installent à une terrasse, sur une petite place à l'ombre des platanes. Ça sent le matin propre, le café frais, le pain chaud et la sardine. Le port est à deux pas. La foule polychrome des vacanciers se presse dans les ruelles en quête d'un béret, d'une paire d'espadrilles, d'une couverture en laine des Pyrénées, d'une guirlande de piments d'Espelette. Dans deux jours, c'est la rentrée, les boutiques de souvenirs ne désemplissent pas. Vincent sirote son café à petites gorgées, histoire de gagner du temps. Il n'arrive pas à décoller de sa chaise.

– Vous allez visiter la ville, Maryse ?

– Je ne crois pas. C'est très joli, mais je n'aime pas beaucoup la foule.

– Moi non plus.

– On ne se sent jamais aussi seul que dans une foule. Non, je vais à la montagne, j'ai besoin d'air, je veux respirer.

Vincent aussi aimerait respirer l'air des cimes, s'en gonfler les poumons et s'envoler loin, très loin… Seulement, il a promis, il ne peut plus reculer. Autant en finir une bonne fois pour toutes.

– Bien, bonne journée, Maryse.

– À vous aussi, Vincent.

Malgré les hordes de touristes et sa méconnaissance des rues tortueuses de la ville, il ne met pas plus de dix minutes à trouver l'adresse. Un instant, il reprend son souffle devant la vitrine d'un charcutier et découvre avec stupeur son reflet entre un pâté aux herbes et une tête de porc coupée en deux.

« À quoi tu t'attendais, pauvre crétin, à voir Tom Cruise ? Tu ne vas pas attendre ici que tes cheveux repoussent. T'as plus le choix, fonce. »

Alors, c'est ça, la fin du monde ? Un pavillon banal avec une balançoire rouillée, deux nains de céramique et un petit moulin. Rien de grandiose. Vincent écrase la sonnette du pouce comme il aurait pressé la détente d'un pistolet sur sa tempe. Un gamin de sept ou huit ans déboule vers lui, tête baissée. C'est fou ce que ça change, un gosse, en un an, et pourtant il le reconnaît. C'est le frère de Véro, Fred, le môme qui lui avait lancé un ballon sur le nez, là-haut, sur la plage d'Audresselle.

– Bonjour, je voudrais parler à Véronique.

Certains enfants ont une façon de vous regarder de haut malgré leur petite taille.

– On se connaît, non ?

– Possible, on s'est connus, l'année dernière, à Audresselle...

– T'es Vincent ?

– Oui.

– Ben, zut alors !…

Le gosse n'a pas le temps d'en dire plus, une femme d'une quarantaine fanée sort de la maison en essuyant ses mains pleines de farine sur un tablier bleu.

– Qu'est-ce que vous voulez ?

– Bonjour, madame, je suis un ami de Véronique et…

– Vous savez où elle est ?

– Non. Je ne l'ai pas vue depuis un an, je voulais prendre de ses nouvelles…

La femme ressemble beaucoup à Véronique, mais une Véronique qui aurait épluché des kilos d'oignons.

– Elle a disparu depuis deux semaines. On n'a pas de nouvelles d'elle, rien ! Vous avez reçu une lettre, une carte ?

– Non. Je passais, alors…

Surgit alors du pavillon un moustachu en maillot de corps, poils hérissés, bedonnant, menaçant.

– Qu'est-ce qu'il veut, celui-là ?

– Rien, rien du tout, Fernand, c'est une erreur.

L'homme rentre chez lui en haussant les épaules. S'il avait eu un chien, il l'aurait sans doute lâché.

– Faut l'excuser, il est sur les nerfs. On sait pas pourquoi elle est partie. Si jamais vous appreniez quelque chose, il faudrait nous le dire. C'est qu'on l'aime, notre petite Véro, ça oui ! On se fait un sang d'encre…

– Excusez-moi, je ne savais pas.

De part et d'autre de la grille, on se croirait dans le parloir d'une prison, mais on ne sait pas qui est dedans et qui est dehors. Vincent avait tout imaginé sauf ça.

– Je suis désolé, madame.

– Dites-nous, hein, dites-nous si vous savez quelque chose ! Mon mari n'est pas méchant, il a juste de la peine.

– Je comprends. Au revoir.

Le ciel tourne vinaigre. Le trottoir ondule sous les pieds de Vincent. Plus rien ne paraît vrai, tout semble basculer au-delà d'un horizon incertain. Il lui faut un moment pour lâcher les barreaux de la grille et reprendre le trottoir en sens inverse. Il ne se sentirait pas autrement s'il avait reçu un violent coup de bâton sur la tête. Le grand marionnettiste, là-haut, a lâché les ficelles, Vincent n'est plus qu'un pantin démantibulé. À peine a-t-il atteint le coin de la rue que le gosse le rejoint sur son skateboard.

– Vincent ! Ce soir, tu devrais aller manger des sardines à l'Etcheterra, une paillote, sur la plage de Guéthary. C'est bon, les sardines. Bonne chance !

Sans lui laisser le temps d'en demander plus, le petit frère à roulettes disparaît à l'angle d'une allée. Des abeilles plein la tête, Vincent se laisse guider par ses chaussures qui le ramènent tout droit à son point de départ, la place ombragée où Maryse est encore assise à la terrasse du café.

– Vous êtes toujours là ?

– Et vous, déjà de retour ? Assoyez-vous, vous avez l'air tout chamboulé. Ça ne s'est pas bien passé ?

– Oui… non… Je ne sais pas. Dites-moi, ça vous ennuierait si je vous accompagnais à la montagne ? Je crois que je manque d'air, moi aussi.

– Bien sûr que non. Allons-y.

Ils n'ont pas échangé un mot depuis le départ de Saint-Jean-de-Luz, chacun fixe la route qui zigzague, aussi luisante et lascive qu'une couleuvre, entre les genêts et les bruyères. La touffeur de la côte se dissipe à mesure qu'ils s'élèvent. L'air est pur, parfumé de mille senteurs. Bouche ouverte à la fenêtre, Vincent reprend vie. La Rhune. Le petit train de bois est pris d'assaut par une meute de vacanciers hilares, en shorts à fleurs et casquettes rigolotes. Ça ressemble à une émeute, une révolution pour rien. On photographie tout et n'importe quoi. Une frénésie.

– J'ai un peu faim, pas vous ?

– Un peu, oui.

– Il y a un bon restaurant, plus haut, dans un petit village, loin de la foule. Ça vous dit ?

Un quart d'heure plus tard, ils stoppent devant un bistrot au nom imprononçable, *L'Itxassou*. Il doit falloir sacrement bien connaître la région pour s'y arrêter.

– Vous allez voir, la cuisine est excellente. Rien n'a changé. Il faut prendre la cassolette de thon aux piments d'Espelette.

– Vous êtes déjà venue ?

– Il y a longtemps, oui.

La cuisine est bien à la hauteur de ce que Maryse avait promis. Les rayons du soleil filtrant par le treillage de la tonnelle vernissent les assiettes où baignent poivrons, tomates, piments et poisson.

– Vous aimez ?

– Délicieux ! J'en avais besoin. Parfois, j'oublie mon corps.

– Moi, jamais.

– Vous semblez bien connaître la région.

– Assez. J'y ai vécu quelque temps. Si vous voulez, après le déjeuner, nous pourrions marcher dans la montagne. On y croise des pottoks, des petits chevaux sauvages, et des brebis, on les appelle manehcs, ici. Et puis surtout, les vautours fauves. Ils sont magnifiques et, contrairement à ce qu'on en pense, tout à fait inoffensifs. Jamais ils n'attaqueraient un être vivant. Ils se nourrissent des carcasses de moutons que les bergers leur laissent. Ils sont plus beaux que n'importe quel cerf-volant. Ils vivent dans un monde sans angle, libres…

Quel curieux pays, ce coin où la montagne se trempe les pieds dans la mer ! Allongés sur l'herbe rase d'une prairie, bras croisés sous la tête, ils suivent des yeux le vol des grands rapaces paraphant le ciel de gracieuses arabesques.

– Vous voyez, Maryse, c'est ça qui nous manque.

– Quoi ?

– Des ailes ! Je donnerais bien mes deux jambes pour avoir des plumes dans le dos. Regardez, ils ne les agitent même pas… ils se laissent porter… ça a l'air si simple !

– « Va, petit mousse, le vent te pousse »…, chanterait notre logeuse. Sans indiscrétion, Vincent, qu'est-ce qui vous amène ici ? Vous n'êtes pas en vacances, n'est-ce pas ?

– Pas plus que vous, je suppose. Vous voulez que je vous raconte ?

– Si vous en avez envie.

– Oui. J'ai besoin de me confier. C'est si lourd, tout ça…

Alors, tout y passe, un barrage cède. Se servant du ciel comme d'un écran, il les fait tous défiler : ses parents, les petits frères, Sélim, l'oncle Raymond, Véronique, bien sûr, Alice, Célestine, M. Le Person, Mme Loïc, Roger,

Mme Fernande, Nadine, Jacky, Mehdi, Mado, Lola, le vieux Manuel, Ashley Melville Jr… Il ouvre les grilles de son zoo humain, il leur rend leur liberté et ils rejoignent, un par un, les grands vautours fauves. Il lui livre tout, jusqu'à la phrase sibylline du petit frère : « Ce soir, l'Etcheterra… »

Combien de temps cette confession a-t-elle duré ?… Le temps que le ciel vire du bleu drapeau au pourpre violacé. Vincent se sent aussi vide qu'un porte-monnaie de chômeur, et pourtant il en éprouve un profond soulagement. L'ombre de Maryse assise à son côté a quelque chose de rassurant. Il a envie de s'y blottir comme au flanc d'une montagne.

– Je ne sais pas pourquoi je vous ai raconté tout ça… Fallait que ça sorte, je suis désolé.

– Pourquoi ? C'est une très belle histoire, d'autant plus belle qu'elle n'a pas de fin. Vous avez le cœur gros, mais rien n'est plus lourd qu'un cœur vide, croyez-moi.

Un petit vent frisquet taquine les buissons. Maryse se lève. On dirait un menhir sur fond de crépuscule. L'étoile du berger a regagné son poste.

– J'adore les sardines grillées, pas vous ?

L'Etcheterra est une paillote à flanc de falaise, au ras de la plage, enguirlandée de petits lumignons multicolores, bercée par le ressac des vagues et les accents langoureux du reggae et de la salsa. La clientèle est presque entièrement constituée de surfeurs aux cheveux brûlés par le soleil et le sel. Certains sont encore à l'eau, dévalant les rouleaux d'écume phosphorescente en équilibre sur l'horizon. On se croirait aux Caraïbes. Des effluves de poissons grillés sur la braise chatouillent les narines. Serveuses et serveurs ondulent entre les tables comme si eux-mêmes glissaient sur une vague invisible.

Bien que l'endroit soit idéal pour se laisser aller à la douceur de vivre, Vincent ne peut s'empêcher de jeter des coups d'œil anxieux autour de lui et de dévisager chaque nouvel arrivant. Maryse tente de le décontracter en lui servant un verre de vin frais.

– Il est encore tôt, les gens dînent tard en cette saison.

– Peut-être… ou alors elle est déjà partie… Elle m'aura reconnu et se sera éclipsée… ou bien nous avons tellement changé l'un et l'autre que nous ne nous sommes pas reconnus…

– Cessez d'envisager des possibilités toutes plus saugrenues les unes que les autres. Vous y passeriez la nuit entière qu'il arriverait encore autre chose.

– Vous avez raison. Seulement, il ne se passe rien. Et puis, d'abord, le petit frère ne m'a pas dit qu'elle serait ici, il m'a juste conseillé de venir.

– Alors contentez-vous d'être là et profitez de l'instant présent. Ah, voilà nos sardines !

Elles sont délicieuses, croustillantes à souhait, au point que Maryse en recommande.

– Des années que je n'en avais pas mangé. Il faudra remercier le petit frère de ma part.

– Je ne voudrais pas être indiscret, mais vous parlez toujours d'avant, d'il y a des années, comme si votre vie s'était arrêtée et que vous la repreniez maintenant.

– C'est à peu près ça. J'ai bien été bibliothécaire à Rennes, mais c'était à la prison des femmes. Dix ans.

Elle a sorti ça sans sourciller, de sa petite voix flûtée, tout en se léchant le bout des doigts. Tranquillement, elle s'essuie la bouche et finit son verre de vin.

– Je suis sortie il y a un mois. Vous êtes la première personne à qui j'en parle. Vous êtes choqué ?

– Non !… C'est juste que… C'est pas banal, quoi.

– Les prisons sont pleines d'histoires comme la mienne, des contes de fées qui ont tourné en comptes d'épicier.

– C'est arrivé ici ? C'est pour ça que vous êtes revenue ?

– Oui, une sorte de pèlerinage.

Maryse se tourne vers la mer. Son regard ricoche sur la crête argentée des vagues et va se perdre bien au-delà de l'horizon. La pleine lune fait le yoyo dans un ciel semé d'étoiles qui semble n'avoir jamais servi tant elles brillent.

– À chacun sa valise. La mienne était lourde, n'est-ce pas ?

– Très !

Tous deux éclatent de rire parce qu'il n'y a plus rien à ajouter et que c'est la meilleure façon de se défaire d'un silence embarrassant.

– Vous devriez vous renseigner auprès de la petite serveuse, peut-être connaît-elle votre amie ?

– J'y pensais. Mademoiselle, l'addition, s'il vous plaît !

Le visage épanoui de la jeune fille se ferme d'un coup quand Vincent lui demande :

– Vous ne connaîtriez pas une certaine Véronique ?

– Véronique ?… Quelle Véronique ? Ça court les rues, les Véronique !

– Véronique Esteban Vargas, elle habite Saint-Jean-de-Luz, elle a un petit frère, Fred, qui m'a conseillé de venir ici si je voulais la trouver.

Les yeux de la fille ressemblent à deux rayons laser qui le traversent de part en part.

– Vous vous appelez comment ?

– Vincent. Je suis un ami.

– Ouais... Bougez pas, je vais me renseigner.

Dix bonnes minutes plus tard, elle réapparaît.

– J'ai deux billets pour la corrida de Bayonne demain soir, ça vous intéresse ?

– Mais... Ce n'est pas ce que je vous ai demandé, je...

– Ça vous intéresse, oui ou non ? Places 23 et 24. Il y a beaucoup de monde dans les arènes, on y rencontre toujours des gens.

Il y a tant d'insistance dans les pupilles de la serveuse que Vincent se sent obligé d'accepter.

– Combien ?

– C'est gratuit. Je devais y aller avec un copain, mais on a un empêchement. Bonsoir.

Elle tourne les talons et reprend, l'air de rien, son slalom entre les tables. Sur les billets, on voit un torero tendu comme un arc, cape rouge au vent, éviter de justesse les cornes menaçantes d'un taureau furieux. Maryse sourit en s'éventant avec les billets.

– Vous savez comment on appelle ce genre de passe, en langage tauromachique ?

– Non. Je n'y connais rien.

– Une véronique.

– Vous viendrez avec moi ?

– Pourquoi pas ?

La maison de Raoul, l'admirateur d'Hannah, ressemble à celle que les enfants sans imagination dessinent à la règle, un carré avec un toit pointu. Ce qu'il appelle son jardin est constitué de deux rectangles de pelouse, dont pas une herbe ne dépasse, encadrés d'une haie taillée en brosse et séparés par une allée de ciment, bordée d'arbres plantés à égale distance les uns des autres, au garde-à-vous. C'est aussi propre et chiant que la Suisse.

– J'ai tout fait moi-même, de la cave au grenier !

– Félicitations.

– Venez, je vais vous montrer l'atelier, je pense avoir tout ce dont vous avez besoin.

En effet, le sous-sol du pavillon est un modèle du genre, rien ne manque, du plus minuscule tournevis au marteau pneumatique dernier cri. Une place pour chaque chose et chaque chose à sa place. Un vrai catalogue de fête des pères issu du cerveau bien ordonné de M. Bricolage. Vincent sourit en se souvenant du chaos magnifique de l'antre de son oncle Raymond.

– Le poste à soudure est presque neuf, je ne m'en suis servi qu'une fois.

– C'est parfait, un peu trop, peut-être… Je risque de déranger votre installation.

– Aucune importance, vous êtes chez vous. Hannah m'a dit que vous étiez un artiste. Et puis, vous savez, ici, tout est fini, à part mon potager, je ne m'occupe plus de rien. Je suis content de voir cet endroit revivre. Vous avez carte blanche. Est-ce qu'un café vous ferait plaisir ?

– Je veux bien.

– Installez-vous sur la terrasse.

Vincent est mal réveillé. À peine est-il descendu ce matin pour le petit déjeuner qu'Hannah lui a mis le grappin dessus pour le présenter à Raoul. Cette histoire de portail est devenue pour elle une véritable obsession, comme si sa vie en dépendait. Avec des paons, des dragons ou n'importe quoi d'autre, mais il faut qu'elle en change. Tout juste s'il a eu le temps d'avaler son café et de donner rendez-vous à Maryse pour seize heures qu'il s'est retrouvé dans la voiture de Raoul, en route pour le palais du bricolage.

Trop bon, trop con, voilà ce qu'il est. Qu'est-ce qu'il en a à faire, de cette grille, alors que tournent dans sa tête les révélations de Maryse, hier, au restaurant, et que ce soir il retrouvera peut-être Véronique dans une corrida ? Les voies de Dieu sont impénétrables, mais s'il nous a créés à son image, ce type est un dangereux maniaque.

– Un sucre ou deux ?

– Un, merci.

– Hannah exagère... Vous faire travailler pendant vos vacances... Mais comment lui refuser quoi que ce soit ? Quelle femme ! N'est-ce pas ? Et quelle artiste surtout ! J'ai enregistré tout son répertoire, voulez-vous que je vous le fasse écouter ?

– Pas tout de suite, merci. J'ai un peu mal à la tête.

– Ma femme aussi était une artiste, elle était imitatrice animalière.

– Ah bon ?

– Oui, elle imitait à la perfection le cri des dindons, des poules, des coqs, du cochon, de l'oie, de la vache, du cheval... Elle avait un succès fou ! C'est pour elle que j'ai construit cette maison, elle y tenait autant qu'Hannah à son portail. Je l'ai construite avec ces deux mains-là, des années... et puis, le jour où j'allais lui remettre les clés, elle est partie en me laissant un mot sur la table de la cuisine : « Raoul, excuse-moi, mais je m'ennuie trop avec toi. » Partie, avec un prestidigitateur hongrois... Allez comprendre ! À part être Hongrois et faire sortir des lapins blancs d'un chapeau, qu'est-ce qu'il avait de plus que moi ? Mais je vous parle de ça, c'était il y a...

Les lunettes de Raoul sont devenues opaques, son regard se perd dans l'infini verdoyant de sa pelouse pour se briser sur le muret de parpaing qui en délimite le terme. D'un doigt déformé par l'arthrite, il efface une larme et avale le fond de sa tasse.

– Pardon. Bon, alors, quand comptez-vous commencer ?

– Je ne sais pas, demain ?

– Parfait. Voulez-vous que nous allions chercher les matériaux dont vous avez besoin aujourd'hui ?

– Vous connaissez une casse de voitures ?

– Une casse de voitures ?

– Oui. Les voitures, c'est comme les paons et les dragons, ça a des ailes. On y va ?

La jolie pelouse impeccablement tondue de Raoul est à présent jonchée de tôles, de pare-chocs, d'enjoliveurs rouillés et autres pièces de carrosserie cabossées.

– Et vous allez faire le portail d'Hannah avec ça ?

– Faudra bien.

Raoul est perplexe mais ravi. Tout comme Ashley Melvill Jr dans la décharge, il s'est lancé avec l'enthousiasme d'un jeune chien au milieu des carcasses de voitures. Sur son visage maculé de graisse et de cambouis, ses yeux pétillent de curiosité.

– Vous, les artistes, vous êtes de drôles de gens.

– Pas plus que n'importe qui, simplement on se paie le luxe de faire ce que les autres n'osent pas.

– J'ai hâte de voir tout cela assemblé. Ça ne vous dérange pas si j'assiste à votre travail ?

– Au contraire, j'aurai sûrement besoin de vous.

– Épatant ! C'est que les haricots verts, à la longue, ça lasse. Vous voulez boire quelque chose ?

– Non, il faut que je rentre, j'ai rendez-vous.

– Alors, je vous ramène.

Dans la voiture, Raoul accompagne d'une voix chevrotante les stridences de son idole :

– « J'aime mieux mes dindons, j'aime mieux mes moutons, quand ils font leur doux glou-glou, lorsque chacun d'eux fait bêêê… » Ah, si Hannah voulait… Je lui ai proposé de venir vivre avec moi, de partager ma maison, mais elle prétend ne pas s'y sentir à l'aise. Je ne comprends pas, je suis parfaitement équipé alors que chez elle tout tombe en ruine, la plomberie, l'électricité… Il paraît que je manque de fantaisie, vous trouvez, vous aussi ?

– Je ne sais pas, on se connaît depuis peu de temps.

– Je ferais tout pour elle, je veux bien changer mais je ne sais pas comment m'y prendre. Quarante ans au service du contentieux dans la même entreprise, ça ne s'efface pas d'un coup de gomme. Peut-être que je devrais commencer par changer de… look, c'est comme ça qu'on dit ?

– Je crois que c'est déjà fait, vous avez du cambouis jusqu'aux sourcils. Attention ! le stop !…

Les gens qui parlent de leurs problèmes de cœur en conduisant sont des dangers publics.

– Raoul ?… Mais dans quel état êtes-vous ? Vous êtes tombé en panne ?

– Pas du tout, Hannah, au contraire, tout va très bien. Vincent et moi avons commencé le travail. Il n'y aura pas deux portails comme le vôtre dans toute la région ! Le temps de me doucher, de me changer et je vous emmène au restaurant, celui que vous voulez !

Sur ce, il dépose sur ses lèvres un vrai baiser de cinéma et s'éclipse en sifflotant sous l'œil étonné d'Hannah.

– Qu'est-ce que vous lui avez fait, Vincent ? Il n'est plus lui-même.

– Peut-être que si, justement. Maryse est là ?

– Oui, elle vous attend.

– J'en ai pour cinq minutes, dites-lui que j'arrive.

Maryse porte une robe de lin écru, une paire de sandales blanches et une capeline de paille dont l'ombre fait une voilette sur son visage. Visiblement, tout cela est neuf, elle a dû acheter cette tenue dans l'après-midi. Avant de monter en voiture, Hannah lui épingle une rose sur la poitrine.

– Quand on se fait belle, faut le faire jusqu'au bout. Amusez-vous bien !

Maryse a rougi imperceptiblement. Avant de démarrer, elle tend à Vincent un vieux livre, écorné, patiné.

– C'est le *Don Quichotte* de Cervantès. Il est en piteux état parce que je l'ai lu et relu tant de fois. C'est l'histoire d'une quête infinie. Je crois qu'il vous plaira. Il y a des points communs entre le héros et vous. L'auteur l'a écrit en prison et moi je l'ai découvert dans les mêmes circonstances. Cela m'a beaucoup aidée.

– Moi aussi, j'ai un livre pour vous, mais il est en anglais.

– Je parle anglais… *Moby Dick*, et dédicacé par l'auteur ! C'est une pièce de très grande valeur.

– C'est un de ses descendants, un ami, qui me l'a offert. Gardez-le, je ne parle pas anglais et puis, les livres, c'est fait pour tourner.

– C'est un très beau cadeau que vous me faites, je suis touchée, merci. Encore une histoire de quête, *Moby Dick*, décidément… Eh bien, poursuivons la vôtre. Vous avez déjà assisté à une corrida ?

– Non. Et vous ?

– Quelque fois. J'avais un ami qui était un aficionado, il adorait ça !

– Si ce n'était pas dans l'espoir d'obtenir des renseignements sur Véronique, je ne crois pas que j'y aurais mis les pieds. Tuer des bêtes pour le plaisir, cela ne me branche pas plus que ça.

– Je comprends. Cela peut paraître cruel, mais cette fascination pour la mort existe dans le cœur des hommes depuis l'aube de l'humanité. À une époque où l'on ne savait pas ce qu'était la cruauté. L'homme et l'animal se respectaient, même s'ils s'entre-dévoraient pour survivre. Aujourd'hui, il y a des abattoirs pour les animaux et des guerres pour les humains. Est-ce un progrès ?

Une foule bariolée se presse à l'entrée des arènes. Femmes fardées, pomponnées, se rafraîchissant à petits coups d'éventail nerveux, hommes aux yeux fiévreux s'interpellant en basque. L'air est chargé d'électricité, et ce n'est pas dû uniquement aux lourds nuages qui commencent à plomber le ciel. Malgré lui, Vincent se sent envahi par cette fièvre qui poisse la paume des mains. Peu à peu, chacun prend place sur les gradins en béton autour de la piste de sable ratissée avec soin. De part et d'autre, les deux *bandas* accordent leurs instruments dans une cacophonie qui rajoute à l'énervement du public. Un vieil homme portant un chapeau noir à bord plat, la peau craquelée comme une terre aride, s'assoit à côté de Vincent. Un bref instant, il tourne vers lui un regard vide.

– Dis-moi, petit, c'est bien la place 25, ici ?

– Oui.

– Alors c'est bien.

Puis il fixe ses yeux de glace sur le centre de la piste, aussi impassible qu'une momie. La *plaza* est à présent noire de monde. Un courant passe dans les gradins, suivi d'une grande clameur. Les cuivres des *bandas* éclatent en même temps qu'une douzaine de toreros s'avancent dans la lumière crue, raides comme des pantins de bois dans leurs habits à paillettes, une cape rouge pliée sur leur bras gauche. Ils se dispersent en éventail et vont se planter, tels les arbres de Raoul, à égale distance les uns des autres le long de la *barrera*. Suivent quatre picadors montés sur des chevaux caparaçonnés, leurs longues piques dressées vers le ciel. Maryse se penche sur Vincent.

– C'est le *paseo*, le défilé de tous ceux qui vont participer à la corrida. Ceux qui se tiennent contre la *barrera* forment la *cuadrilla*, de jeunes toreros aux ordres du matador, celui-là qui salue.

Vincent ne sait plus où donner des yeux, c'est un manège rutilant de milliers de facettes qui se met à tourner devant lui jusqu'à ce que, d'une porte rouge, surgisse une bête énorme lancée à plein galop. Arrivée au milieu du cirque, elle patine des quatre sabots et s'arrête net. On n'entend plus que son souffle jaillissant de ses larges naseaux. On dirait quelque force infernale réveillée en sursaut. Le taureau balance sa tête de gauche à droite et, sans raison apparente, charge la palissade, frappe aveuglément le bois de ses cornes. Alors le matador s'avance, tranquille, traînant avec nonchalance sa cape rouge derrière lui. Le taureau l'aperçoit, fonce sur lui tête baissée, mais, au moment de l'encorner, le torero fait un petit pas de côté, aveuglant l'animal de sa cape. Furieux, le taureau charge à nouveau, mais l'homme pivote sur ses talons et l'évite en se cambrant. À chaque passe, la foule se dresse, hurlante. À la cinquième, le matador met sa cape contre sa hanche et pirouette de telle façon qu'elle s'ouvre comme un tutu de danseuse, faisant virer le taureau sur lui-même. Dédaigneux, l'homme tourne le dos à la bête étourdie et s'éloigne sous les ovations du public. Survient le picador juché sur son cheval. Il avance d'un pas lourd, la pique pointée sur le taureau qui, fou de rage, se jette sur lui à cent à l'heure. Le choc est terrible. La pointe de la lance s'enfonce dans la peau noire et fait gicler un flot de sang. Puis c'est au tour des *banderilleros* d'intervenir. On dirait un essaim d'abeilles qui harcèlent de leurs crochets enturbannés le taureau haletant. Celui-ci ne sait plus où donner des cornes.

– Ça va, Vincent ?

– Je ne sais pas.

Veronicas et autres passes se succèdent à un rythme étourdissant, ponctuées par les « Olé, Olé ! Bravo torro ! » fusant des tribunes. Enfin, il ne reste plus au milieu du cirque de sable dévasté que l'homme, tendu comme une corde de guitare, et le taureau, ruisselant de sueur et de sang, face à face. La musique sonne une sorte de glas, très beau, très triste. Chacun retient son souffle, même les nuages à présent réunis en un épais troupeau au-dessus de l'arène. On se croirait dans un western, le duel final. Le taureau tremble sur ses pattes, on le sent au bout du rouleau. Le matador s'avance, lentement, l'épée pointée comme un dard au-dessus de la *muleta*. On jurerait qu'ils se parlent : « Toi ou moi. » Cela ne dure qu'une fraction de seconde. Dans un ultime effort, le taureau rassemble tout ce qui lui reste de forces et fonce droit sur son inéluctable destin. L'épée s'enfonce jusqu'à la garde entre ses épaules. Il trébuche, rejette la tête en arrière, les yeux révulsés. Il fait quelques pas d'ivrogne. Ses pattes avant ploient sous le poids d'une vie qui lui échappe, et il tombe sur le flanc tel un arbre abattu. C'est fini. Au même instant, alors que la foule applaudit, que chapeaux et bouquets de fleurs voltigent sur la piste, le ciel s'effondre. À travers le rideau de pluie, un attelage de mules charrie la masse noire du brave combattant. Tout le monde se lève avec précipitation sous le déluge, un journal sur la tête, vers la sortie. Mais, au moment où Maryse et Vincent en font autant, le vieil homme au chapeau noir saisit le garçon par le bras.

– Non, pas vous. Suivez-moi.

Il leur fait descendre les gradins et les introduit dans les coulisses de l'arène, un réseau de galeries qui sent la sueur, le cuir et le sang. Ils croisent quelques membres du personnel qui saluent le vieil homme d'un respectueux « Don Horacio ». Enfin, ils pénètrent dans ce qui doit être les écuries, le *patio de caballos*. Là encore, les lads qui pansent les chevaux rivalisent de courbettes devant don Horacio. C'est dans un coin sombre, à l'abri des regards indiscrets, qu'il les fait asseoir autour d'une table bancale.

– Alors, petit, qu'est-ce que tu lui veux, à Véronique ?

– Vous la connaissez ?

– Réponds à ma question.

– Je voudrais la voir, c'est tout. Qu'est-ce qu'elle a, elle est malade ? Elle a fait une bêtise.

– Tu es Vincent, n'est-ce pas ?

– Oui. Elle vous a parlé de moi ? Elle ne m'a pas oublié ?

Don Horacio ne doit pas avoir l'habitude de sourire, et pourtant il se fend d'un rictus qui se veut bienveillant.

– Oui, souvent. (Puis il reprend son masque sévère et désigne Maryse du menton.) Et elle, qui c'est ?

– Une amie. Dites-moi ce qui se passe, je peux peut-être l'aider.

– Peut-être. Mais rassure-toi, elle va bien.

– Alors, conduisez-moi à elle !

– Impossible. Je suis son oncle, Horacio Vargas, le frère de sa mère. Elle est sous ma protection.

– Mais pourquoi a-t-elle besoin de protection ?

– Elle court un grand danger.

– Et vous ne faites pas intervenir la police ?

– Surtout pas ! Avec moi, elle est en sécurité. Je ne peux pas t'en dire plus. Il faut me faire confiance. Je vais lui annoncer que tu es là et je suis sûr que cela lui fera très, très plaisir. Si tout se passe bien, vous pourrez vous revoir bientôt. Maintenant, il faut que vous partiez. Tu auras de ses nouvelles sous peu.

– Vous ne savez même pas où j'habite !

– Bien sûr que si, ta logeuse a une très belle voix. Prenez cette petite porte, à gauche, et disparaissez.

La poignée de main d'Horacio Vargas est de celles qu'on n'oublie pas, quand il vous la lâche, on compte ses doigts. En revanche, c'est avec beaucoup de galanterie qu'il baise celle de Maryse.

– *Señorita*, vous êtes très belle, ravi d'avoir fait votre connaissance. Une autre fois, j'espère. Que Dieu vous garde.

Dehors, la pluie a cessé. Des volutes de vapeur humide s'échappent des caniveaux. Abasourdis, Maryse et Vincent se perdent un bon quart d'heure dans un dédale de ruelles obscures avant de retrouver leur voiture. Ils se laissent tomber sur leur siège et poussent un même soupir.

– Ce qu'il y a de bien avec vous, Vincent, c'est qu'on n'a pas le temps de s'ennuyer.

– Je n'y comprends rien, mais alors rien de rien ! C'est dingue, non ?

– Horacio Vargas… Ce nom me dit quelque chose… C'était un grand matador, oui, un des plus grands ! Si nous allions manger quelques tapas pour nous remettre de nos émotions ?

– Tout ce que vous voulez, du moment que ce maudit manège cesse de tourner dans ma tête.

Une masse noire, mouvante, éclaboussée de taches rouge coquelicot, telle a été la nuit de Vincent. Pas sûr qu'il y retourne de sitôt, à la corrida. Malgré les lunettes, les étincelles qui jaillissent de la ponceuse sur le métal lui brûlent les yeux.

– Vincent, vous ne vous sentez pas bien ?

– Si, Raoul, mais j'ai mal dormi. Besoin de faire une petite pause.

– Je vous prépare un café.

Les deux ailes de la 403 débarrassées de leur peinture grise brillent à présent d'un bel éclat bleu acier sous le soleil. Vincent les flatte du plat de la main. Elles sont chaudes et rondes comme la croupe d'un cheval de trait. Elles feront très bien de chaque côté du portail. Ce sera certainement son plus beau boulot et pourtant il n'en tire pas plus de plaisir que cela. Sa tête est ailleurs.

Qu'est-ce que Véronique a pu faire pour être obligée de se cacher ? Alors, il n'y a plus moyen d'être peinard… Il voulait juste retrouver sa copine. Ça commence à bien faire, l'aventure ! Dans les livres, d'accord, mais dans la vraie vie… Que ce vieux cinglé de Don Quichotte aille se bigorner avec les moulins à vent, c'est plutôt rigolo, mais que lui, Vincent, se retrouve à faire de même, non. Tout ça à cause de ce foutu grain de sable dans l'engrenage, qui bloque la belle mécanique de l'existence. Le sable, il ne peut plus le supporter. Dieu sait si depuis un an il en a foulé, des kilomètres et des kilomètres de sable ! Cela se veut doux, confortable, ces milliards de milliards de grains minuscules, et puis, un jour, on s'en prend un seul dans l'œil et soudain, tout se trouble…

– Vous semblez contrarié, Vincent…

– Comme je vous l'ai dit, j'ai mal dormi.

– Moi aussi, ça m'arrive. Mais j'ai mes cachets. Un Temesta et hop ! je dors comme un ange.

– Vous croyez que les anges prennent du Temesta ?

– Je ne sais pas. C'est probable, il doit y avoir des longueurs là-haut. L'éternité, c'est très long, surtout vers la fin. Dites donc, j'ai un projet. Je vais revendre ma maison pour acheter un château.

– Un château ?

– Oui, enfin une sorte de manoir. Il a un peu brûlé il y a une dizaine d'années, mais en faisant ce qu'il faut, on peut lui redonner vie. Qu'est-ce que vous en pensez ?

– Si ça vous plaît…

– C'est surtout pour Hannah. Vous imaginez, un décor à sa mesure, des tours, des escaliers en colimaçon, vous voyez le genre. Elle ne pourra qu'accepter.

– Cela va vous demander pas mal d'énergie et beaucoup d'argent.

– De l'argent, j'en ai ! Je vis seul, je ne voyage pas, je mange peu et je n'ai pas d'enfants. À quoi me servirait d'être le plus riche du cimetière ? Je n'ai que soixante-douze ans, je suis en excellente santé et puis… j'ai besoin d'un rêve. D'ailleurs, j'ai déjà signé. Je l'ai eu pour une bouchée de pain. Personne n'en voulait, sous prétexte qu'un crime y a été commis. Je ne crois pas aux fantômes. Et si vous veniez y jeter un coup d'œil, ce soir ?

– Pourquoi pas ? Je dois dîner avec Maryse, on pourrait y faire un tour avant.

– Vers dix-neuf heures. Vous verrez, l'endroit est magnifique ! Mais surtout, pas un mot à Hannah, c'est une surprise !

Raoul rayonne comme un gosse qui va faire une bonne blague, mille petits plis soleil aux coins des yeux et un dentier éblouissant. Qui a dit qu'il fallait beaucoup de temps pour devenir jeune ?

Rien de tel que le travail pour effacer vos soucis. Vincent sirote un verre d'orgeat bien frais dans le jardin en attendant Maryse. Hannah taille ses rosiers en fredonnant, des hirondelles se pourchassent dans le ciel. Ce pourrait être un monde parfait. Pourquoi faut-il que Véronique soit prisonnière d'un vieux torero ? La vie a trop d'imagination, il ne lui en demande pas tant !

– Alors, Vincent, mon portail ?

– Ça avance, ça avance…

– Raoul n'a rien voulu me raconter, mais ça a l'air de quelque chose.

– Ce sera quelque chose.

– Vous me le dites comme si vous m'annonciez la fin du monde. Pourquoi êtes-vous si triste ? Vous êtes une drôle de bestiole, on vous offrirait la lune que vous n'en voudriez pas. C'est pas normal !

– La chaleur, peut-être…

– Un de ces jours, il faudra bien vous y résoudre.

– À quoi ?

– Mais au bonheur, bien sûr. Au bonheur !

– Je ne demande rien d'autre.

– En tous cas, Raoul n'est plus le même depuis qu'il vous connaît. Il a rajeuni de vingt ans. Et Maryse, vous l'avez vue ? Une métamorphose ! Elle a encore fait les boutiques aujourd'hui. Tenez, la voilà.

C'est vrai qu'elle est presque belle dans cette longue robe à rayures verticales qui lui affine la silhouette. Elle a toujours l'air d'un fantôme, mais un fantôme qui se respecte, qui aurait changé de suaire.

– Bonsoir, Vincent, bonne journée ?

– Oui. Vous êtes très jolie.

– Merci. On y va ?

– On y va. Bonsoir, Hannah.

– Profitez bien, Raoul vient me chercher dans une heure. Je ne sais pas ce qu'il a en ce moment, il m'emmène au restaurant tous les soirs.

La voiture sent le plastique chaud et le parfum ambré de Maryse.

– Alors, on retourne à l'*Etcheterra* ?

– Oui, mais avant, on a rendez-vous avec Raoul. Il a acheté un château.

– Un château ?

– Il voudrait que j'y jette un coup d'œil. Bien sûr, pas un mot à Hannah, c'est pour elle.

– C'est très romantique. Eh bien, allons-y.

Au fur et à mesure des indications que lui donne Vincent, le visage de Maryse s'assombrit jusqu'à ce que, en atteignant le but, il se ferme aussi hermétiquement qu'une porte de prison.

– C'est là.

– D'après les indications de Raoul, oui.

– Je préfère vous attendre dans la voiture.

– Vous ne voulez pas venir ?

– Non.

Son visage a pris l'apparence d'un sens interdit, rouge barré du trait blanc de ses lèvres serrées.

– Comme vous voulez, j'en ai pour dix minutes, pas plus.

La grille d'entrée, encadrée de deux lions de pierre, ouvre sur une allée bordée d'arbres, dont les ramures forment un encorbellement, une sorte de tunnel. Elle débouche sur une vaste prairie hérissée d'herbes folles. Le 4 × 4 de Raoul est garé devant ce qui reste d'une bâtisse imposante mais aux trois quarts détruite. En haut des marches du perron, Raoul apparaît, radieux.

– Bienvenue au château du Lys ! Cela vous en bouche un coin, non ?

– C'est splendide, mais y a du boulot !

– Des bricoles, rien de plus ! Regardez, vue imprenable sur la mer !

Une trouée parmi les pins parasols dévoile les scintillements du soleil couchant sur le tapis soyeux des flots bleus.

– N'est-ce pas merveilleux ?

– C'est vrai que ça a de la gueule. Enfin le château, quand même…

Deux tours étêtées flanquent le bâtiment ; la toiture n'est plus qu'un amas de poutres calcinées.

– Bien sûr, il faudra un certain temps, mais si c'est pour donner corps à un rêve, ça vaut le coup, non ? Écoutez-moi ce silence ! Rien que des chants d'oiseaux ! Bientôt, la voix d'Hannah se mêlera à eux. Dans six mois, il n'y aura plus que de la vie ici, de la belle et bonne vie !

Il en a plein les yeux, le vieux Raoul, de la belle et bonne vie. Pendant un instant, il se croit immortel.

– Vous n'avez rien dit à Hannah ?

– Motus et bouche cousue !

– Très bien. Maryse n'est pas avec vous ?

– Non, elle est restée dans la voiture, un petit coup de chaleur.

– Ah... J'attends les entrepreneurs demain. Alors, bonne soirée.

– Vous de même.

– Vincent ?...

– Oui ?

– Est-ce que je suis en train de faire une bêtise ?

– Certainement pas, Raoul, je suis très heureux pour vous.

– Merci. Vous savez, vous serez toujours ici chez vous.

– Passez une bonne soirée, Raoul.

Vincent s'éloigne puis se retourne. La silhouette du vieil homme décharné face à son rêve a quelque chose de Don Quichotte.

– … Les deux petits étaient terrorisés. Je les avais enfermés dans leur chambre au premier pour que leur père ne puisse pas leur faire du mal. Raphaël était devenu fou, il brisait tout ce qui lui tombait sous la main en hurlant qu'il allait mettre le feu au château. J'ai essayé de lui barrer le passage alors qu'il s'apprêtait à monter à l'étage, mais il était fort : un vrai taureau ! Il m'a à moitié assommée d'un coup de poing. Quand j'ai repris mes esprits, il y avait déjà de la fumée partout. J'ai couru jusqu'au bureau et j'ai pris le pistolet dans le tiroir. Je ne voulais pas le tuer, juste le ramener à la raison. Je me suis précipitée au premier. Raphaël m'attendait en haut des marches. On aurait dit un ogre, les yeux rouges, la barbe ébouriffée. Il riait comme un dément en brandissant une chaise au-dessus de sa tête. Une dernière fois, je l'ai supplié et puis j'ai tiré au moment où il me jetait la chaise. À nouveau, je me suis évanouie. Mais en rouvrant les yeux, j'ai vu que les flammes léchaient déjà le palier. J'ai enjambé le corps inerte de Raphaël et j'ai tenté de gagner la chambre des enfants. J'entends encore leurs cris… Mes cheveux, mes vêtements étaient en feu. Je ne pouvais plus rien faire. À peine si j'ai eu le temps de sortir du château avant que le toit s'effondre. Après…

Maryse hausse les épaules comme si tout ce qui s'était passé après ne la concernait plus. Vincent fixe le fond de sa tasse de café sans rien trouver à dire. C'est tellement étrange d'écouter cette confession au milieu de ces gens qui rient, commandent du vin, font cliqueter leurs couverts. C'est à se demander s'ils vivent sur la même planète.

– Mais pourquoi vous a-t-on condamnée ? Vous étiez en légitime défense...

– Raphaël venait, sans que je sois au courant, de me léguer toute sa fortune. Alors une pauvre nurse devenue la maîtresse du patron, vous imaginez ce qu'on en a conclu.

– Mais vous auriez pu vous défendre, ce n'était pas la première fois qu'il avait ce genre de crise.

– Bien sûr, j'aurais pu... Mais comment vous dire ? Nous nous aimions, j'adorais ses enfants. En dehors de ses crises, c'était le plus doux et le plus gentil des hommes. La dernière remontait à presque deux ans. Je pensais sincèrement qu'il était guéri. Nous devions nous marier. J'avais vingt-deux ans, il était le premier homme de ma vie, et il m'aimait vraiment, sans souci de mon physique ingrat. Et puis, il y avait les enfants, vous comprenez. On formait une vraie famille. Pour quelqu'un qui n'en a jamais connu, qui a passé son enfance de foyer en foyer... C'était un rêve, et, en une nuit, il s'est écroulé. Je n'avais plus envie de me défendre. Contre quoi, le destin ?... Je n'avais plus du tout envie de vivre.

– Je suis désolé de vous avoir amenée devant ce château.

– Comment pouviez-vous savoir ? De toute façon, je comptais m'y rendre, comme au cimetière l'autre jour. Peut-être pas dans les mêmes conditions, mais, au fond, ce n'est pas plus mal. L'idée n'est pas déplaisante de voir ce lieu renaître de ses cendres et être occupé par Raoul et Hannah. Une histoire en remplace une autre, et celle-ci démarre bien. C'est drôle, je me sens débarrassée d'un grand poids. C'est peut-être pour cela que je suis revenue ici.

– Si on allait faire quelques pas sur la plage avant de rentrer ?

– Excellente idée !

La clarté de la lune projette leurs ombres difformes sur le sable martelé de milliers d'empreintes de pas. Quelques heures auparavant, la plage grouillait de monde et c'est tout ce qu'il en reste, des traces, une sorte de plage en grève. Ses sandales dans une main, l'autre retenant le bas de sa robe, Maryse s'avance dans la mer jusqu'aux genoux et lève les yeux au ciel. Vincent est à une dizaine de mètres d'elle. Il ne la voit que de dos, mais il pourrait jurer que, à cet instant, elle sourit.

Vincent, je suis trop émue pour trouver les mots justes, mais sache que je n'ai jamais douté de toi, je savais qu'un jour ou l'autre tu viendrais. Je t'ai tant attendu, si tu savais !... Je ne devrais pas t'écrire, si mon oncle Horacio était au courant, il serait furieux. Je sais que c'est pour mon bien qu'il me tient à l'écart du monde, mais je n'ai pas pu m'en empêcher. J'ai tellement envie de te voir ! Peux-tu te rendre aujourd'hui, à quinze heures, au musée de la Mer, face au Rocher de la Vierge, devant la grotte des squales ? Je prends un gros risque, mais tant pis, j'ai dix-sept ans et je t'aime. Que peut-on y faire ?

Véronique

Ce petit mot est écrit en lettres rondes sur une page de cahier d'écolier, une écriture sage jusqu'à cette larme bouleversante qui étoile d'une tache diffuse son prénom.

– Qui vous a donné cette lettre, Hannah ?

– Personne. Je l'ai trouvée dans la boîte, juste une enveloppe avec votre nom dessus, pas de timbre. Ça ne va pas ? Mauvaise nouvelle ? Vous êtes tout pâle…

– Non, c'est juste que je ne pourrai pas aller travailler chez Raoul, aujourd'hui.

– Ce n'est pas grave, faut pas vous mettre dans des états pareils. On a tout notre temps. Je ne sais pas ce que vous mijotez, Raoul et vous, mais vous avez l'air aussi fous l'un que l'autre.

La grotte des squales, quinze heures… Un peu qu'il y sera, et comment ! Si Hannah n'était pas là, il se plaquerait la lettre sur le nez pour en respirer l'odeur. Sa première lettre d'amour ! Jamais il ne remerciera assez tous ceux qui lui ont appris à lire. Son cœur frappe dans sa poitrine comme les poings d'un boxeur sur un punching-ball, si bien qu'il se retrouve KO, incapable de lever ses fesses de la chaise de jardin, un sourire niais collé sur le visage, le regard braqué sur une mouche engluée dans une goutte de miel.

– Bon, je vais refaire du thé parce que, avec votre sourire d'idiot du village et vos yeux dans le vague, autant s'adresser à un mur. Tiens, bonjour, Maryse, bien dormi ?

– Très bien.

– Vous avez vu, je vous ai branché des prises anti-moustiques dans votre chambre. C'est efficace, non ?

– Je n'en ai pas vu un seul.

– Installez-vous et si vous parvenez à faire sortir un mot cohérent de cet individu, je vous décerne la médaille du mérite !

On pourrait tirer le canon que Vincent ne s'en apercevrait pas. Ses pensées s'entrechoquent dans sa tête pareilles à des boules de billard et, chaque fois, il marque des points. Le bonheur est aussi imprévisible que le Loto.

– Vincent ?... Hé, Ho !... Il y a quelqu'un ?

Pour toute réponse, Vincent se contente de tendre à Maryse la lettre froissée dans sa main moite. Elle la parcourt en fronçant les sourcils.

– Vous allez vous y rendre ?

– Bien sûr !

– Je vous comprends. C'est un peu risqué quand même...

– Cela fait un an que j'en prends, des risques pour la retrouver, alors un de plus...

– Soyez prudent.

À se promener d'aquarium en aquarium, on finit par comprendre pourquoi le capitaine Nemo a préféré les profondeurs abyssales de l'océan à la croûte terrestre. Les monstres qui évoluent avec grâce parmi les algues et les coraux ne sont pas plus effrayants que les machines qui dévastent la planète. De plus, ils ont le mérite d'être silencieux. Bien sûr, dans leur milieu naturel, ils doivent se bouffer les uns les autres, mais ici, on les nourrit à heures régulières, ce qui fait que la raie manta côtoie sans préjugés le poulpe géant, le barracuda, et une myriade d'autres espèces conviées à un bal sans fin, sans jour et sans nuit. Dans cette perpétuelle mouvance où scintillent les couleurs de l'arc-en-ciel, tout semble permis : les écailles, les épines, avec os, sans os, avec ventouses, avec des pinces, des carapaces, des dents, des trompes, de l'infiniment petit à l'infiniment grand, de l'éponge à la baleine… Ici, l'imagination est au pouvoir. Un poisson-clown vient se poster juste devant Vincent. De sa bouche tétant le vide se dégage un chapelet de bulles. « Qu'est-ce que tu fiches derrière la vitre, grand dadais ? Avec le temps qu'il fait dehors, tu serais mieux parmi nous. » Puis, d'un coup de queue, il regagne son banc et se noie dans l'éternelle chorégraphie de l'existence.

Quinze heures pile ! Les squales. On dirait des bombardiers naviguant en rond dans un ciel turquoise, l'œil blanc sans cesse aux aguets, les dents nacrées, étincelantes. La peur restera toujours l'attraction la plus forte dans le cœur des hommes. La foule est dense. Le nez collé à la paroi vitrée, chacun frissonne devant les dents de la mer. La salle est sombre et Vincent a du mal à distinguer la silhouette de Véronique parmi tous ces corps qui se pressent les uns contre les autres. Et puis, à l'autre bout, en haut de l'escalier… C'est elle ! Malgré ses cheveux courts, il la reconnaît. Il lève le bras, lui fait signe de la main… Ça y est, elle l'a aperçu, elle aussi agite la main. Vincent joue des coudes : « S'il vous plaît ! S'il vous plaît ! Pardon, pardon !… » Il ne la voit plus, mais il sait qu'elle est là. Centimètre par centimètre, il s'en approche. Il a l'impression de nager à contre-courant, de brasser une marée noire. Ça y est, c'est elle ! Elle porte un tee-shirt blanc, presque phosphorescent dans la lumière bleutée de l'aquarium. Leurs deux mains se tendent l'une vers l'autre… Mais deux épaules de déménageurs se referment sur elle. Il a juste le temps d'entendre : «Vincent !… Vincent !…» Il y a un mouvement dans la foule, une sorte de mascaret, une vague qui le refoule.

– Véronique !… mais laissez-moi passer, merde !

– Hé ! Du calme petit, tu ferais mieux de t'occuper des requins.

L'homme qui lui barre le passage en a exactement l'aspect, cheveux calamistrés rejetés en arrière, sourire carnassier découvrant deux rangées de dents acérées.

– Foutez-moi la paix, je…

La main du type se lève, baguée d'une lourde chevalière en or. Mais, au moment où elle va s'abattre sur lui, une autre l'empoigne, et l'homme squale se met à grimacer en émettant un cri de bête prise au piège. Vincent lève la tête. Maryse, pareille à une statue de pierre, est en train de briser le poignet de l'individu sans qu'un seul muscle de son visage bouge. D'un sursaut, il parvient quand même à se dégager et à se fondre dans la foule pour rejoindre ses deux acolytes qui entraînent Véronique dans l'escalier. Tête baissée, Vincent fonce droit devant lui sans s'occuper du tumulte qu'il provoque, grimpe les marches quatre à quatre, court de salle en salle sous l'œil médusé des poissons et se retrouve sur le parvis du musée, ébloui par la luminosité du soleil. La main devant les yeux, il a juste le temps de voir les trois hommes pousser la jeune fille dans une grosse voiture grise et démarrer en trombe. Ses jambes ne le portent plus, il tombe à genoux, haletant, bouche ouverte, terrassé par l'impuissance.

– Vincent, ça va ?...

Maryse l'aide à se relever et le serre dans ses bras.

– Que faisiez-vous là ?

– Vous m'avez bien suivie au cimetière.

– Vous avez vu, ils l'ont emmenée !

– Calmez-vous. Venez, il ne faut pas rester ici.

Durant le trajet entre le musée de la Mer et la maison d'Hannah, Vincent a dû s'arrêter trois fois pour vomir. C'est en piteux état qu'il parvient à bon port, soutenu par Maryse. Hannah leur ouvre la porte.

– Qu'est-ce qu'il a ?

– Une insolation, il faut qu'il se repose.

– Un monsieur vous attend dans le jardin. Il n'a pas l'air commode.

– Je m'en occupe, merci, Hannah.

Assis à l'ombre du parasol, Horacio Vargas ne bouge pas d'une oreille en les voyant arriver. À peine un *burito* craché entre ses dents au passage de Vincent, tellement groggy, qu'il n'y prête pas attention. Don Horacio Vargas n'est qu'un monstre de plus parmi tous ceux qui hantent sa pauvre tête. Aussi mou qu'un paquet de guimauve, il se laisse transbahuter jusqu'à son lit et s'effondre dessus sans un mot. Une demi-seconde plus tard, il dort la bouche ouverte.

– Que faites-vous là, monsieur Vargas ?

– On vient de me prévenir de ce qui s'était passé au musée de la Mer. J'avais dit à ce petit imbécile de ne pas chercher à contacter Véronique.

– Mais c'est elle qui lui a donné rendez-vous !

– Elle est aussi stupide que lui. Il ne fallait pas y aller.

– Ils sont jeunes, ils s'aiment. Ils ne se sont pas vus depuis un an.

– La jeunesse est un fléau et l'amour une sottise !

– Qu'auriez-vous fait, à son âge ?

– À son âge, je n'aimais que les taureaux.

– D'accord. Mais quelle est la raison de votre présence ici ? Qu'attendez-vous de Vincent ?

– S'il l'aime tant que ça, il doit m'aider à la retrouver.

– Attendez, monsieur Vargas, si vous me racontiez ce qui s'est passé ? Vincent n'est au courant de rien, et moi non plus. On nage en plein brouillard.

– C'est une histoire de famille, une affaire d'honneur.

– Mais encore ?

– Mon fils, Manolo, a eu des mots avec Pablo, le fils Moralès, à propos de je ne sais quoi, une bêtise de jeunes. Ils se sont battus et... on ne les a plus revus ni l'un ni l'autre. Les Moralès sont persuadés que Manolo a tué Pablo et que je le couvre. Voilà, c'est tout.

– Et après ?

– Après !... Les Moralès veulent la tête de Manolo, c'est pourquoi ils ont enlevé Véronique. Ils savent que je tiens à cette petite comme à la prunelle de mes yeux. Ils veulent l'échanger contre Manolo.

– Eh bien, que votre fils aille s'expliquer avec eux !

– Mais je ne sais pas où il est !

Là, le vieil homme se ratatine sous son chapeau castillan. Une larme sillonne les rides de sa peau crevassée, sans parvenir à irriguer sa douleur.

– Il se cache ?

Horacio Vargas se redresse, le regard brûlant.

– C'est un lâche ! Je le tuerai de mes propres mains !

– Calmez-vous, monsieur Vargas. Vous ne croyez pas qu'il serait plus sage de prévenir la police ?

– Jamais ! *Sangre de Dios* ! Une affaire d'hommes se règle entre hommes !

– Et qu'une jeune fille soit prise en otage dans votre soi-disant « affaire d'hommes », ça ne vous dérange pas ? Réveillez-vous, monsieur Vargas, on est au XXIe siècle, pas dans un western spaghetti. Et Vincent, qu'est-ce qu'il a à voir là-dedans ?

– Manolo et lui ont le même âge et ils se ressemblent beaucoup, ça m'a frappé en le voyant à la corrida. L'échange doit se faire cette nuit. Les Moralès n'y verront que du feu.

– Mais vous êtes complètement fou ! Et que feront-ils de lui, vos Moralès ?

– Il n'aura rien à craindre, je serai là. J'ai mon plan. Mon bras est encore assez fort. Tenez, regardez…

Il y a trois mouches sur la table, trois mouches paisibles butinant une larme de confiture. La main tavelée d'Horacio balaie le bois verni et se referme. En la rouvrant, elle est vide. Deux des mouches voltigent autour de son chapeau en bougonnant qu'il n'y a jamais moyen d'être tranquilles, tandis que la troisième se pose sur le nez de Vargas. Il y a fort à parier qu'elle le traite de vieux con, et Maryse est absolument du même avis.

– C'est très convaincant, en effet !

Don Horacio fixe la paume de sa main d'un air incrédule.

– Je ne comprends pas, d'habitude, ça marche…

– Don Horacio, vous avez été un très grand matador, mais on ne peut pas mettre à mort le temps qui passe. Je vais prévenir la police, et qu'on en finisse avec cette pénible histoire.

– Non ! D'abord, je nierai tout et puis… si vous faisiez ça, les Moralès tueraient Véronique. Croyez-moi, je les connais, ils ne plaisantent pas.

– C'est absurde ! Vous ne savez vraiment pas où se trouve votre fils ?

– Aucune idée. Mais si je le retrouve…

– Ah non ! Ça suffit ! Du sang, toujours du sang ! Le sang, c'est la vie, pas la mort. À quelle heure doit se faire l'échange ?

– Minuit, sur la plage de Bidart. Vincent est notre seule chance.

– Fichez le camp !

– Voilà ce que m'a raconté Horacio Vargas, Vincent.

Il y a une tache d'humidité au plafond, juste au-dessus du lit, qui lui fait penser à une île, celle où il aimerait vivre seul avec Véronique, une petite île avec tout ce qu'il faut là où il faut, un lagon, une poignée de cocotiers, une source d'eau fraîche…

– Vincent, vous m'écoutez ?

– Oui. Quelle heure est-il ?

– Près de vingt heures.

– J'ai faim.

– Tout cela est délirant. Nous devrions alerter la police.

– Vous avez sans doute raison, Maryse, mais je n'y tiens pas trop. Je l'évite depuis un an. Ce n'est pas que j'aie grand-chose à me reprocher, mais c'est devenu une habitude.

– Qu'est-ce que vous comptez faire ?

– Y aller, bien sûr !

– Si cette histoire rocambolesque s'avère exacte, vous risquez gros !

Vincent sourit à son île. C'est peut-être de s'être vidé en vomissant, ou bien d'avoir dormi : toute peur a disparu de son cœur. Jamais il ne s'est senti aussi calme, aussi détendu.

– Il ne se passera rien, rien de mal. Ne me demandez pas pourquoi, je n'en sais rien, mais j'en suis certain. Allons manger.

Ils n'ont pas fait trois pas dans le jardin qu'Hannah leur tombe dessus, décorée comme un sapin de Noël.

– Attendez ! Raoul vient de me téléphoner, il nous invite tous les trois au *Plaza*. Il a des révélations à faire, paraît que c'est une surprise. Il nous attend.

Il y a des jours où il ne faut pas chercher à comprendre, juste suivre le mouvement et surtout ne pas se mettre en travers du destin. Maryse semble un peu réticente, mais Vincent est ravi. Tous trois se tassent dans la Twingo. Maryse et Vincent ouvrent en grand les fenêtres tant le parfum d'Hannah est puissant.

– À gauche, encore à gauche, et puis tout droit jusqu'au carrefour. Vous allez voir, c'est un des meilleurs restaurants de la ville ! Je me demande ce que c'est que cette surprise...

Biarritz sent encore les vacances, pourtant bon nombre d'estivants l'ont déjà déserté. L'air circule mieux. Les yeux fermés, Vincent se grise du pigment bleu de la nuit tombante. « Je devrais avoir peur, je devrais, mais je n'y arrive pas. C'est mon soir. »

Raoul fait les cent pas devant le restaurant. On dirait un héron argenté arpentant le trottoir.

– Ah, vous voilà ! J'ai réservé la meilleure table sur la terrasse.

C'est touchant de voir avec quelle délicatesse maladroite il prend soin d'Hannah. Il y a des bougies et des fleurs sur la table, et à perte de vue la mer déroulant sa traîne scintillante d'étoiles. Qui pourrait croire que, bientôt, deux familles rivales seront prêtes à s'entre-tuer ?

Les mets sont excellents et le service soigné. Ils échangent des banalités, ils causent de choses et d'autres sans vraiment y prêter l'oreille. Visiblement, Raoul cherche à faire son effet. Hannah se trémousse sur sa chaise comme si celle-ci était chauffée à blanc. Avant qu'on apporte le dessert, elle craque.

– Bon, alors, Raoul, c'est quoi, cette surprise ?

– Ma chère, depuis ce soir, vous êtes châtelaine.

– Pardon ?

– Vous êtes propriétaire d'un château, de ses dépendances et de son parc.

– Raoul, vous vous sentez bien ?

– Mais oui ! J'ai vendu ma maison, celle que vous trouviez trop carrée, et j'ai acheté un château que j'ai mis à votre nom. Voici l'acte de vente et les clés. Tout est à vous.

On dirait qu'un tremblement de terre parcourt le corps d'Hannah de bas en haut. Ses lèvres s'entrouvrent sans qu'aucun son en sorte, ses joues se mettent à trembler, son fond de teint s'écaille, et deux grosses larmes emportent le Rimmel de ses cils de part et d'autre de son nez. Un instant, elle fixe les clés dans la paume de sa main potelée, puis se lève avec précipitation.

– Excusez-moi.

Raoul blêmit.

– Vous croyez que je l'ai blessée ?

– Mais non, c'est l'émotion.

L'émotion ne coupe pas l'appétit d'Hannah. En revenant à table après s'être repoudrée le nez, elle se jette sur le dessert non sans avoir au préalable déposé un baiser vermillon sur la joue de Raoul. Celui-ci sort un paquet de photos qu'il déploie sur la nappe.

– Alors là, c'est le parc vu du perron et là, le château… Ne vous inquiétez pas de son aspect actuel, j'ai passé la journée avec les entrepreneurs, dans trois à quatre mois, il sera comme neuf.

– C'est immense !

– Huit chambres, salon, salle à manger, bibliothèque et… un petit salon de musique !

– C'est merveilleux, mais… on va se sentir un peu perdus, tous les deux, là-dedans…

– C'est pourquoi j'ai pensé, bien entendu si cela vous convient, que nous pourrions créer une école de musique, recevoir des jeunes, enfin, quelque chose dans ce genre.

– Excellente idée ! Raoul, vous êtes un magicien !

– Vous allez me faire rougir, Hannah. Vous voyez, en aménageant les dépendances, nous pourrions avoir au bas mot une vingtaine de pensionnaires, j'ai fait mes comptes, l'affaire serait très rentable.

– Et puis, nous aurions des poneys et des ânes, j'adore les ânes ! « De-ci de-là, cahin-caha, va tranquille, va, chemine, va, petit âne… »

Deux gosses, deux gosses septuagénaires qui, le champagne aidant, élèvent leur rêve à une hauteur vertigineuse. L'âge ne fait rien à l'affaire. Vincent a bien senti que les photos du château ont bouleversé Maryse, mais elle n'en a rien laissé paraître. Au contraire, elle sourit, approuve de la tête les projets de Raoul et d'Hannah. Vincent lui serre la main sous la table.

– Ça va, Maryse ?

– Oui, ça va. C'est drôle, c'est exactement ce que Raphaël et moi pensions faire du château. Il faut croire que les bonnes idées ne meurent pas, elles. Vincent, il est minuit moins le quart…

– Alors, les jeunes, qu'en pensez-vous ?

– Formidable !

– Nous aurons besoin de personnes de confiance pour nous aider, vous aimeriez partager cette aventure avec nous ?

– Pourquoi pas ? On en reparlera demain. Nous allons devoir vous quitter.

– Déjà ?… Eh bien, à demain. Nous comptons sur vous pour le déjeuner, promis ?

– Promis.

Un quart d'heure plus tard, Maryse et Vincent se garent sur le parking de la plage de Bidart.

– Vincent, il est encore temps de renoncer.

– Pourquoi ? J'ai lu dans un livre que les Indiens, en partant au combat, disaient : « C'est un beau jour pour mourir. » Mais rassurez-vous, je ne suis pas Indien, il fait nuit et je n'ai envie ni de combattre ni de mourir. Tout cela est une farce, une comédie, rien de plus.

Dans le faisceau des phares, la silhouette filiforme d'Horacio Vargas se dresse devant eux. Vincent étouffe un fou rire.

– Qu'est-ce qui vous prend ?

– Rien, je vois des don Quichotte partout en ce moment.

Le visage du vieux matador s'encadre dans le rectangle de la fenêtre.

– J'ai cru que vous ne viendriez pas. Ils sont déjà là. Écoute-moi bien, petit, nous allons descendre tous les trois sur la plage. Dès que Véronique sera en vue, tu t'avanceras seul vers elle. À mi-chemin, en la croisant, couchez-vous tous les deux à terre et ne vous occupez plus de rien. Tu as compris ?

– Oui.

– Tu n'as pas peur ?

– De quoi ?... On y va ?

Vincent sort de la voiture en souriant. Vargas jette un regard de reproche à Maryse.

– Vous l'avez fait boire ?

– Pas du tout.

– *Hombre !* Il a du cran, le petit, on dirait moi à ma première corrida.

Un vent léger frise la crête des vagues. La lune et les étoiles se sont faites belles, bien astiquées. Le sable est doux sous les pas de Vincent. « Je suis ici chez moi, il ne peut rien m'arriver. La plage me protège, je le sais, je le sens. »

Vincent marche comme il marche depuis un an sur le sable. Une ombre lui fait signe de stopper. Elle porte un plâtre blanc au poignet droit. C'est le type à qui Maryse a tordu le bras au musée. Il n'a plus rien d'effrayant, ce n'est plus un requin, tout juste une malheureuse sardine. Derrière lui, une silhouette familière se découpe sur le ciel. Véronique... C'est magnifique, un rêve qui progresse vers vous et qui devient réalité. Mon Dieu, qu'elle est belle ! Encore plus belle que dans sa mémoire.

Trois pas, deux pas, leurs doigts se touchent, s'entrelacent, ils sont enfin seuls au monde. On n'entend plus rien que leurs deux cœurs qui battent. Ça y est, ils ont accosté sur leur île, elle vibre sous leurs pieds. Ce sont deux miroirs face à face qui ne reflètent qu'un bonheur tant attendu.

– Vincent, comme le temps a été long…

Oubliée, la consigne de l'oncle Horacio ! Ils restent là, plantés l'un devant l'autre, pareils à deux arbres solidement enracinés dans l'éternité.

En revanche, dans les deux clans rivaux, c'est la même stupéfaction. Ces deux imbéciles d'amoureux viennent de changer le scénario, les reléguant tous à des rôles de figurants.

– Vargas ! Pas de coup tordu ! Tu m'as donné ta parole d'honneur !

– Les Moralès n'ont pas de leçon à donner aux Vargas !

Le vieil homme a sorti de sa poche une antique pétoire dont il ne sait plus que faire.

– Mais qu'est-ce qu'ils fichent ! Je leur avais dit de se jeter à terre… Et qu'est-ce que c'est encore que ça ?

Deux adolescents sont en train de dévaler la falaise. Celui qui a le bras en écharpe se dirige vers les Moralès et l'autre en direction d'Horacio Vargas.

– Manolo !

– Arrête tout ça, papa ! Je n'ai pas tué Pablo, juste égratigné. On s'est expliqué. Regarde, c'est lui, là-bas, qui parle à son père.

L'espace d'une seconde, le visage d'Horacio passe du plus blanc que blanc au rouge incandescent.

– Bougre de petit... Tu vois dans quelle situation tu m'as mis ! Je vais te tuer !

Maryse s'interpose.

– Vous ne croyez pas que ça suffit comme ça ? Il serait peut-être temps de devenir raisonnable.

Après d'interminables palabres, les Vargas et les Moralès en viennent à la conclusion que seule une grande *fiesta* mettra un terme à ce malheureux conflit. Mais, comme rien n'est simple chez eux, même après s'être serré la main, les deux patriarches se quittent fâchés, car ni l'un ni l'autre n'a voulu céder le droit et l'honneur de payer le banquet. Véronique et Vincent sont restés totalement indifférents au déroulement des évènements. Pour eux, il n'existe plus que le sable, sur lequel ils se sont assis devant la mer, qui leur sourit de toute son écume blanche, et le ciel, ouvert au-dessus d'eux comme un grand parapluie.

Il pleut sur la plage d'Audresselle, ce fameux crachin qui lui va si bien. Vincent coupe le moteur, laisse le pare-brise s'opacifier avant de sortir de la voiture. Le vent lui souffle à l'oreille un petit air familier. Le sable colle toujours autant aux semelles.

L'antre de l'oncle Raymond n'est plus qu'un amas de béton et de poutrelles rouillées au pied de la dune. Qu'en aurait-il fait, ce vieux fou, de toute cette ferraille ? En dix ans, la mer a rongé la côte et a fait basculer le blockhaus jusque sur la plage. Bientôt, des engins mécaniques en emporteront les débris et il ne restera rien qu'un vague goût d'avant. Dix ans...

Pourtant, il semblait indestructible, ce blockhaus, lorsque Vincent l'avait fait découvrir à Véronique en remontant à Dunkerque. Il n'en allait pas de même pour l'oncle Raymond. Son œil était encore pétillant, plein de malice, mais son corps ne suivait plus. Véronique et lui avaient bien sympathisé. Ils lui avaient promis de revenir le voir l'année suivante. Le vieil homme s'était contenté de sourire dans sa barbe en leur souhaitant tout ce qu'il y a de meilleur au monde avant de s'endormir en grognant. Trois mois plus tard, ils avaient appris son décès.

À Petite-Synthe, Vincent avait retrouvé sa mère et ses petits frères, toujours dans la même pagaille malgré les chèques qu'il leur envoyait régulièrement. Il comptait les ramener tous à Biarritz, au château, où une partie des dépendances leur était réservée. Mais sa mère avait refusé.

– Tes petits frères, oui, emmène-les, donne-leur une autre vie, mais la mienne est ici. J'ai trop usé les heures, c'est assez. Je suis fière de toi, tu sais, même si tu m'as fait pleurer souvent. Mais je savais que tu t'en sortirais. C'est bien. Et puis, ta Véronique, c'est ce qui pouvait t'arriver de mieux. Va, à présent, va, je suis heureuse.

Il n'avait pas réussi à la convaincre. Elle devait rejoindre l'oncle Raymond peu de temps après.

Des Roches Noires, il n'avait plus eu de nouvelles… Toutes les lettres qu'il avait envoyées en Normandie lui étaient revenues. Au téléphone, un voisin lui avait dit qu'ils étaient partis en Angleterre sans laisser d'adresse. La mer donne et reprend. Exit, M. Le Person, Alice, Célestine…

En revanche, chaque année, il recevait pour Noël une carte de l'île de Batz, signée de Roger, Mme Fernande, Nadine et Jacky. Les deux premiers s'étaient retirés des affaires et laissaient aux plus jeunes le soin de faire prospérer l'hôtel, ce qui semblait se passer à merveille. Un enfant leur était né, qu'ils avaient prénommé Vincent. La police ne les avait jamais inquiétés. On lui réservait une chambre quand il voulait. Mme Loïc était morte à cent un ans d'une mauvaise chute au Trou du serpent.

L'année précédente, Mehdi, Mado et Lola, âgée aujourd'hui de neuf ans, étaient venus les voir à Biarritz. La pizzeria que Mehdi avait ouverte à San Francisco marchait du feu de Dieu. Ashley s'était retiré du monde et vivait en ermite bienheureux dans une cabane, à Big Sur. Avant de se séparer d'eux, il s'était promis de revenir un jour fleurir la tombe du vieux Manuel. Un jour, oui, un jour, sûrement...

Assis au sommet de la dune, Vincent laisse couler le sable entre ses doigts. La plage est un immense sablier qu'on tourne et retourne sans cesse. Le portable dans sa poche se met à vibrer.

– Vincent ?

– Oui, Véronique.

– Où es-tu ?

– Devine ?

– Sur la plage.

– Gagné ! À Audresselle. Le blockhaus est tombé.

– ... Tu es triste ?

– Non. Je regarde le temps passer. Comment va Sélim ?

– Il me donne des coups de pied dans le ventre. Il frappe à la porte, quoi.

– Dis-lui d'attendre son père.

– Il t'attendra. Quand rentres-tu ?

– Demain. Comment vont les autres ?

– Tes petits frères sont des champions, ils ont passé leur deuxième degré d'équitation et ils sont fiers comme des poux. Hannah est de mauvaise humeur, elle a une extinction de voix. Tu as deux autres commandes de portails pour ce collectionneur de voitures, et puis trois statues pour ton exposition. C'est Raoul qui s'en occupe. À part ça, l'oncle Horacio a eu un petit malaise. Il a fallu faire des pieds et des mains pour qu'il accepte d'être piqué par l'infirmière. C'est fou ce qu'il est douillet. Sinon tout va bien. C'est complet pour deux saisons. Maryse est d'une efficacité redoutable ! Tiens, elle vient d'arriver, elle t'embrasse.

– Moi aussi.

– Vincent, ça va aller ?

– Bien sûr. Il faut que j'y aille, j'ai encore de la route. Prends soin de toi, du petit Sélim et embrasse tout le monde de ma part. À demain.

Il est onze heures trente quand Vincent se gare devant le centre de détention de Loos. Il pleut toujours, grille d'eau contre grille de fer. À la radio, des nouvelles du monde, plus ou moins fraîches, des décès, des naissances, des guerres, par-ci par-là, dans des pays qu'on ne connaît même pas, et puis des résultats sportifs, des frasques de stars… Et la chanson de ce vieux bonhomme avec ses cheveux blancs… Comment il s'appelle déjà ? Léo ! « Avec le temps, avec le temps, va, tout s'en va… »

Sur la façade grise de la prison, une porte s'entrouvre. Un type en sort, une valise à la main, l'air perdu comme un oiseau auquel on aurait ouvert la cage et qui ne se souviendrait pas de comment battre des ailes. Il fait un petit salut au gardien qui referme derrière lui. Il regarde à gauche, à droite, le ciel qui s'abat sur lui. Il remonte le col de sa veste, tire d'un paquet une cigarette tordue et la coince entre ses lèvres. Il fouille ses poches à la recherche d'un briquet, n'en trouve pas. Il regarde cette clope toute molle qui lui ressemble. Vincent sort de la voiture, traverse la rue et s'approche.

– Vous voulez du feu ?

– Merci.

Au-dessus de la flamme, leurs yeux se croisent. L'homme plisse les siens.

– On se connaît ?

– Possible.

L'homme recule d'un pas, méfiant, un réflexe d'animal pris au piège. Il a le teint papier mâché de ceux qui n'ont pas vu le soleil depuis longtemps. Ses cheveux rares sont plaqués sur son crâne pour faire croire qu'il en a encore. Il flotte, perdu dans son petit costume démodé.

– Et d'où on se connaîtrait ?

– Une histoire de famille, peut-être bien…

Le visage de l'homme tourne au vert-de-gris. Son front se plisse en heures supplémentaires. Son regard cherche une issue. Même dehors, coupable, toujours coupable.

– J'ai pas de famille !

– Papa, c'est moi, Vincent.

La cigarette lui tombe du bec. Il porte une main à son cœur, s'appuie contre ce mur qu'il n'a jamais connu que de l'intérieur.

– Vincent ?… Mais qu'est-ce que tu fous là ?… Je te croyais mort, comme ta mère, comme moi…

– Je suis venu te chercher. Laisse, je prends ta valise. Je suis garé en face.

Vincent le fait asseoir à côté de lui. L'homme se laisse conduire en aveugle, sonné.

– Écoute, si tu as un endroit où aller, je t'y amène. Si tu veux venir avec moi retrouver les petits, on y va. Si tu préfères aller nulle part, je te laisse faire. Tu es libre. Qu'est-ce que tu choisis ?

– Je ne sais plus choisir, mon gars, je ne sais plus ! J'ai juste envie de dormir, là, maintenant.

– Alors, boucle ta ceinture et laisse-moi faire.

Une seconde plus tard, il s'endort, bouche ouverte, offrant une vision édentée de la liberté retrouvée. France Musique a la bonne idée de diffuser le *Requiem* de Fauré.

– Alors, Sélim, qu'est-ce que t'en dis ?

– Tais-toi et regarde devant toi, la route est longue et je suis pressé d'arriver. Tu sais, Vincent, je ne regrette rien.

– Moi non plus.

Et la mer, impassible, roule ses galets tandis que la plage invente de nouveaux déserts à traverser.

Dans la même collection

Gilly, grave amoureuse,
13 ans, presque 14...
de Claire Robertson

Les larmes de l'assassin
d'Anne-Laure Bondoux

Cherry, ses amis, ses amours, ses embrouilles
d'Echo Freer

Ciel jaune
de Marie-Hélène Delval

Accroche-toi, Sam !
de Margaret Bechard

Mercredi mensonge
de Christian Grenier

Planète Janet
de Dyan Sheldon

Comment devenir maître du monde
en vingt-six leçons et demie
de Dan Gutman

Une princesse peut en cacher une autre
de Kate Brian

Les démons de Nègreval
de Pierre Davy

Betsy et l'Empereur
de Staton Rabin

Pépites
d'Anne-Laure Bondoux

Losers' Club
de John Lekich

Écoute mes lèvres
de Jana Novotny Hunter

Sous le vent de la liberté
1. Lumières d'Amérique
2. Chasseurs et proies
3. Les temps cruels
de Christian Léourier

La marmite du Diable
d'Olivier Silloray

Le voyage scolaire
de Moni Nilsson-Brännström

Plus un mot
d'E. L. Konigsburg

Lune indienne
d'Antje Babendererde

Un passé si présent
de Sally Warner

Texto à la mer
de Sue Mayfield

Derrière l'écran
de Pascal Garnier

Infaillible ?
de Christophe Lambert

Après le voyage scolaire
de Moni Nilsson-Brännström

Le seigneur aux mains rouges
de Claude Merle

Case départ
de Pascal Garnier

Envol pour le paradis
de Jean-Marie Defossez

Comment j'ai marié ma mère
de Coleen Murtagh Paratore

Les tribulations du prince Seyin
au royaume d'Ashkabad
de Stéphane Terranova

Le grand piano noir
d'Olivier Silloray

Appelez-moi Poison !
de Susan Shreve

Cherry, les secrets d'une gagnante
d'Echo Freer

Liberté, égalité, chocolat
d'Alex Shearer

Les Hurluberlus
d'E. L. Konigsburg

Iris par-ci, Iris par-là
de Lucy Frank

Un lilas pour toi
de Laura Hillman

Le temps des miracles
d'Anne-Laure Bondoux

Oublie les mille et une nuits
de Marco Varvello

Adieu Berlin
de Waldtraut Lewin

Oscarthur
Les terres franches, 1
de Frédéric Anarratone

M'sieur Victor
de Pascal Garnier

Les guerres de Chanda
Le secret de Chanda
d'Allan Stratton

Deux pouces & demi
de Thomas Lavachery

Mes deux Allemagne
d'Anne C. Voorhoeve

Je m'appelle America
d'E. R. Frank

La jeune fille à la plume
de Katherine Sturtevant

Krabat
d'Otfried Preussler

Le chant des orques
d'Antje Babendererde

La vengeance de Martin O'Boy
de Brian Doyle

Blanches ténèbres
de Geraldine McCaughrean

La liberté porte une chemise rouge sang
de Gaby Halberstam

Alabama Moon
de Watt Key

PinkMuffin @ WillyBlue
1. Objet : arnaques et embrouilles !
2. Objet : de l'art et des cochons !
de Hortense Ullrich et Joachim Friedrich

Pourquoi Emma-Jane est tombée de l'arbre, et ce qui s'ensuivit...
de Lauren Tarshis

Unique
d'Alison Allen-Gray

Petits contes à régler
1. Le cas Rubis C.
de Gaël Bordet

Les garçons de décembre
de Michael Noonan

La septième fille d'Adèle Kemp
de Julie Johnston

Le grand déballage
d'E. L. Konigsburg

C'est bio l'amour !
de Maggi Gibson

Pourquoi mon père porte de grandes chaussures...
de Morris Nilsson

Le chemin de sable
de Pascal Garnier

Cet ouvrage a été mis en pages
par DV Arts Graphiques à La Rochelle

Impression réalisée par

CPI
BRODARD & TAUPIN

La Flèche

en août 2011
pour le compte des Éditions Bayard

Imprimé en France
N° d'impression : 65607